AF397206

fv Fehnland-Verlag

Németh, Bernadette: Der zweite Blick. Eine Sammlung von Kurzgeschichten. Hamburg, Fehnland Verlag 2021

1. überarbeitete Neuauflage
ISBN: 978-3-96971-008-1

Dieses Buch ist auch als eBook erhältlich und kann über den Handel oder den Verlag bezogen werden.
ePub-eBook: ISBN 978-3-86282-068-9

Lektorat: Malena Brandl, acabus Verlag
Umschlaggestaltung: Malena Brandl, acabus Verlag
Umschlagsmotiv: Bernadette Németh

Bibliografische Information der Deutschen Nationalbibliothek: Die Deutsche Nationalbibliothek verzeichnet diese Publikation in der Deutschen Nationalbibliografie; detaillierte bibliografische Daten sind im Internet über https://dnb.d-nb.de abrufbar.

Der Fehnland Verlag ist ein Imprint der Bedey & Thoms Media GmbH, Hermannstal 119k, 22119 Hamburg.

Bernadette Németh

Der zweite Blick

Eine Sammlung von Kurzgeschichten

„Man sieht nur mit dem Herzen gut. Das Wesentliche ist für die Augen unsichtbar."

Antoine de Saint-Exupéry, „Der kleine Prinz"

*A*n einem Dienstag im Mai verlor Perdita ihr Gedächtnis.

Sie tauchte im Krankenhaus auf wie ein Gespenst aus einer anderen Welt, hohläugig und rastlos.

Ihr Begleiter, ein altersloser Mann mit sonnengegerbtem Gesicht, schob sie zur Tür hinein. In der einen Hand trug er Perditas bunte Leinentasche, in der anderen einen Stock, auf dem wie eine riesige Weintraube lauter Plastikbeutel hingen, die mit einer trüben Flüssigkeit gefüllt waren.

Perdita schämte sich, weil ihre Bluse nass am Körper klebte, und versuchte die Arme zu verschränken, um ihre Brüste zu bedecken. Sie hatte das Gefühl, als wandle sie auf dem Meeresgrund, in einem Traum, doch ohne den Schutz des Schlafes. Wie ein Fisch im Aquarium berührte sie mit den Fingern die Glaswand der Aufnahmestation. Die Krankenschwester dahinter bewegte die Lippen.

„Ihr Name?", dröhnte die Stimme in einer fremden Sprache aus ihrem Mund.

Der Mann zuckte mit den Schultern, stellvertretend für Perdita.

„Sie weiß ihn nicht mehr", sagte er. „Sie weiß nicht, wer sie ist."

„Was soll das heißen?", fragte die Schwester und runzelte die Stirn. „Wer sind Sie überhaupt?"

„Ich habe sie aus dem Bach gefischt", murmelte der Alte. „Der Bus, in dem sie saß, ist verunglückt."

Die Schwester zückte einen Kugelschreiber.

„Spricht sie Spanisch?"

„Offenbar nicht", sagte er. „Ich habe keinerlei Papiere in ihrer Tasche gefunden."

Die Schwester sah Perdita an. Hinter dem Glas des Aquariums flossen ihre Züge auseinander, bis sie aussah wie ein erstaunter Kugelfisch.

„Was ist das Letzte, woran Sie sich erinnern können?", fragte sie langsam auf Englisch und betonte die Silben wie eine Lehrerin beim Sprachkurs mit aufmunternden Bewegungen ihrer Hand.

Perdita stöhnte wie unter einer Last, die sie kaum tragen konnte. Sie versuchte, nach einem Gedanken zu greifen, doch sie entglitten ihr wie Schneeflocken und schmolzen auf ihrer Hand. Sie schüttelte den Kopf.

„Ich habe alles ruiniert", sagte sie.

Der Arzt, der zu ihr kam, erkannte sofort, dass er den einsamsten Menschen der Welt vor sich hatte. Für Perdita roch er nach irgendetwas Vertrautem. „Haben Sie Zeit zum Übersetzen, Don Pedro?", fragte er Perditas Begleiter, als wäre er ein Großvater, der regelmäßig seine Enkel mit einer Blinddarmentzündung ins Krankenhaus bringt.

Dieser wehrte mit einer barschen Handbewegung ab, machte aber keine Anstalten zu gehen.

„Wo haben Sie sie gefunden?", fragte der Arzt.

Don Pedro schüttelte den Kopf. „Ich habe auf den nächsten Bus gewartet", sagte er. „An der Biegung der Straße, die nach San Carlos führt – wo ich immer mein Kokoswasser verkaufe." Er deutete auf die Plastikbeutel auf seiner Schulter.

„Auf einmal sah ich eine Staubwolke, die vom Hügel herunterraste, und darin einen Jeep – er hatte ein unmögliches Tempo drauf. War wohl ein Tourist, der ein bisschen in den heißen Quellen baden will und die Straßen hier nicht kennt." Er schnalzte bedauernd mit der Zunge. „Direkt vor meinen Augen sackte er mit einem Reifen in ein Schlagloch. Mir blieb fast das Herz stehen. Der Bus, der aus der Gegenrichtung kam, hatte keine Chance auszuweichen – trotz des Jesusbildes auf seinem Heck."

Dr. Zuñigas Mundwinkel hoben sich leicht.

„Grande dios, ich sah gerade noch, wie sich das Heck dreimal überschlug – und als ich hinlief, lag der Bus auf der Seite wie eine umgestülpte Einkaufstasche, und die meisten Leute waren herausgeklettert, manche lagen auf dem Boden herum, zwischen den Heiligenbildchen, die Doña Teresa immer im Bus verkauft und die niemandem etwas nützen." Er brummte etwas Unverständliches. „Die junge Dame hier …" – er warf einen Seitenblick auf Perdita, die immer noch unbeweglich dastand, die Arme fest vor der Brust verschränkt, „sie rannte im Bach herum, als suche sie etwas."

„Was suchten Sie denn?", fragte er streng.

Perdita zuckte die Schultern.

„Mein Leben", sagte sie. Einige Brocken Englisch tauchten am Horizont ihrer Gedanken auf wie ein tröstliches Dorf nach einer langen Reise, und sie hoffte, dass zumindest der Arzt sie verstehen würde.

Dr. Zuñiga schüttelte bedauernd den Kopf. „Es tut uns Leid", sagte er auf Spanisch zu Don Pedro. „Wir haben absolut keine Informationen über sie. Sie muss hierbleiben, bis wir ihre Identität geklärt haben. Ich werde die Polizei verständigen." Perdita verstand seine Worte nicht, aber die Entschlossenheit, mit der er nach seinem Diensttelefon griff.

„Nein! Nicht! Ich will nicht hierbleiben!", rief sie und wandte Don Pedro erschrocken das Gesicht zu.

„So helfen Sie mir doch – draußen in Ihrem Laden – kann ich telefonieren …"

Doch dieser war schon aufgestanden, hatte sich mit einer leisen Geste verbeugt und ging rückwärts aus dem Zimmer.

Der Arzt rief Satzfetzen in den Hörer – von einer Touristin, die plötzlich hier mitten in Costa Rica aufgetaucht sei und ihr Gedächtnis verloren habe – während Perdita ihn am Ärmel zog und versuchte, ihm das Telefon aus der Hand zu reißen.

Das Gesicht eines Pflegers tauchte wachsam im Türrahmen auf. Der Arzt gestikulierte hilfesuchend in seine Richtung.

Miguel näherte sich mit leopardenhaften Schritten und drückte Perdita sanft auf ihren Stuhl zurück.

„Sie brauchen keine Angst zu haben", sagte er auf Englisch und ging in die Hocke, um ihr ins Gesicht zu sehen. „Sie brauchen überhaupt nichts zu tun. Wir kümmern uns um Sie!"

Perdita wimmerte wie ein Tier, das in eine Falle geraten war. „Ich kann nicht hierbleiben", jammerte sie.

„Gefällt es Ihnen hier nicht?", fragte Miguel.

„Hier riecht es nach Angst", sagte Perdita.

Dr. Zuñiga, der immer noch telefonierte, runzelte die Stirn und machte eine abwehrende Handbewegung.

Perdita versuchte, sich mit aller Kraft zu erinnern, weshalb sie hier war, wo sie vorher gewesen war und wer sie überhaupt war, doch ihre Gedanken stoben auseinander wie ein Taubenschwarm in Venedig.

„Hier", sagte Miguel leise und reichte ihr einen Becher mit einer Tablette. „Damit Sie schlafen können. Ich zeige Ihnen Ihr Zimmer. Die anderen schlafen schon …"

Er war das einzige Reale in der Leere, die Perdita umgab, daher folgte sie ihm wie ein Schaf seiner Herde, da es sonst nichts gab, was ihr hätte Halt geben können. Miguel öffnete die Tür eines Krankenzimmers, aus dem lautes Schnarchen drang, und reichte ihr ein Nachthemd, das sie über ihre Kleidung streifte.

Er beobachtete sie interessiert.

„Und Sie erinnern sich wirklich an – an gar nichts?" Er zeichnete mit den Handflächen einen entschlossenen Strich in die Luft. „Nada?"

Perdita schüttelte schweigend den Kopf.

„Was machen Sie denn gerne? Malen Sie?" Er lächelte verschwörerisch. „Ich weiß, es ist nicht meine Aufgabe, aber …" – er drehte sich nach allen Seiten um, als würde er ihr ein Geheimnis verraten.

Perdita schüttelte stumm den Kopf. „Malen …", wiederholte sie flüsternd.

„Dibujar, paint …“ – er zeichnete mit den Händen große Kreise in die Luft. Sie saß zusammengesunken auf ihrem Bettrand. Die Medikamente schienen zu wirken.

„Oh. Anscheinend nicht“, murmelte er.

„Musica?“, fragte er daraufhin verschmitzt und begann, auf einer imaginären Flöte zu spielen. Mit seinen geschmeidigen Bewegungen sah er aus wie ein Schlangenbeschwörer. Perditas Bettnachbarin, die mit großen Augen unter ihrer Decke hervorgelugt hatte, heulte auf und verkroch sich unter der Decke.

„Vibora …!“, rief sie mit zitternder Stimme.

„Nein, nein“, beschwichtigte Miguel, „hier sind keine Schlangen“ – und fügte mit einem Blick auf Perdita hinzu: „Pobrecita, sie hat vor allem Angst, sogar vor Schlangen.“ Perdita lächelte.

„Dann vielleicht – tanzen?“ Er hüpfte auf und ab wie ein Hampelmann. Aus einer Ecke des Zimmers kamen missbilligende Rufe. Eine Frau mit aufgetürmten Haaren richtete sich drohend auf und schwang eine imaginäre Machete.

„Schon gut, schon gut.“ Er warf einen letzten Blick auf seine neue Patientin, die die Arme um die Knie geschlungen hatte und sich mit stumpfem Blick auf dem Bett hin und her wiegte. „Vielleicht fällt Ihnen bis morgen etwas ein“, flüsterte er zögernd. „Warte mal, eines versuchen wir noch. Vielleicht – schreiben?“

Er legte Daumen und Zeigefinger aneinander und zeichnete kleine Kringel in die Luft.

Perditas Augen leuchteten auf, als habe er ein Licht angezündet.

„Oh, ja, bitte – Papier!“, flüsterte sie.

Die schnarchende Frau warf sich auf die andere Seite, so dass die Bettfedern quietschten.

„Du Arme, du könntest hier sowieso nicht schlafen.“ Miguel seufzte und sah sich verlegen nach allen Seiten um. „Ich darf das eigentlich nicht …“, murmelte er. „Aber – hier.“ Er schob ihr einen dicken

Schreibblock zu, den er in die Tasche seines Kittels gestopft hatte, und einen Kugelschreiber. Perdita riss ihn ihm aus der Hand, als handle es sich um etwas Essbares.

Ihre Bettnachbarin rief wütend unter ihrer Bettdecke hervor, dass sie schlafen wolle.

Miguel warf Perdita einen verschwörerischen Blick zu und legte den Finger auf die Lippen. Sie lächelte zurück. Dann stand sie leise auf und setzte sich auf den Fußboden, dorthin, wo das Licht vom Flur hereinfiel und ein schmales Dreieck auf den Boden zeichnete.

„Ist alles in Ordnung?", rief Dr. Zuñiga von Ferne.

„Ja, ja, alles bestens", sagte Miguel und eilte diensteifrig aus dem Zimmer.

„Sehr gut", seufzte Dr. Zuñiga und rieb sich die Augen. „Dann lege ich mich jetzt etwas hin. Wie geht es der neuen Patientin?"

Miguel machte eine beschwichtigende Handbewegung. „Lassen wir sie schlafen. Vielleicht kommen die Gedanken morgen von alleine zurück".

Dr. Zuñiga seufzte erleichtert. „Ich bin froh, mit Ihnen Dienst zu haben, Miguel", sagte er und klopfte dem Pfleger zufrieden auf die Schulter. „Sie Sind wirklich ein Segen für die ganze Station. Mit Ihnen ist es immer ruhig." Er gähnte, winkte noch einmal erleichtert und verschwand in Richtung Stiege.

Miguel lächelte. Er warf einen Blick über den grell beleuchteten Flur zu Perditas Zimmer. Die Tür war angelehnt.

Hinter der angelehnten Tür kauerte Perdita, den Block auf den Knien, und schrieb.

~

Sie brachten ihm Macarena an Händen und Füßen gefesselt und über den Rücken eines Maultieres geworfen wie ein Mehlsack, da sie sich so sehr wehrte, dass man sie nicht anders transportieren konnte. Die Leute, die an der Straße wohnten, zogen sich in ihre Häuser zurück und die Vorhänge zu, um nicht von den Augen und Flüchen des Mädchens getroffen zu werden.

Die meisten hatten sich schon neugierig beim Hinrichtungsplatz versammelt, in sicherer Entfernung zum Galgen, der in der Mitte stand, und auf den die Sonne unbarmherzig niederbrannte.

Paco sah die kleine Karawane in der Ferne auftauchen und erkannte sofort Macarenas widerspenstige Gestalt, die ihm wie eine Fata Morgana erschien. Er versuchte, ihren Blick aufzufangen, als sie vorbeizogen, doch ihr Körper war so verdreht, dass es nicht möglich war. Im Gegensatz zu ihr folgten ihr Bruder und ihre Tante gehorsam den Knechten des Königs. Sie zerrten das erschöpfte Maultier bis zum Königsthron, der auf der Alameda aufgebaut war, dort wuchteten sie das Mädchen hinunter, das mit Tränen der Wut in den Augen dem König vor die Füße fiel.

Voller Verachtung betrachtete er ihren schmalen Körper von oben bis unten.

„Du bist also des Gauners letzter Wunsch", sagte er dann gedehnt.

Macarena hielt die Augen gesenkt und erwiderte nichts, wie Paco ihr eingeschärft hatte.

„Warum wohl?", sagte der König und lächelte verächtlich. „Hast wohl seinen Strohsack geteilt, was?"

Macarena antwortete immer noch nicht.

„Wenn du nicht reden willst", sagte der König, „haben wir genügend Mittel, um deiner Redseligkeit auf die Sprünge zu helfen".

Macarenas Augen weiteten sich vor Entsetzen, doch ein Henker trat aus der Reihe und raunte dem König zu: „Lasst sie. Wir brauchen sie noch. Das können wir später immer noch tun."

Paco hatte den dritten Tag ohne Wasser an den Pfahl der Alameda gekettet verbracht, und nachdem er Macarenas Ankunft gesehen hatte, klammerte sich sein Blick an den fernen roten Punkt ihres Rockes, um nicht wieder in der Salzwüste zu versinken.

Er wusste nicht mehr, wie er hierhergekommen war, jegliche Erinnerung war im quälenden Durst verloren gegangen.

Er erinnerte sich nicht an die maskierten Reiter mit dem Wappen des Königs, die wie aus dem Nichts erschienen waren und den friedlichen Lagerplatz seiner Sippe in ein Meer von Blut getaucht hatten. Ihr Anführer hatte Pacos kleine Schwester mit einer einzigen schnellen Bewegung vor sich aufs Pferd gehoben und war mit ihr zwischen den Bäumen verschwunden, die ihre Schreie in ihr Blätterrauschen aufnehmen und endlos wiedergeben sollten. Zwei andere hatten sich mit aufgepflanzten Bajonetten auf Pacos Eltern, zwei friedliche Alte, gestürzt, die soeben noch in die Glut des Feuers geblickt hatten, bevor eine andere, furchtbare Glut ihre Augen blendete.

Angstvoll hatten die Pferde an ihren Stricken gezerrt, und ihr Wiehern hatte das Klirren der Waffen und die Entsetzensschreie von Pacos Familie übertönt.

Die Boten des Königs schienen in einem wahren Blutrausch zu wüten, schließlich hatten sie die Fahrenden oft genug gewarnt, eine anständige Arbeit anzunehmen oder aus der Stadt zu verschwinden.

„Wo", richtete einer der Reiter sein blutbeflecktes Messer auf Pacos Brust, „hast du Lump jetzt das ergaunerte Gold versteckt?"

Blitzschnell hatte sich Paco unter dem Messer hindurch geduckt und die Sekunde der Verwirrung ausgenutzt, um zu seiner Fuchsstute zu rennen. Mit einem Griff hatte er den Knoten ihres Halfters geöffnet, war in den Sattel gesprungen und in gestrecktem Galopp davongejagt. Doch die Reiter des Königs hatten damit gerechnet. Im Nu hatten sie ihre Pferde gewendet und sprengten Paco hinterher.

Dieser hatte instinktiv den Weg zum Waldrand eingeschlagen.

Die Stute war gestrauchelt, als sie bis zu den Fesseln im weichen Ackerboden versank, doch er hatte sie entschlossen vorwärts getrieben, den Blick auf den dunklen Wald gerichtet, der ihn retten würde, denn dort kannte er sich aus wie kein Zweiter.

Die Reiter des Königs jubelten im Stillen. Sie hatten dem Gauner absichtlich etwas Vorsprung gegeben, damit er in die Falle tappte, die sie für ihn gebaut hatten. Sie hielten so viel Abstand, dass sie gerade noch das davonstobende Pferd sahen, zwischen dessen Hinterbacken weißer Schaum hervortrat. Paco hatte nicht gewusst, dass an mehreren Stellen dicke Äste quer über dem Weg lagen, die einen Ahnungslosen in Sekunden aus dem Sattel werfen würden. Doch er hatte die Gefahr gespürt und sich tief über den schweißnassen Pferdehals gebeugt, als ihm siedendheiß einfiel, dass er diesen Weg kannte. Er endete mit einem riesigen Holzhaufen, den die Bauern aufgehäuft hatten, um ihr Holz zu lagern.

Blitzschnell hatte Paco im Kopf die Möglichkeiten überschlagen, die ihm blieben, während die Hufe seines Pferdes einen bedrohlichen Dreitakt auf den Waldboden trommelten. Um abzuspringen war er viel zu schnell unterwegs. Die Bäume standen so dichtgedrängt am Wegesrand, dass es unmöglich sein würde, ihnen auszuweichen. Bei einem hastigen Blick über die Schulter hatte er die blitzenden Helme seiner Verfolger gesehen. Vielleicht würden sie ihn am Leben lassen.

Mit Entsetzen war vor seinem inneren Auge der Holzstoß aufgetaucht. Vergeblich hatte Paco versucht, sein Pferd zu stoppen, das sich jeglicher Kontrolle entzogen hatte und in gestrecktem Galopp dahinjagte.

„Halt!", schrie er und zerrte verzweifelt an den Zügeln. „Ich ergebe mich!"

Doch es war bereits zu spät gewesen. In letzter Sekunde hatte die Stute gemerkt, dass ihr Fluchtweg nach vorne abgeschnitten war. In Bruchteilen von Sekunden hatte sie ihre vier Beine mit aller Kraft in den Boden gestemmt, war krachend in den Holzstoß hineingeschlittert und hatte sich mit einem schrillen Schrei aufgebäumt, als sich die Splitter in ihr Fleisch bohrten. Paco war in hohem Bogen aus dem Sattel katapultiert worden. In den Sekunden des Fallens war es, als bliebe die Zeit stehen. Eine unheimliche Stille breitete sich in seinem Kopf aus, während die dunklen Baumstämme den schwarzen Nachthimmel über ihm freigaben, und er sich langsam wie ein Herbstblatt fallen sah.

Ein bohrender Schmerz, der von seiner Schultergegend ausging, war langsam in sein Bewusstsein gedrungen. Er hatte ihn an der Hand heraus aus dem angenehm kühlen Sumpf in eine brennende Hitze gezogen, und das rhythmische Klappern von Pferdehufen auf den Pflastersteinen hatte sein Bewusstsein erreicht.

Paco blinzelte, doch das Licht war so hell, dass es ihn blendete, und er fragte sich, ob dies schon der Tod sei. Da hörte er Stimmen, wie von einem Markttag, und als er die Augen langsam öffnete, wurde ihm bewusst, wo er sich befand. Er kauerte angekettet auf dem Richtplatz der Alameda, ohne einen Tropfen Wasser, die schlimmste Strafe unter der Sonne Andalusiens.

Rechts und links von ihm waren zwei Wachen postiert, die aufpassten, dass niemand ihm frisches Wasser oder Essen brachte. Er versuchte, sich zu erinnern, was geschehen war, doch sein Gedächtnis war gnädig und im letzten Bild seiner Erinnerung sah er sich mit seiner Sippe am Lagerfeuer sitzen, während sie darauf warteten, dass Macarena kommen würde, um zu singen.

Macarena hatte das Singen nie gelernt, sie hatte es mit der Muttermilch eingesogen wie das Tanzen, das Reiten und das Heilen von Krankheiten mit einem Blick in die Handflächen und in die Seele.

Seitdem sie denken konnte, hatte ihre Familie musiziert und dazu getanzt, manchmal auf Festen, doch öfter in der Verschwiegenheit einer kleinen Kammer, um den misstrauischen Blicken der Sesshaften zu entgehen. Sie legte all ihre Gefühle in die Musik, überschäumende Lebensfreude bei Hochzeiten und die abgrundtiefe Verzweiflung des Todes.

Pacos und ihre Sippe waren seit jeher gut befreundet, sie trafen einander immer wieder auf Kreuzungspunkten ihres Lebens, auch wenn das nicht geplant war, ließen ihre Pferde zusammen weiden und tauschten Hühner aus. An dem Tag, an dem die Soldaten des Königs Pacos Familie niedergemetzelt hatten, war Macarenas Mutter, vier Hügel entfernt, zur selben Zeit ruckartig stehengeblieben, hatte das Geschirr fallen gelassen, das sie gerade trug, und gesagt, sie fühle ein Messer in ihrer Brust. Sofort kamen Macarenas Brüder herbeigelaufen, packten sie unter den Armen und betteten sie auf ein Strohlager. Sie beschwor ihre Söhne, noch heute die Pferde zu satteln und so schnell wie möglich von hier fortzugehen. Dann hauchte sie ihr Leben aus, mit offenen Augen, die sie sich weigerte zu schließen, da sie wusste, dass ihre Freunde geblendet worden waren. Und als irgendwann der Geist aus ihrem erschöpften Körper wich, hatten ihre Augen vor Anstrengung die Farbe verloren und glichen dem blassen Orange ihrer Korallenohrgehänge.

Obwohl Pacos Bewusstsein ihn von der Wirklichkeit fernhielt, war der Durst schlimmer als die Schmerzen. Die andalusische Sonne brannte unbarmherzig auf die Alameda herab und verwandelte seine Zunge in einen pelzigen Knebel.

„Willst du uns nun sagen, wo ihr das Gold versteckt habt", sagte der Wächter, der neben ihm stand, hochmütig. Paco wiederholte schwach, dass er keines habe.

„Das glauben wir dir nicht", sagte der Wächter und trank das lauwarme Wasser aus seinem Krug, der sich in der Sonne erhitzt hatte wie ein Kochtopf.

„Wir wissen doch alle, dass ihr Zigeuner stehlt, wo ihr nur könnt. Selbst fremde Kinder sind vor euch nicht sicher."

Paco dachte an seine Schwester, und wie der Reiter des Königs mit ihr zwischen den Baumstämmen verschwunden war, und die Schreie der Geschändeten hallten in seinem Kopf wider wie in einem steinernen Tempel.

„Wasser", bat er.

Der Wächter wischte sich den Mund ab.

„Das bekommst du, wenn du uns sagst, wo ihr das Gold versteckt habt."

Paco sank zurück in die Wüste seines Durstes. Durch die Menge ging ein enttäuschtes Raunen. Bald träumte er die Pflastersteine des Bodens als kühlen Meeresgrund, am nächsten Tag saßen seine Gedanken in der Erde fest und waren nicht mehr zu bewegen.

„Auf diese Weise kommen wir nicht weiter", sagte der Wächter zum König.

„Noch ein paar Stunden und er stirbt uns und mit ihm das verlorene Gold."

Der König zuckte die Schultern. „Nun denn – dann hängt ihn eben. Aber wir müssen ihm einen letzten Wunsch erfüllen, sonst wird das Volk aufbegehren. Sag ihm das – er wird sowieso nichts weiter wollen als Wasser."

Der Wächter trat zu Paco, die Karaffe hinter seinem Rücken versteckt. „Du hast einen letzten Wunsch frei", sagte er. „Das ist der Befehl des Königs, des großen und mächtigen."

Doch Paco verlangte nicht nach Wasser. Sein Körper war bereits in Sphären, in denen er derlei nicht mehr brauchte.

„Ich möchte Macarena singen hören", flüsterte er.

Noch nie war es vorgekommen, dass der König einem Gefangenen seinen letzten Wunsch verweigert hatte. Dessen Erfüllung war so notwendig wie der sonntägliche Stierkampf, auf den das Volk beharrte, und der König gewährte es gerne, solange er einen Landstreicher mehr hängen sah.

„Nun denn, so schafft die Sippe herbei", sagte er. „Nur hängt euch die Henkersmützen um, damit euch der Blick dieser Teufelsweiber nicht trifft; er könnte euch für immer verhexen."

Es war nicht schwierig, Macarenas Familie zu finden. Sie war um das Totenbett ihrer Mutter versammelt, und die Klagelieder hallten durch die Wälder, ließen die Pferde in langsamen Schritt verfallen und hielten die Schwerter in der Scheide fest.

Mit tränenleeren Augen drehten sie sich um und sahen die dunklen Reiter, die darauf warteten, sie abzuholen. Ohne ein Wort des Widerstandes ging Macarenas Bruder langsam auf sie zu, seine Gitarre unter dem Arm, als wäre sie sein Kind. Nur Macarena wehrte sich wie ein wildes Tier, die Totenwache aufzugeben und ihre Mutter den Geistern freizugeben.

Sie kamen im Morgengrauen an der Alameda an, wo sich eine neugierige Menschenmenge versammelt hatte wie beim Fischmarkt. Macarena hatte das Gefühl, als seien ihre Knochen nach dem wilden Ritt einzeln wie in einem Sack durcheinander geschüttelt worden, doch kaum hörte sie das Rufen der Leute, versuchte sie, ihren Freund ausfindig zu machen. Zu ihrem Entsetzen sah sie nur ein graues Bündel, das bei den beiden Säulen in der Mitte des Platzes auf dem Boden lag. Mit all ihrer Kraft versuchte sie, ihm trotz der Entfernung

Energie zu schicken und spürte, dass nur ein Teil davon ankam, und seine Schmerzen zu verstärken schien.

Ohne ein Wort der Gegenwehr stieg sie auf das Podest, das ein paar Helfer eilig vor dem Königsthron aufgebaut hatten, und wo ihre Tante und ihr Bruder mit der Gitarre bereits warteten. Macarena wusste, dass sie nicht mehr viel Zeit hatten. Auf einen Blick von ihr fing ihre Tante an zu klatschen, senkte den Kopf und klatschte mit ihren Händen eine Melodie, die das Lachen und Reden der Leute übertönte und langsam verstummen ließ. Ihr Bruder zupfte ein paar Saiten seiner Gitarre, schüchtern und vorsichtig. Er wusste nicht, was er spielen sollte, jetzt, wo der aufmunternde Geist seiner Mutter fehlte. Er dachte an sie, und das Denken wurde zu Musik und zu ihren Tränen und den orangefarbenen Korallenohrgehängen.

Der erste Akkord traf die Menschen an einer unerwarteten Stelle.

Paco, der gedacht hatte, die Schwelle des Todes bereits überschritten zu haben, freute sich an dem hellen Licht, das ihn umgab, und an dem Frieden. Zu diesem Frieden passte kein Laut; die Musik schien ihn am Kragen zu packen und von dem Weg, den einzuschlagen er im Begriff war, zurückzuhalten. Die Zuhörer waren verstummt und warteten auf das Einsetzen von Macarenas Stimme.

Sie begann zu singen, dunkel und klar, sie wollte eine Bulería singen, um ihren Freund aufzumuntern. Doch gleich bei der ersten Strophe, in der ein Mann die Korallenohrringe seiner Liebsten besingt, musste sie an ihre Mutter denken, wie sie tot in ihrem Sarg gelegen hatte. Unwillkürlich drangen die Gedanken an die tote Mutter aus ihrem Mund und die Lieder änderten sich auf eine traurige Weise.

Die Wachen nahmen die Musik schmerzhaft wahr. Sie passte nicht zum heutigen Anlass und berührte sie in einer Weise, die sie nicht kannten.

Der König rückte unbehaglich auf seinem Sitz hin und her. Er vermochte sein Schaudern nicht einzuordnen und fühlte sich hilflos, mit seinen Reitern und blitzenden Waffen, angesichts dieser drei jämmerlichen Gestalten. Das magere Mädchen, das vom satten Grün des Frühlings zu singen begonnen hatte, sang auf einmal von der Melancholie des Abschiednehmens, der Einsamkeit des Lebens als ewig Verfolgte und von ihrer toten Mutter mit den Korallenohrringen im Sarg.

Macarena hatte kaum zwei Strophen gesungen, als sie die Tränen nicht mehr zurückhalten konnte. Sie brachten ihre Stimme zum Zittern. Doch sie sang unbeirrt weiter, während die Trauer in ihrer Stimme auf den ersten Wachtposten übergriff, der sich verstohlen über die Augen wischte. Er musste an seine eigene Mutter denken, die ebenfalls solche Ohrringe getragen hatte.

Vor dem inneren Auge des Königs tauchte das Bild seines toten Vaters auf, wie er ihm voller Vertrauen die Krone übergeben hatte, einen Tag, bevor er gestorben war. Macarenas Bruder griff in die Saiten, als gelte es, seine eigene Trauer zu verwandeln, in die Kraft, die die Gitarre hergab. Ihre Tante klatschte mit der jahrelangen Übung vieler Hochzeiten unbeirrt weiter, und schämte sich ihrer Tränen nicht.

Auch der Wächter musste an seine alten Eltern denken, die bei einer Feuersbrunst ums Leben gekommen waren, als die Sonne Sevillas die Strohdächer entzündet hatte. Er blickte zu Paco, der als Schutz vor der Sonne zusammengekrümmt unter dem Pfosten lag, und spürte zum ersten Mal so etwas wie Mitleid mit dem Gefangenen.

Macarena sang um ihr Leben, obwohl ihr die Tränen wie Sturzbäche über die Wangen flossen. Die einfachen, aber klaren Worte bohrten eine unausweichliche Schneise in die Herzen der Zuhörer. Sie hatten nun alle Tränen in den Augen, da ihr Gesang jeden einzelnen an sein eigenes Leid und an das seiner Vorfahren erinnerte, und alle Menschen in stummem Einverständnis verband. Wie das Echo von Macarenas Stimme spürte jeder die Einsamkeit, die Traurigkeit und die Furcht, von der sie sang, im eigenen Leib und in der Seele. Das Verstehen löste ein unendliches Mitgefühl aus, das um sich griff wie eine Epidemie.

Nachdem alle Tränen um die toten Eltern geweint waren, weinten die Hebammen um die toten Kinder, die Bauern um die toten Hühner, der Fleischer um die Tiere, denen er das Fell über die Ohren zog; die Marktfrau bedauerte die Vögel im Käfig, dem Schlachter taten die Kühe Leid, und sogar der Torero wurde von unerklärlichem Mitleid ergriffen mit den Stieren, die er sonntäglich spießte.

Der König wollte aufspringen und diesen bedrohlichen Flamenco beenden, doch irgendetwas hielt ihn auf seinem Sitz zurück. Es war das Fühlen, das auf ihn selbst übergegriffen hatte, so überraschend, dass er dachte, er sei verrückt geworden.

Als Letztes ergriff es die Henker. Macarenas Gesang verlieh dem ganzen Heer an Toten, die ihr Beruf mit sich brachte, eine Stimme, und ein Henker nach dem anderen blickte mit tränennassen Augen auf den unglücklichen Paco.

Der Wunsch, ihm einen Wasserkrug zu reichen, wurde so stark, dass einige von ihnen zum Himmel blickten und beteten, er möge sich erbarmen und dem Unglücklichen eine Wasserflut schicken, die selbst der König nicht verhindern konnte.

Während sich der Gesang und das Klatschen verstärkte und zu einem bedrohlichen Crescendo anschwoll, begannen sich die Menschen rundherum weinend in die Arme zu fallen.

Einer nach dem anderen wischte sich die Tränen vom Gesicht, sie tropften auf den Boden, verdampften auf den heißen Steinen und der König blickte fassungslos auf sein weinendes Volk.

Mit Schaudern sah er, wie sich eine Wolke vor die Sonne schob, verdichtete und immer dunkler und dunkler wurde, bis sie sich mit einem gewaltigen Donnerschlag entleerte, und auch der Himmel seine Schleusen öffnete und einen gewaltigen Regenschauer weinte.

Da erhob sich der König, um Paco loszuketten.

Martha und Claire wohnten in derselben Straße, einander gegenüber. Martha beneidete Claire, und Claire beneidete Martha.

Wenn Marthas Mann auf Reisen war, saß Martha abends vor dem Küchenfenster. Gebannt blickte sie zum Haus gegenüber, dessen hell erleuchtetes Fenster ihr wie ein Tor zu einer anderen Welt erschien. Die Wohnung der Schönen hatte keine Vorhänge. Martha schätzte, dass sie sie nicht brauchte. Sie seufzte wehmütig.

In Wirklichkeit hatte die schöne Claire keinen Mann, der Vorhänge montieren konnte. Sie hatte auch keinen Vater mehr, der das getan hätte. Und um selbst mit ihren alabasterfarbenen Händen zu Bohrer und Schraubenzieher zu greifen, fühlte sie sich zu schwach. Also hatte sie keine Vorhänge. Claire war es egal, ob jemand in ihre Wohnung hineinsehen konnte oder nicht. Sie sehnte sich danach, dass jemand in ihre Seele hineinsehen würde.

Im Gegensatz zu ihr, wollte Martha ihr Seelenleben lieber verbergen. Sie wusste nicht, was geschehen würde, wenn sie es offenlegte.

Es war wieder einmal Abend, und die schöne Claire tauchte am Fenster auf. Martha, im gegenüberliegenden Haus, hielt den Atem an. Sprachlos ließ sie ihr Pillendöschen sinken, das sie gerade in der Hand hielt. Sie starrte auf den weißen Rücken, der sich schamlos im hellerleuchteten Fenster präsentierte und auf die runden Gesäßbacken, die sich an die Scheibe pressten, nur von einem Hauch schwarzer Spitze verziert. Auf der weißen Haut hoben sich dunkel zwei fremde Hände ab, Hände eines Mannes, offensichtlich eines anderen als letzte Woche. Martha schnaubte verächtlich und bedachte ihr Telefon mit einem strafenden Blick, weil es nicht läutete.

Marthas Mann war wieder einmal auf Reisen. Wenn er nicht auf Reisen war, war er meistens müde. Jedenfalls würde er nie auf die Idee kommen, sie aufs Fensterbrett zu setzen, aber er liebte sie innig, das wusste sie ganz genau. Doch für sie fühlte sich diese Liebe wie ein warmer, zu lange getragener Mantel an, dessen Ellbogen schon etwas abgewetzt waren, und sie wollte sich nicht die Mühe machen, die Löcher zu flicken.

Stattdessen verfolgte sie das Leben anderer, in Zeitschriften, im Fernsehen oder im Fenster gegenüber. Im Stillen sehnte sie sich danach, mit jemandem zu tauschen, der ein aufregenderes Leben führte; zum Beispiel mit der Schönen gegenüber. Deren Leben schien ihr unerreichbar und umso begehrenswerter, je länger sie es betrachtete, wie ein Kleid in einer Auslage, das man immer wieder bewundert, obwohl man es sich nicht leisten konnte.

Das Zwischenspiel am Fenster dauerte nicht lange. Martha trank ihr Glas Wasser zu den Tabletten und beobachtete, wie gegenüber die Lichter aus- und wieder angingen. Kurze Zeit später trat ein Mann aus der Haustür und ging eiligen Schrittes die Straße hinunter, ohne sich noch einmal umzudrehen. Die Schöne beugte sich halbnackt aus dem Fenster, als würde sie sehnlichst darauf warten, dass er doch noch einen Blick zurückwarf.

„Sie wird sich verkühlen", dachte Martha zufrieden und warf Claire einen bösen Blick über die Straße hinweg zu, der sehr schnell flog, denn Neid fliegt schneller als das Licht.

Claire fröstelte im offenen Fenster. Sie fand sich damit ab, dass Bob sich nicht mehr umdrehen würde, und schloss die Fensterläden. Gegenüber war es dunkel geworden. Enttäuscht wankte sie in ihr Bett zurück.

Wenig später lag sie alleine zwischen den zerwühlten Laken, in denen sie noch eine Spur von seinem Geruch wahrzunehmen glaubte.

Ihre Zähne klapperten, obwohl die Heizung lief. Sie wusste, warum ihr so kalt war, sie sehnte sich nach der Wärme seiner Umarmung oder zumindest danach, selbst jemanden umarmen zu können, und sich einzubilden, dass er es sich wünschte. Doch sie musste sich eingestehen, dass er geflüchtet war, dass wieder jemand vor ihrer Sehnsucht geflüchtet war. Zitternd setzte sie sich auf und griff nach den zwei Gläsern Rotwein, die noch auf dem Fußboden standen. Sie wollte jemanden anrufen, wusste aber nicht, wen. Die meisten ihrer Freundinnen waren verheiratet und mussten jetzt in trauter Zweisamkeit mit einem warmen Körper im Bett liegen. So wie die Frau gegenüber. Claire wusste, dass sie sie heimlich beobachtete. Als sie sich aus dem Fenster gebeugt hatte, war drüben schnell das Licht ausgegangen. Warum machte sie das? Sie hatte doch einen Mann, Claire hatte die beiden oft genug morgens aus dem Haus gehen sehen. Warum lagen sie dann nicht abends miteinander im Bett und wärmten sich gegenseitig? Ob sie überhaupt wusste, wie gut sie es hatte?

Wenn sie nur selbst einen hätte, dachte sie bitter. Sie würde nichts anderes mehr tun als jede Nacht mit ihm im Bett zu liegen, sie würde nicht mehr arbeiten, denn sie bräuchte kein Geld, würde nicht mehr essen, denn sie bräuchte keine Nahrung, sie würde gar nicht mehr denken müssen, wie unnötig wäre jede Bemühung, irgendeine Lebensfunktion aufrechtzuerhalten, wenn sie doch von selbst aufrechterhalten werden würde, einzig und allein von Liebe wie ein Säugling im Mutterleib.

Im Haus gegenüber lag Martha ebenfalls wach. Ihr Mann war irgendwann nach Hause gekommen, hatte einen kurzen Gruß gemurmelt und war angezogen wie er war neben ihr ins Bett gefallen. Er hatte die Gabe, in jeder Situation sofort einschlafen zu können, während seiner Dienste als Notarzt bis zur Perfektion trainieren können; war imstande, aus dem Tiefschlaf geweckt, einen Halbtoten mit einem geübten

Schnitt in die Kehle ins Leben zurückzurufen und eine Minute später wieder in sein Dienstbett zu sinken, die paar Minuten, die ihm zur Verfügung standen, nützend, während die Schwestern das Blut wegwischten und der Nächste an die Reihe kam. Es machte Martha aggressiv, dass sein Körper einfacher zu funktionieren schien als ihrer, über dem unausgesprochene Worte oder unerfüllte Lust wie eine Schar aufgeschreckter Krähen flatterten und ihr mit spitzen Schnäbeln die Decke des Schlafes wegzogen. Sie drehte den Kopf und betrachtete den schlafenden Körper neben sich. Das dichte Haar, in dem sich die ersten weißen Strähnen zeigten, gelockt wie bei einem Knaben, die weichen Lippen, der Brustkorb, der sich in unerschütterlichem Vertrauen hob und senkte.

Ob er wohl wusste, wie oft sie nicht glücklich war? Vielleicht sollte sie es ihm sagen, sollte ihm kein Glück vorspielen, wo sie keines empfand. Das Problem war nur, dass sie selbst nicht wusste, was sie empfinden wollte. Am Tag ihrer Hochzeit hatte sie die Verantwortung für ihr Glück in seine Hände gelegt wie einen schweren Stein, erleichtert, dass sie ihn nun nicht mehr tragen musste und auch nicht ihre Eltern, und ihr Mann schien mit den Jahren immer gebeugter zu gehen durch die Last, die sie beide nicht aussprechen konnten. Martha wusste nur, dass alle anderen viel glücklicher waren. Zum Beispiel die Schöne von gegenüber. Die war schlank, jung und hatte jede Woche einen neuen Liebhaber. Die musste sicher glücklich sein.

Claire starrte mit Tränen in den Augen zur Decke. Obwohl gerade erst gesättigt, war sie schon wieder hungrig, so wie früher nach Schokolade, wenn sie sich die Stücke gierig in den Mund schob und sich gleich danach den Finger in den Mund steckte, um zu erbrechen und immerzu hungrig blieb.

Ihre Ballettlehrerin hatte gesagt, sie sei zu dick: „Wie soll das Mädchen Ballett tanzen“, hatte sie gesagt, „die wird einmal eine richtige

Frau mit runden Hüften", und sie sah sie noch vor sich, groß und biegsam, mit einem bitteren Zug um den Mund und ihrem strengen Haarknoten. Mit jeder Faser ihres Körpers hatte sie eine Disziplin ausgestrahlt, die Claire niemals besitzen würde. Doch die Wärme fehlte, und Claire zog zwei Strumpfhosen übereinander an, um nicht zu frieren. Seit Jahren schwelte diese Wunde in ihr, sollte sie nun eine Frau sein oder nicht; wenn Bob bei ihr war wollte sie das, ansonsten lieber nicht.

Sie erinnerte sich an den bitteren Zug um den Mund ihrer Mutter, als ihr Vater sie verlassen hatte. So seien die Männer eben, hatte sie gesagt, es war wichtig, die Tochter möglichst früh auf ihr Schicksal vorzubereiten. Dazu brauchte sie keine Worte, mit denen wollte sie immer nur ihr Glück. Doch kaum war Claire mit einem Mann zusammen und dachte an ihre einsame Mutter, meldete sich ihr Gewissen wie ein drohendes Menetekel zu Wort.

Nur Bob wusste ohne Worte, was ihr Körper brauchte. Er fuhr mit dem Finger die Naht ihrer Strümpfe entlang wie jemand, der geheime Landkarten lesen kann und keine Angst hat, am Ende der Welt über die Klippen zu stürzen, und wenn sie beisammen waren, verwandelten sich ihre Körper in zwei riesige Münder, bis nicht mehr klar war, wo der Mund aufhörte und andere Körperteile begannen, und in seiner Umarmung fror Claire endlich nicht mehr und hatte das Gefühl sich auszudehnen, bis ihr neue Arme und neue Beine wuchsen, die sie wie Tentakel um seine Hüften schlang, um ihn festzuhalten, und wenn sich dann ihre Gefühlswelt verengte, blieb endlich auch die Angst draußen und die Zweifel, und sie spürte nur noch einen einzigen Punkt, von dem aus ein süßer Schmerz ihre Wirbelsäule hinaufkroch, um dort in tausend Stücke zu zersplittern und bis in ihre Fingerspitzen zu rieseln. Nachher hatte sie das Gefühl, aus einer Ohnmacht zu erwachen, fühlte sich dankbar, dass sie lebte und einen Körper hatte, mit dem sie empfinden konnte.

Doch dann kam wieder die Kälte. Sobald Bob weg war, brach sie erneut über sie herein, unaufhaltsam, als würde man sie nackt in den Schnee werfen. Glück ist zerbrechlich, bei der ersten Liebe glaubt man noch, man könne es ewig im Körper speichern, doch jede Enttäuschung zerstört ein paar Speicherzellen. Claire wusste nicht, ob sie wieder nachwachsen würden. Glück ist schwer verdaulich; wenn man lange gehungert hat, muss man sich erst langsam wieder daran gewöhnen. Claire hingegen stopfte sich voll, aus Angst und Ungewissheit, wann die nächste Gelegenheit sein würde, ob überhaupt eine kommen würde, und wenn nicht, würde sie verhungern, und dann würde auf ihrem Grabstein stehen, verhungert aus Sehnsucht, und die Raben würden ihr Grab umkreisen, neben dem Grab ihrer Mutter. Sie spürte Bobs Verlust so sehr, als wäre ihr ein Körperteil amputiert worden, vom Glücksgefühl war nichts mehr übrig, und sie rollte sich zusammen und weinte.

Dann griff sie nach ihrer Rotweinflasche und wünschte sich, sie könne mit irgendeiner anderen Frau tauschen. Zum Beispiel mit der Frau gegenüber, die verheiratet war. Wie glücklich die sein musste und wie geborgen.

Martha beneidete Claire, und Claire beneidete Martha.

Der Sprung

Das Sprungbrett zitterte kaum merklich, als Axel sein Gewicht von einem Fuß auf den anderen verlagerte. Seine Zehen ragten ein wenig über die Vorderkante des Brettes hinaus.

Das Wasser des Schwimmbeckens glänzte wie ein silberner Spiegel zehn Meter unter ihm. Langsam ging er zwei Schritte zurück, stand einen Moment lang still und schloss die Augen. Dann holte er mit zwei Sprüngen Schwung und kugelte sich in der Luft zusammen, bevor er sich mit ausgebreiteten Armen ins Nichts fallen ließ.

Sein Trainer klopfte ihm anerkennend auf die Schulter, als Axel aus dem Wasser stieg. Er sah zu Boden, wo die Wassertropfen einen dunklen Ring auf dem erhitzten Asphalt bildeten. „Gut gemacht", sagte der Trainer. „Du bist fit für den Wettkampf am Sonntag. Du kannst locker gewinnen. Enttäusch mich nicht."

Axel blickte ihm lange nach. Als seine Schultern zu schmerzen begannen, merkte er, dass er sie vor Kälte hochgezogen hatte und noch immer am selben Fleck stand. Bibbernd schaute er zum Sprungturm hinüber. Er war sehr hoch. Von hier unten machte er ihm immer noch Angst. Es hatte Jahre gedauert, bis er die Sprungkombination mit dreifachem Salto und Schraube aus dieser Höhe zeigen konnte.

Er konnte sich noch an seinen ersten Bauchfleck erinnern. Damals hatte er geglaubt, es habe ihm sämtliche Organe zerrissen. Sein Trainer hatte getobt. Danach hatte Axel lange Zeit in der Halle geübt, auf einem Trampolin, mit einem Seil um die Mitte, das ihn festhielt. Doch er war wieder von oben gesprungen, noch bevor er sich getraut hatte. Vor jedem Sprung nahm er seine Angst, zerknüllte sie wie ein Blatt Zeitungspapier und steckte sie in seine Badehose.

In der Zeit, in der er trainiert hatte, waren seine Freunde abends ausgegangen, hatten sich ihr Bier und die hübschesten Mädchen geteilt und ihre ersten Mopeds frisiert.

Axel war jeden Morgen um fünf Uhr aufgestanden, um schon vor der Schule eine Stunde zu springen. An den Abenden fiel er halbtot ins Bett. Er kannte keine einzige Fernsehserie und hatte keine Zeit für eine Freundin. Er wollte nur springen.

Axel wusste, dass er springen musste – seit dem Tag, an dem sein Bruder durch seine Schuld in den Tod gesprungen war. Immer, wenn er nicht trainierte, musste er an das graue Hochhaus in Ostdeutschland denken, dessen Fenster seinen Bruder ausgespuckt hatte wie einen unliebsamen Bissen Brot; seinen Bruder Christian, von dem er sich gewünscht hatte, er wäre niemals auf die Welt gekommen, und der ihm den Platz weggenommen hatte, den er so oft heimlich beneidet hatte, und auf den er immer aufpassen musste, anstatt zu spielen, wenn seine Mutter in der Fabrik war. Dann wurde dieser Wunsch plötzlich wahr. Er wusste, dass er nicht schuld gewesen war an jenem Nachmittag, er war in ein Spiel versunken und hatte nicht bemerkt, dass Christian ans offene Fenster geklettert war; es war sein Recht gewesen zu spielen, aber die Schuld ließ ihn nie wieder los, wie ein Raubvogel, der ein Kaninchen am Nackenfell gepackt hat und nicht mehr loslässt. Er erinnerte sich an die schreiende Mutter, jahrelang konnte er nicht an der Stelle des Gehsteigs vorbeigehen, wo sein Bruder den dunklen Fleck hinterlassen hatte, der sich monatelang nicht entfernen ließ.

Seit damals sprang Axel, um seine Schuld wieder gutzumachen, als würde jede Sekunde Todesangst die seines Bruders aufwiegen, aber nur zu einem kleinen Teil, niemals vollständig, schließlich hatte er das rettende Wasserbecken unter sich, während Christian ohne Chance dem tödlichen Beton entgegengesprungen war.

Seiner ersten Freundin konnte er nie verzeihen, dass ihr der tote Bruder, über den er niemals sprach, auf dem Foto nicht aufgefallen war. Axel stand dort mit seinen Eltern, zwischen ihnen Christian, ungeschickt auf der Außenkante seiner Füße balancierend, weil er zu seinem großen Bruder aufsah, den er bewunderte, und Kati sagte, was für ein schönes Foto, und stellte es ins Regal zurück, um Axel zu küssen. Damals markierte er in Gedanken den ersten Minuspunkt ihrer Beziehung.

In der Nacht vor dem Wettkampf wachte Axel schweißgebadet auf. Er hatte geträumt, er sei in ein Becken gesprungen, das voller Blut war. Es war bis auf die Straße gespritzt, und als er unter der Dusche gestanden hatte, hatte er es nicht abwaschen können, es hatte an ihm geklebt wie ein unübersehbarer Makel.

Mit klopfendem Herzen lag er unter der Decke, bis die vertraute Umgebung nach und nach den Schrecken des Traumbildes verdrängte, und wünschte sich, Kati wäre noch hier. Oft war es ihm auf die Nerven gegangen, wenn sie sich nach dem Aufwachen an ihn schmiegte wie an einen haltgebenden Gegenstand, denn er konnte den Halt nicht geben, den er selber brauchte, es hatte ihm die Luft zum Atmen genommen, er wusste nie, wohin mit seinen Händen, und wenn sie zu lange so lag, erregte ihn ihr schlafwarmer Körper, obwohl er keine Zeit hatte für Zärtlichkeiten.

Langsam setzte er sich auf, sein Rücken schmerzte. Es war ihm egal, er hatte sich geschworen, er würde springen, und sei es mit einem gebrochenen Fuß, er durfte seinen Trainer nicht enttäuschen, nicht auch noch ihn, nachdem er schon alle wichtigen Menschen in seinem Leben enttäuscht hatte.

Axel erschien zu spät in der Schwimmhalle. Er war in den falschen Bus eingestiegen. Jahrelang war er hierher zum Training gefahren, und ausgerechnet heute hatte er es geschafft, in den falschen Bus zu steigen. Er fühlte sich wie in der Schule, auch dort war er immer zu spät gekommen, obwohl er nichts dafür konnte, und niemand hatte ihm geglaubt, und er wurde immer bestraft. Wenn er morgens aus dem Wasser gestiegen war, hatte er zugesehen, wie die Zeiger der Uhr vorrückten, er hatte immer ganz genau gewusst, wenn er jetzt noch zehn Minuten sitzen blieb, würden ihm genau diese zehn Minuten auf seinem Schulweg fehlen, und trotzdem blieb er zehn Minuten zu lange sitzen, als wollte er sich mit der Strafe des Lehrers selbst bestrafen, jeden Tag aufs Neue.

„Wir machen manchmal Dinge, die wir uns selbst nicht erklären können", hatte der Trainer zu ihm gesagt. „Es ist, als würde unser Ich auf einer Bühne stehen – und wir schauen einfach nur zu. Wir sind wie ein Marionettenspieler, der vor dem Spiegel steht, die Puppen tanzen sieht – und wollen nicht sehen, dass es unsere eigenen Hände sind, die sie bewegen."

Axel hatte ihm nicht ganz geglaubt. „Es ist doch immer meine Entscheidung, was ich mache", hatte er gesagt.

„Das wäre schön", hatte der Trainer gesagt, und wieder hatte Axel Angst gehabt, ihn zu enttäuschen; das Gefühl, eine Last zu tragen, die er nicht verdient hatte, aber vielleicht war das der Preis dafür, dass er leben durfte, während sein Bruder tot war – für immer.

Er ging auf die Galerie hinauf, wo er die Zuschauer nicht sah, machte seine Kniebeugen, um sich aufzuwärmen, im Augenwinkel die anderen Kandidaten, die alle schwächer waren als er. Er wusste, dass er locker gewinnen konnte, trotzdem war er nicht ganz bei der Sache. Er musste immer an den Marionettenspieler denken, während der Zeiger der großen Uhr bedrohlich weiterrückte.

Als er auf der Startbank saß, brach ihm der kalte Schweiß aus. Der Trainer klopfte ihm auf die Schulter. „Enttäusch mich nicht", sagte er drohend.

Durch den knirschenden Lautsprecher hörte Axel seinen Namen.

Er ging zu den Stufen, wie durch zähen Brei, der ihn vom Beifall und den Rufen des Publikums abschirmte. Als er oben angekommen war, blickte er zu den erwartungsvollen Gesichtern hinunter. Seine Eingeweide flatterten vor Angst.

Dann drehte er sich um und stieg die Stufen, eine nach der anderen, wieder hinunter.

Er hatte nur noch Angst vor seinem Mut.

Nur ein Bild

Der Maler saß im Lichtkegel der Straßenlaterne und war so vertieft in seine Arbeit, dass er nichts um sich herum wahrzunehmen schien.

Mit weit ausholenden Handbewegungen pinselte er ein leuchtendrotes Feuerwerk auf die Leinwand, das aussah wie ein Funkenregen, und ab und zu strich er prüfend, fast zärtlich, über sein Bild, als wolle er testen, ob er die Farben auch dick genug aufgetragen hatte. Dabei blickte er kein einziges Mal auf.

Er bemerkte weder die vielen Leute, die einen andächtigen Halbkreis um ihn herum gebildet hatten, noch den kühlen Wind, der vom Hafen her wehte und immer wieder seine Plastikbecher umwarf, in denen er Pinsel, Farbtuben und allen möglichen Krimskrams aufbewahrte.

Immer wieder fand sich jemand, der ihn aufhob und ehrfürchtig wieder an seinen Platz zurückstellte, wenn der Becher zu weit weg gerollt war, und dann bedankte sich der Maler mit einem flüchtigen Kopfnicken.

Grace konnte sich noch genau an den Moment erinnern, als sie ihn zum ersten Mal gesehen hatte.

Atemlos war sie an der Uferpromenade angekommen, die sie entlanggelaufen war, bis zu der kleinen Menschentraube, die sich um die dritte Straßenlaterne bildete. Sie konnte den Maler zuerst nicht sehen, schnappte nur ein paar Wortfetzen aus der Menschenmenge auf.

„Brillant", raunte jemand. „Ungeheuerlich … Ein großer Künstler. Er hat oft Ausstellungen mit anderen zusammen, aber es gibt nur sehr wenige seinesgleichen …"

Energisch drängte sich Grace in die erste Reihe vor. Sie sah nicht besonders viel von ihm, denn er schien hinter seiner Leinwand zu verschwinden. Das fahle Licht der Straßenlaterne ließ seine kantigen

Züge noch deutlicher hervortreten. Er war sehr schlank und hatte schulterlange, dunkle Locken, die ihm ständig ins Gesicht fielen.

Verstohlen sah sie sich um und suchte die Frauenporträts, von denen der Rezeptionist gesprochen hatte. Sie waren nirgends zu sehen. Einige Landschaftsbilder lehnten an der Laterne, ein Meer aus wilden Klecksen, aber keine Frauen. Grace vermutete, dass er später dazu übergehen würde. Vielleicht hatte er im Moment seinen Stil gewechselt, weil ihm keine Frau schön genug war. Das musste es sein.

Sie blickte an sich hinunter, betrachtete sich kritisch und fand, dass sie etwas zerzaust aussah. Um ihre Chance nicht zu riskieren, beschloss Grace, am nächsten Abend wiederzukommen, und stahl sich durch die Menschenmenge davon.

Grace war zum ersten Mal alleine in ein fremdes Land gereist.

Nur langsam verlor sie das Bedürfnis, sich immer wieder umzudrehen, und wenn sie Paare sah, die Hand in Hand durch die engen Gassen schlenderten, fühlte sie sich beklemmend fehl am Platz. Doch ihre Unruhe wich, als sie merkte, dass sie unter den vielen Menschen gar nicht sonderlich auffiel. Dieses Gefühl war ihr vertraut und sie begann sich wohler zu fühlen.

Gleich am Tag ihrer Ankunft hatte sie sich mit dem Rezeptionisten des Hotels angefreundet. Er war ein junger Engländer mit feuerrotem Haar, der genau die Schüchternheit besaß, die sie in diesem Urlaub ablegen wollte. Er hatte ihr von dem berühmten Maler erzählt.

„Er ist ein ganz besonderer Maler. Weltberühmt." Er bedauerte, dass ihm der Name des Künstlers nicht einfiel. „Er verbringt jeden Sommer hier und malt an der Uferpromenade unter der dritten Laterne. Er ist berühmt für seine Frauenbilder. Wenn er eine besonders schöne Frau sieht, engagiert er sie vom Fleck weg und malt sie. Er malt aber nie, wenn man ihn danach fragt, sondern sucht sich seine Modelle immer selbst aus."

Vorsichtig streiften seine Augen Graces Körper und sie merkte, dass er ihr gute Chancen ausrechnete, solch ein Modell zu werden. Obwohl sie solche Blicke inzwischen gewohnt war, spürte sie einen geheimen Triumph, denn es war noch gar nicht so lange her, da war sie unauffällig gewesen, eine Blume, die im Verborgenen blühte, und sich nicht vorstellen konnte, dass sich jemals ein Mann in sie verlieben könnte. Doch vom ersten Tag an, den Grace auf der Insel verbrachte, war sie überzeugt, dass der Maler anders war als alle Männer, die sie bis jetzt kennengelernt hatte. Sie wusste, dass sie füreinander bestimmt waren und dass es nur eine Frage der Zeit war, bis er aus seiner Zerstreutheit erwachen und sie erkennen würde.

Grace machte sich jeden Abend besonders hübsch. Zu den knirschenden Klängen aus ihrem altersschwachen Radio versenkte sie das Bad in einer dampfenden Sturzflut, bis die Zimmernachbarn wütend an ihre Tür hämmerten und schrien, sie würden sie wegen Ruhestörung anzeigen, dies sei ein gesittetes Haus. Nach dem Baden verbrachte sie eine weitere Stunde damit, sich zu überlegen, was sie anziehen sollte, cremte sorgfältig ihre Problemzonen ein und legte ihre langweilig glatten Haare in aufwändige Locken, die der Meereswind in Minuten zunichte machte.

In Gedanken malte sie sich aus, wie der Maler im richtigen Moment zu ihr aufblicken würde, überrascht, als hätte er sie zum ersten Mal gesehen, und dann würde er sie anlächeln und zum Abendessen einladen.

Nach einem romantischen Dinner bei Kerzenlicht würden sie Hand in Hand über den Hafen spazieren, wo die Yachten der Reichen und Schönen ankerten, die sie nicht brauchten, denn schön waren sie selbst und reich würden sie noch werden.

Vielleicht würde er direkt an der Uferpromenade ein Bild von ihr malen, wo der Wind über die Yachten rollte, sich am Bordstein brach, an die alten Hausfassaden schmiegte und kühl durch die Fasern ihres Sommerkleides strich. Vielleicht hätte er aber auch einen Akt im Sinn, dies stellte sich Grace als Krönung vor.

Dann würde er sie in sein Atelier einladen, in einem sonnendurchfluteten Dachgeschoß wie in den alten Filmen, und sie würde die schmale Treppe vor ihm hinaufschreiten wie eine Himmelsleiter, und im Atelier würde er sie bitten, sich aufs Sofa zu drapieren, damit er die Beleuchtung und das ganze Drum und Dran einstellen konnte, und Grace würde vor ihm stehen bleiben, ihm in die Augen sehen und ihr Kleid von den Schultern gleiten lassen.

Als der Maler nach einer Woche noch immer nicht zurück gelächelt hatte, wurde Grace nervös.

Sie schlug sämtliche Verabredungen aus, die ihr angeboten wurden, denn sie wollte auf keinen Fall die Gelegenheit verpassen und zusehen müssen, wie der Maler eine andere wählte.

Sie passte ihre Aktivitäten der Färbung des Abendlichtes an, dem Windgang, und konnte in der Nacht nicht mehr schlafen, da die flüssige Schokolade seiner Augen eine unaufhaltsame Schneise in ihre Gedanken bohrte, obwohl sie zugeben musste, dass sie sie noch nie gesehen hatte, weil ihm immer wieder die Haare ins Gesicht fielen.

Sie hatte jetzt nicht mehr viel Zeit, um seine Aufmerksamkeit zu erringen. Mit aller Kraft verdrängte sie den Gedanken, der wie ein Damoklesschwert bedrohlich über ihrem Kopf hing, dass sie möglicherweise schlicht und einfach nicht schön genug für ihn war.

Bei einem ihrer einsamen Abendessen winkte sie mit einem flüchtigen Lächeln den Kellner herbei, der sofort zur Stelle war, um der attraktiven Señorita, die immer alleine war, die gewünschten Sätze auf eine Serviette zu kritzeln.

„Sind Sie später noch an der Bar?“, fragte er hoffnungsvoll.

Sein bewundernder Blick prallte an ihr ab wie Geschosse an einer kugelsicheren Weste.

„Ich bin schon verabredet", sagte sie mit eisigem Blick und verließ den Raum.

Der Kellner blickte ihr mit unverhohlener Bewunderung hinterher und dachte kopfschüttelnd, welche Pfundskerle diese Touristinnen heutzutage doch seien, die ganz alleine verreisten, um sich dann jeden Abend hemmungslos mit einem anderen Mann zu amüsieren.

Graces Herz klopfte bis zu den Schläfen, als sie zur dritten Straßenlaterne kam. Sie war fest entschlossen, heute Abend dem Spiel ein Ende zu bereiten. Immerhin gab es noch die Möglichkeit, dass es gar nicht stimmte, was man sich über den geheimnisvollen Maler erzählte; vielleicht suchte er sich seine Modelle gar nicht selbst aus, sondern war einfach nur schüchtern, und wartete nur auf eine Frau, die selbstbewusst genug war, ihn anzusprechen.

Mit zitterndem Herzen verfolgte sie seine Bewegungen, bis der letzte Schaulustige gegangen war, und als er innehielt, um seine Pinsel auszuwaschen, packte sie den Stier bei den Hörnern.

Entschlossen ging sie zwei Schritte auf ihn zu und spürte, wie die Umgebung aus ihrem Bewusstsein versank.

Sie grüßte heiser, wunderte sich über den Klang ihrer Stimme, und fragte ihn, ob er sie malen wolle.

Der Maler zögerte sekundenlang. Dann blickte er langsam auf. Wie immer machte er sich nicht die Mühe, seine Haare aus dem Gesicht zu streichen.

Stattdessen wandte er sich schnell wieder ab und erwiderte einen knappen Gruß.

Graces Selbstbewusstsein zerbrach in tausend Scherben.

‚Er ist unhöflich‘, dachte sie. ‚Er mag mich nicht. Er wird mich nie mögen. Er sieht in mir nur das hässliche, dicke Mädchen mit dem nie jemand tanzen wollte.‘

Verzweiflung machte sich in ihr breit, stieg auf und verwandelte sich in blinde Wut. Sie spürte eine unbändige Lust, mit den Füßen auf sein Bild zu trampeln und die Farben bis zur Unkenntlichkeit zu verschmieren.

Da räusperte sich der Maler.

„Ich male keine Menschen“, sagte er und Grace vollendete den Satz in Gedanken, … die nicht schön genug sind‘, und fühlte sich wie damals in der Tanzschule, wo sie immer wieder vergeblich die Hand ausgestreckt hatte, wie Tantalos in der griechischen Mythologie, dem immer wieder das Wasser vor der Nase weggezogen wird, bis er qualvoll verdurstet.

„Ich bin ein spezieller Maler“, sagte er, noch immer ohne aufzublicken, und Grace schrie in Gedanken, er solle nicht so eingebildet sein, schließlich hätte sie seine Besonderheit zwei Wochen lang bewundert, und wofür, wenn er am Ende nicht einmal fähig war, sie anzusehen.

Langsam schüttelte er das Wasser aus seinem Pinsel und wandte Grace endlich das Gesicht zu.

Sie erschrak, weil in seinen Augen jeglicher Ausdruck fehlte.

„Ich male keine Menschen“, sagte der Maler bedächtig. „Ich kann nur Landschaften malen oder Gefühle, Bilder, die in meinem Gedächtnis gespeichert sind. Ich habe gelernt, die Konsistenz von Farben zu ertasten, wie die Konsistenz der Gefühle. Rot fühlt sich anders an als blau. Ich male Stimmungen, Gedanken oder Dinge, an deren Aussehen ich mich erinnern kann. Wenn Sie den Frauenmaler suchen, sind Sie bei mir falsch. Der sitzt eine Laterne weiter drüben. Ich bin ein besonderer Maler. Ich bin blind.“

Im schwachen Licht der Taucherlampe erschienen die Umrisse der Knochen wie eine Höhlenmalerei. Javier glaubte zu träumen, als er nach der Vielfalt bunter Fische die Skelette sah, die sich unscharf gegen den hellen Kalkstein abhoben.

Ungläubig schwamm er näher und besah den Haufen an Knochen, der unter dem Steinvorsprung verborgen lag. Sie schienen ohne Zweifel von Menschen zu stammen.

Er tauchte so hastig auf, dass ihm schwindlig wurde, und rief nach seiner Verlobten. Die rauen Steinwände der Höhle verschluckten seine Stimme und er musste zweimal rufen, bis sie ihn hörte. Patricia löste sich langsam von dem riesigen Stalaktiten, der von der Decke hing und schwamm zu ihm herüber.

„Was ist los?", rief sie gelangweilt. „Hast du einen Hai entdeckt?"

Javier war nach Mexiko gereist, um seine Forschungsarbeit über unterirdische Höhlen fertigzustellen. Hier in Yukatan hatte ein gewaltiger Kometeneinschlag die Erde vor fünfundsechzig Millionen Jahren zerrissen und ein unterirdisches System geschaffen, das die ganze Halbinsel untertunnelte. In diesen Cenotes war eine unterirdische Zauberwelt entstanden, in der sich Süß- und Salzwasser mischten, Fische lebten, Steine wuchsen und die Bäume tranken, deren Wurzeln bis zu den Seen tief unter die Erde reichten.

Patricia konnte Javiers Begeisterung für die Cenotes nicht teilen. Ihr war alles unheimlich, was älter als hundert Jahre war. Sie war mitgefahren, weil sie die weißen Sandstrände lockten, die aussahen wie die aus der Fernsehwerbung für Rum-Cola, und weil sie noch nie miteinander verreist waren. Manchmal hatte sie den Eindruck, als sei er eher mit seinen Büchern verlobt als mit ihr. Sie wollte einen Strandurlaub verbringen, ohne Bücher, die er trotz ihrer Warnung kofferweise mitgeschleppt hatte, höchstens mit einer Zeitschrift, und nun jagte er sie bei unmenschlicher Hitze von einer Ausgrabung zur nächsten, deren Geschichten sie zum Schaudern brachten.

„Sieh mal", sagte er ehrfürchtig bei den Ausgrabungen von Chichen Itzá, und zeigte auf einen Ring in der Wand und ein dreitausend Jahre altes Relief. „Das war der Ballspielplatz der alten Maya. Sie haben das Ballspiel erfunden."

„Und der Sieger wurde geköpft", las Patricia laut aus dem Reiseführer vor. Sie zeigte auf den in Stein gehauenen Krieger, dem der Kopf fehlte und aus dessen Halsstumpf eine Fontäne entwich.

„Sie haben Menschenopfer dargebracht", las sie weiter, „ Jungfrauen mit zusammengebundenen Füßen in Cenotes geworfen, um Regen zu erbitten. Warum müssen eigentlich immer die Jungfrauen für alles herhalten?"

Javier wusste keine Antwort darauf. Er dachte noch immer an die Ballspieler und überlegte, was ein vom Rumpf getrennter Kopf noch von der Welt wahrnimmt und wie lange.

„Sie waren Barbaren", sagte Patricia. „Lass uns weitergehen."

Sie hatte sich zunächst geweigert, zu den Cenotes mitzufahren, willigte nur ein, als Javier ihr in Aussicht stellte, nachher zwei volle Tage im pulsierenden Strandort Playa del Carmen zu verbringen. Sie befürchtete zwar, dass er auch am Strand seinen Laptop auspacken würde, doch das würde sie in Kauf nehmen, solange er es schaffte, ihr einen Liegestuhl zu reservieren.

Während der vollgestopfte Colectivo über die staubigen Straßen in Richtung Valledolid rumpelte, wuchs gleichzeitig mit der Hitze das Schweigen zwischen ihnen. Zu Mittag erreichten sie die kleine Stadt mit der hübschen Steinkirche aus dem siebzehnten Jahrhundert.

„Wie schön", sagte Patricia zufrieden, als sie die Kirche im Schatten der großen Palmen sah. „Hier machen wir Mittagspause."

Javier war einverstanden. Er war so beschäftigt, das Licht und die Farben wahrzunehmen, die umso intensiver wurden, je weiter sie ins Landesinnere fuhren, dass er gar nicht bemerkt hatte, wie hungrig er war. Der Colectivo hielt im flüchtigen Schatten einer Palme und sie spazierten über den Hauptplatz. „Sieh nur, der hübsche Park!", sagte Patricia, um das Schweigen zu überbrücken, das sich zwischen ihnen ausbreitete wie ein unaufhaltsames Geschwür. Sie deutete auf einen symmetrisch angelegten Park, der mit einem leuchtendweißen Zaun umrahmt war. Javier nickte zustimmend. Das Tor stand weit offen. Es war kunstvoll geschmiedet, feinziseliert wie ein Spitzentuch. Zwischen den Touristen spazierten einige Frauen in landestypisch bestickten Blusen umher und drehten sich blitzschnell um, wenn Patricia ihren Fotoapparat zückte. Sie war begeistert von den Doppelsesseln aus weißem Stein und stellte sich Verliebte im Schatten blühender Büsche vor, die sich hier zu einem Stelldichein trafen. Die Kieswege leuchteten in der Sonne, der Rasen war ordentlich geschoren, niemand traute sich hier während der Siesta seine Hängematte aufzuhängen oder die Picknickkörbe auszupacken wie am Strand.

Patricias Laune hob sich. Sie zog Javier am Arm zu einem kleinen Café.

Als sie zu den Cenotes weiterfuhren, schien die Luft zu flirren. Die Hitze raubte ihnen fast den Atem. Sogar die Zikaden waren verstummt. Javier sehnte sich danach, mit seinem ganzen Körper in kühles Wasser einzutauchen. Der Weg zum Cenote führte an ein paar Kiosken vorbei, in denen sich die Arbeiter im Schatten bei den Eistruhen verschanzten. Ein schweigsamer Guide führte sie zu einem laubbedeckten steinernen Eingang in eine Art Brunnen, in dem eine steile Wendeltreppe in die Tiefe führte. Die Stufen waren sehr steil und aus rutschigem Kalkstein, so dass sie nur langsam hinuntergehen konnten.

Kaum waren sie bis zum Kopf im Gestein verschwunden, umfing sie eine angenehme Kühle. Es wurde immer dunkler, da nur noch wenig Licht durch die schmale Öffnung drang. Zweimal duckten sie sich im Gehen unter einen Felsvorsprung, und Patricia dachte, dass es hier genauso aussah wie in ihren Alpträumen. Sie hielt sich dicht an Javiers Rücken. Auf einmal blieb er stehen, und sie wäre fast in ihn hineingelaufen. „Was ist los?", fragte sie beunruhigt. Javier stand einfach nur da. Der Anblick hatte ihm die Sprache verschlagen.

Vor ihnen öffnete sich eine riesige, steinerne Kuppel, die von einem Loch hoch oben im Felsen schwach beleuchtet wurde. Unter ihnen schimmerte türkisblau die glitzernde Oberfläche eines unterirdischen Sees. Bis auf ein leises, regelmäßiges Plätschern war es vollkommen still. Langsam gewöhnten sich seine Augen an das Dämmerlicht, und er erkannte mächtige Stalaktiten, die rund fünfzehn Meter von oben herabhingen, und die armdicken Baumwurzeln, die sich an den Seiten der Höhle zum Wasser hin streckten.

Javier wagte nicht zu atmen. Er spürte eine Ehrfurcht, die er in den Kirchen immer vergeblich gesucht hatte, streckte die Hand aus und betastete den kühlen Stein, in dem Wissen, dass er etwas berührte, das vor fünfundsechzig Millionen Jahren entstanden war. Man konnte förmlich glauben, die Anwesenheit geheimnisvoller Götter zu spüren, und er verstand, weshalb die alten Maya diese Orte als Tore der Unterwelt bezeichnet hatten, wohin die Seelen der Verstorbenen verschwanden. Er kletterte die letzten Stufen hinunter, hockte sich an den Rand des Sees und tauchte seine Hand in das dunkle Wasser, das süß und zähflüssig schien. Unter sich erkannte er Schwärme von bunten Fischen.

Er streifte seine Kleidung bis auf die Badehose ab und glitt in einem Zug ins kühle Wasser, das die Hitze der Haut angenehm löschte. Patricia war ihm zögernd gefolgt, und hielt sich an einem Seil fest, das quer über den See gespannt war. Ihr war die Tiefe des Wassers unheimlich. Javier drehte sich auf den Rücken und betrachtete den Lichtkegel, der von oben hereinfiel. Die steinerne Öffnung schien sehr weit weg zu sein. Direkt daneben hing ein riesiger Stalaktit bis knapp über die Wasseroberfläche herunter.

Er fragte sich, wie viele tausend Jahre er gebraucht hatte, um bis hierher zu wachsen.

Patricia schwamm von der anderen Seite heran und umfasste den Stalaktiten mit beiden Armen.

„Nicht zu fest ziehen!“, rief Javier und sie lachte. „Geh du nur tauchen“, rief sie zurück. „Vielleicht entdeckst du ja einen Hai!“

Sie sah ihm zu, wie er aus dem Wasser kletterte, um seine Taucherausrüstung anzulegen. Schon der bloße Gedanke an die Tiefe des Cenote machte ihr Angst. Sie blickte zur kreisrunden Öffnung der steinernen Decke hoch und versuchte sich vorzustellen, wie es sich anfühlte, hier hineinzufallen und mit Steinen an den Füßen zu ertrinken.

Das gleichmäßige Plätschern des Wassers und die unwirkliche Atmosphäre versetzten sie in ein Gefühl der Schwerelosigkeit. Sie sah Javier zu, wie er ihr zuwinkte und in den Tiefen des Wassers verschwand. Sie wusste nicht, wie viele Minuten vergangen waren, als sie seine Stimme wie aus weiter Ferne ihren Namen rufen hörte.

„Was ist los?“, rief sie zurück. „Hast du einen Hai entdeckt?“ Javier riss an seinem Mundstück und schnappte nach Luft. „Nein!“, rief er. „Keinen Hai! Skelette! Komm schnell! Da unten liegt ein Haufen Skelette!“

„Wo?“, schrie Patricia und ihre Stimme überschlug sich fast. Sie wich entsetzt zurück. „Habe ich es dir nicht gesagt? Das sind Überbleibsel irgendwelcher Menschenopfer! Ich habe dir doch gesagt, dass wir hier nicht schwimmen sollten!“

„Sie sind ganz tief unten“, sagte Javier, noch immer atemlos. „In der Salzwasserschicht, wo das Wasser trüb ist, hinter einem Felsvorsprung. Sie sind kaum zu erkennen, man sieht sie nur, wenn man wirklich tief taucht."

Patricia drehte sich um und schwamm entschlossen ans Ufer. „Mir reicht es. Ich gehe jetzt", sagte sie. „Das war das letzte Mal, dass ich dich begleitet habe. Ich werde mich bei den Behörden beschweren. Das ist ein öffentlicher Ort zum Schwimmen, das kann nicht …"

„Warte!" Javier setzte seine Ausrüstung wieder auf. „Lass mich das noch einmal ansehen. Du kannst ja vorgehen."

„Das werde ich!" Angewidert stieg sie aus dem Wasser, wickelte sich in ihr Handtuch, setzte sich auf einen Stein und wartete auf Javier. Ihr ekelte vor dem Wasser, der Höhle, dem unheimlichen Tropfen, das die Stille durchbrach und auch vor ihm. Sie konnte nicht verstehen, was er an diesen alten barbarischen Kulturen fand, man musste froh sein, in einer zivilisierten Welt zu leben, in der es keine Menschenopfer gab und keine bösen Götter.

Sie verließen die Höhle schweigend.

Am nächsten Morgen war Javier einer der ersten an der Universität und erzählte mit glühenden Augen dem Leiter des Forschungsprojekts von seiner Entdeckung.

Professor Rios' Gesicht blieb unbewegt.

„Man müsste die Skelette bergen", sagte Javier aufgeregt. „ Kohlenstofftests unterziehen, vielleicht können wir herausfinden, wann die Menschenopfer …"

„Das ist keine gute Idee", unterbrach ihn der Professor. „Sie können sicher sein, dass hier schon genügend geforscht wurde. Die Einheimischen sind froh, dass Touristen in die Höhle kommen, und leben von den Einnahmen. Das Letzte, was sie wollen, sind ein paar aufgeregte Studenten, die glauben, den großen wissenschaftlichen Wurf zu machen. Denken Sie nur, wie lange man die Höhle für solche Forschungen absperren müsste. Das Wasser wird alle paar Monate kontrolliert und ist einwandfrei. Tun Sie uns und Ihnen einen Gefallen, Javier, und vergessen Sie diese Idee."

Javier ging nachdenklich nach Hause. Als er Patricia vorschlug, noch ein paar Tage länger in der Gegend zu bleiben, reagierte sie genau wie er es befürchtet hatte. Sie knallte ihr Glas auf den Tisch, rief, dass sie genug habe von seinem Faible für prähistorische Morde, dass sie alleine nach Playa del Carmen weiterfahren werde, und dort würde sie viel mehr Spaß haben als mit ihm, und wenn er wolle, könne er nachkommen, und wenn nicht, solle er in seinen verdammten Höhlen sitzen bleiben bis er schwarz werde. Sie knallte die Tür hinter sich zu, dass der Türrahmen erzitterte, und verschwand.

Javier atmete tief durch. Er konnte nicht sagen, dass er traurig war.

Am nächsten Tag fuhr er trotz Professor Rios' Warnung wieder zum Cenote. Im Schatten des Einganges lag ein streunender Hund. Sein Kopf hatte dieselbe Form wie ein vertrocknetes Stück Holz daneben. Javier strich ihm versonnen über das Fell. Alles hier hatte seltsame Formen, sogar das Holz. Eine kugelrunde Frau mit dicken schwarzglänzenden Zöpfen wackelte mit dem typischen Gang einer Schwangeren herbei und klappte einen Bauchladen voller Postkarten und Souvenirs vor ihm auf.

„Entschuldigen Sie", sagte Javier höflich. „Darf ich Sie etwas fragen?"

Ihre Augen blickten freundlich und sie bewegte sich nicht von der Stelle.

„Ich war gestern dort unten im Cenote ... tauchen ...", sagte er. „Und da habe ich etwas entdeckt, das Sie wissen sollten. Ich meine, Sie leben von dieser Höhle und den Touristen ..."

Die Frau hockte sich erstaunlich geschmeidig zu ihm auf den Boden, ohne ihn aus den Augen zu lassen.

„Also dort hinten, ganz tief unten … wissen Sie, dass dort Skelette liegen?“

Sie schwieg und ihr Gesicht blieb regungslos.

„Ich arbeite gerade an einem Forschungsprojekt“, sagte Javier. „Und ich frage mich, ob das Überreste von Menschenopfern sind.“

Der Blick der Frau glitt einen Moment lang in die Ferne. „Sie sind der Erste, dem sie auffallen“, sagte sie dann leise. „Wenn Sie das bekannt machen, müssen wir den Cenote schließen. Wir leben von den Besuchern.“

„Natürlich“, sagte Javier schnell.

Die Augen der Frau verdunkelten sich. „Sie sind aus Europa, stimmt's?“, sagte sie.

„Ja“, sagte Javier. „Ich arbeite für eine sehr renommierte Universität und ich kann Ihnen versichern, dass sie das Projekt fördern würde, wenn man den Cenote eine Weile schließen müsste … ich meine …“

Mit einem dumpfen Geräusch setzte sie ihren Bauchladen ab.

„Wir brauchen kein Geld von Ihnen“, sagte sie. „Wir bekommen auch von der Regierung kein Geld. Glauben Sie denn wirklich, dass niemand weiß, dass die Skelette dort liegen? Denken Sie nicht, wir hätten das längst veröffentlichen können, damit irgendein Gringo Geld dafür kassiert?“

Javier zuckte unsicher mit seinen Schultern.

„Sie sind noch ein sehr junger Forscher, nicht wahr?“, fragte sie.

Er nickte.

„Nun, das merkt man. Sonst hätten Sie gesehen, dass die Skelette nicht aus prähistorischen Zeiten stammen.“ Javier schluckte. Die Frau griff auf den Boden und ließ ein wenig Erde durch ihre Finger rieseln.

„Alle glauben immer, es seien Menschenopfer“, sagte sie. „Barbarische, grausame, alte Geschichten. Die Tolteken, die ihre Opfer in die Cenotes stießen. Wissen Sie eigentlich, wie viele Menschen auf demselben Boden von den katholischen Conquistadores massakriert wurden?“

Javier schüttelte stumm den Kopf. Er spürte nur wieder den Knoten in seiner Kehle, wie immer, wenn er von einem Unrecht hörte. Als Spanier wusste er, dass die Eroberung Südamerikas mit einem brutalen Gemetzel im Namen der katholischen Kirche vonstatten gegangen war.

„Es gibt die Legende, dass die Nachfahren der Maya auf den Felsen von Tulum, nicht weit von hier neben dem Tempel des Windes, die ersten Schiffe des Eroberers Hernan Cortés am Horizont auftauchen sahen. Mit seinen blonden Haaren schien er für sie der sehnsüchtig erwartete, hellhäutige Gott Quetzalcoatl zu sein, auf dessen Rückkehr sie gewartet hatten – bis seine Männer ihre Schwerter zogen“. Er kannte die Legende und sie jagte ihm jedes Mal einen Schauer über den Rücken.

„Die Anzahl der Menschen, die damals getötet wurden, war viel größer als die der Menschenopfer davor. Die Ureinwohner opferten für Regen, die Europäer für eine fremde Religion, die die Menschen hier weder wollten noch brauchten. Bevor sie auftauchten, lebten die Maya friedlich als Bauern, pflanzten Mais, erforschten die Sterne und entwickelten einen Kalender, der dreitausend Jahre lang galt. Dann wurden sie niedergemetzelt, ihre Bücher verbrannt und ihre Sprache verboten – für einen fremden Gott.“

Javier nickte. Vielleicht war das der Grund, weshalb es ihn immer wieder in die ehemaligen Kolonien zog, als müsse er das Unrecht seiner Vorfahren zumindest genau studieren, wenn er es schon nicht wiedergutmachen konnte.

„Und die Leichen sind von damals?“, fragte er.

„Nein.“ Die Frau schüttelte den Kopf. „Der Versuch, uns zu unterdrücken, geschah nicht nur damals, er dauert bis heute an. Haben Sie die Kirche der Heiligen Drei Könige in Valledolid gesehen?“

Javier nickte und erinnerte sich an das hübsche, von Palmen um-
säumte Bauwerk, an dem sie vorbeispaziert waren.

„Sie wurde vor dreihundert Jahren aus Steinen zerstörter Maya-
Tempel erbaut", sagte die Frau. „Und sicher haben Sie auch den
schönen Park bewundert?"

Javier erinnerte sich an den gepflegten Zaun, an die weißen Dop-
pelsessel, die seiner Verlobten so gut gefallen hatten.

„Dieser Park war noch vor hundert Jahren nur den Nachkommen
der Conquistadores zugänglich. Für uns Maya-Nachfahren war es bei
Strafe verboten, ihn zu betreten."

Sie hob den Kopf.

„Es ist nur ungefähr fünfzig Jahre her, da gab es hier einen Aufstand
einer kleinen Gemeinde von Indigenos. Die Menschen protestierten
gegen die Ausgrenzung, die bis heute stattfindet, weil sie für ihre
Rechte einstehen wollten, das Recht auf Schulbildung, auf angemes-
senen Landbesitz. Die Aufständischen wurden niedergemetzelt.
Seitdem liegen ihre Leichen hier unten im Cenote und niemand
spricht darüber."

Sie seufzte nachdenklich.

„Immer werden die alten Völker als Barbaren bezeichnet. Doch
Barbaren wird es immer geben, solange es Menschen gibt, unabhängig
vom Zivilisationsgrad einer Kultur. Die Menschen hatten tausende
von Jahren Zeit, sie hätten lernen können, wie man Frieden macht,
aber sie machen immer wieder Krieg."

Sie schwieg kurz. „Aber ganz schaffen sie es doch nie."

Sie verstummte und sah auf ihren Bauch hinunter. Javier hatte den
Eindruck, als würden ihre Augen ein klein wenig lächeln.

Trübsinnig starrte Jóka über das Steuerrad der „Astoria" hinweg in die Dunkelheit.

Es regnete unablässig. Der Regen prasselte gegen die Seiten des kleinen Ausflugsschiffes, rann die Fensterscheiben entlang und vermischte sich mit dem schwarzen Wasser der nächtlichen Donau.

Normalerweise liebte Jóka solche abendlichen Ausflugsfahrten. Doch an diesem einundzwanzigsten März konnte er sich nicht an seinem festlich beleuchteten Schiff erfreuen, nicht an den vielen Gästen, die es beherbergte, nicht einmal an dem guten Essen, das ihn erwartete, denn er dachte wieder einmal an seine Frau. Jóka und Ildikó waren einander in all den Jahren so fremd geworden, dass es den Anschein hatte, als stünde eine unsichtbare Glasmauer zwischen ihnen, die keiner von beiden einzureißen wagte. Denn dies hätte bedeutet, sich ihrer überhaupt bewusst zu werden.

Als Jóka Ildikó vor vielen Jahren kennengelernt hatte, stand sie an der Budapester Uferpromenade, ihre schwarzen Haare wehten im Wind und sie hielt eine Straßenkarte in den Händen, die sie ratlos in alle Richtungen drehte. Er hatte sie von Ferne gesehen und den Blick nicht von ihren flatternden Haaren, mit denen sie aussah wie ein stolzer Rabe, abwenden können. Noch bevor er ihr zu Hilfe eilen konnte, hatte sie den Stadtplan wutschnaubend in vier Teile zerfetzt. Als Jóka keuchend bei ihr angelangt war, wusste er nicht mehr, was er sie fragen sollte, und lud sie daher kurzerhand ins Kaffeehaus ein. Sie warf ihm aus kohlenschwarzen Augen einen so zornigen Blick zu, dass er sich auf der Stelle in sie verliebte.

Ildikó sagte aus bloßer Abenteuerlust zu, denn sie war noch nie in einem Kaffeehaus gewesen. Mit aufgerissenen Augen betrachtete sie die goldenen Kronleuchter und die weichen Teppiche im Kaffee

Gerbaud, die solch einen Kontrast zu der schäbigen Einzimmerwohnung hinter dem Ostbahnhof, die sie mit ihrer Familie bewohnte, darstellten. Mit dem Appetit einer Halbverhungerten stürzte sie sich auf die Cremetorten, die Jóka ihr bestellte. Erst viel später sollte es ihm gelingen, ihr als Gegenleistung einen Kuss abzuringen, an den er sich noch lange erinnerte, weil er mit einem schmerzhaften Biss in seine Unterlippe endete, woraufhin sie sich entschuldigte, dass sie noch nicht sehr viel Erfahrung im Küssen habe.

Jóka hatte damals schon vor, in den Westen zu gehen. Die ungarische Regierung hatte ihm als Kapitän eine Sondererlaubnis gewährt, da er als wertvolle Informationsquelle dienen konnte. Er war so begeistert von Wien, dass er seiner Freundin erzählte, es gäbe dort an jeder Ecke Kaffeehäuser, die das Gerbaud in allen Bereichen übertreffen würden, mit livrierten Kellnern und Pianospielern und allem drum und dran.

So wie sich Jóka vor vielen Jahren in Wien verliebt hatte, so verliebte sich der persische Zahnarzt Sirous Alvandi viele Jahre später in die ungarische Hauptstadt Budapest. Hier, wo ihn so manche temperamentvolle Ungarin für sein Heimweh entschädigte, fühlte er sich zu Hause, und eine Rückkehr nach Persien kam für ihn nicht infrage, seitdem er mit politischen Essays in seinem Land in Ungnade gefallen war. Stattdessen holte er seine Familie zu sich nach Budapest, das seit dem Fall des Eisernen Vorhangs ein erstrebenswertes Ziel geworden war.

Seine Neffen, die er großzügig bei sich aufnahm, waren dankbar über die neugewonnenen Freiheiten in der jungen Demokratie, obgleich sie sich nach einigen Jahren dann doch eine junge Frau aus dem Heimatland holten, die den unbestreitbaren Vorteil hatte, sich mangels eigener Erfahrungen besser anzupassen als eine rebellische Ungarin.

So baute Sirous Alvandi in seinem selbst gewählten Exil eine neue Familie um sich herum auf, doch sein Heimweh blieb. Es war ein unstillbares Verlangen nach den Farben des Elburs-Gebirges, den Gerüchen der Basare und dem Geschmack der Gewürze und Teesorten, die man in Ungarn nicht bekam. Als die Sehnsucht zu groß geworden war, gründete er eine Gruppe von Exil-Persern, die einander regelmäßig in einem Restaurant trafen, dessen Innenhof von einem plätschernden Springbrunnen beschallt wurde, und wo man ungestraft über Kunst und Bücher sprechen, diskutieren, Chai trinken und ein wenig Wasserpfeife rauchen konnte. Sirous Alvandi liebte es, Wasserpfeife zu rauchen und empfahl sie auch seinen Freunden als probates Mittel gegen Heimweh, obwohl sie davon gelbe Zähne bekamen, die er mühevoll wieder bleichen musste. Er war bei seinen Patienten sehr beliebt. Seinen Ausländer-Status machte er bald wett, als die Nonnen des Krisztina-Klosters, die naturgemäß nicht leicht einzunehmen waren, zu seiner Hauptklientel wurden, und dem freundlichen Fremden mit der hypnotischen Stimme bedingungslos vertrauten.

Aus demselben Grund war er auch zum Organisator des Persischen Neujahrsfestes gewählt worden. Das Now-Rouz-Fest würde dieses Jahr auf einem Schiff stattfinden, welches sein Freund Jóka stromaufwärts in Richtung Wien und wieder zurück navigieren sollte.

Jóka Tántorós hatte Alvandi vor Jahren aufgesucht, kurz nachdem dieser sich in Budapest niedergelassen hatte. Er war verzweifelt und wusste keinen Rat mehr, denn er litt unter einer Seekrankheit, die jeder Therapie trotzte. Dies wäre noch zu verkraften gewesen, wäre er nicht ausgerechnet Kapitän für Ausflugsschiffe gewesen. Er war von Arzt zu Arzt gegangen, niemand hatte ihm helfen können, schließlich hatte seine Cousine gesagt, er solle doch einmal seine Zähne untersuchen lassen, bei diesem ausländischen Arzt, der aussah wie ein Guru, dies sei immer die letzte diagnostische Möglichkeit. Alvandi gab ihm ein Fläschchen, das seine Assistentin draußen im Bad mit Leitungswasser befüllt hatte, und fragte ihn, ob er Probleme in seiner Ehe habe.

„Das Problem ist immer, dass man vom anderen so wenig weiß, wie der andere von einem selbst", sagte er kryptisch. „Sie müssen versuchen, miteinander zu reden. Je öfter Sie den Mund öffnen um zu sprechen, desto besser wird es. Das tut nicht nur den Zähnen, sondern auch der Seele gut."

Jóka richtete sich verblüfft im Zahnarztstuhl auf und aus Dankbarkeit über die guten Ratschläge bot er Alvandi an, ihm seine Dienste als Kapitän für Ausflugsschiffe zur Verfügung zu stellen, wann immer er sie brauchte.

Jetzt – drei Jahre später – war für Alvandi endlich die Gelegenheit gekommen, dieses Angebot einzulösen. Jóka sollte die persische Festgesellschaft an diesem einundzwanzigsten März die Donau stromaufwärts bis zur österreichischen Grenze und wieder zurück fahren, während sie an Bord ihr Neujahrsfest feierten.

Während Jóka am Steuer stand, musste er wieder einmal an Ildikó denken und an die Zeit, in der er mit allen Mitteln versucht hatte, sie nach Wien zu locken.

Er hatte inständig gehofft, sie würde ein geregeltes Leben als wohlhabende österreichische Hausfrau der Aussicht vorziehen, in einem weißen Kittel vor den Toiletten der staatlichen Museen Forints zu sammeln, denn für viel mehr würde ihre Ausbildung nicht reichen, wie er fürchtete. Da er viel auf Reisen war, schrieben sie einander Briefe, die gewaltsam geöffnet und wieder zugeklebt bei ihr ankamen, und als ihm eines Tages am Telefon eine unbekannte Männerstimme unmissverständlich mitteilte, er solle das Briefeschreiben lassen, wenn er nicht aus dem Keller der ungarischen Geheimpolizei weiter schreiben wolle, meldete er sich offiziell beim betreffenden Amt für auswärtige Angelegenheiten und bekam als Gegenleistung gültige Heiratspapiere. Als Ildikó mit einem löchrigen Koffer frierend am Schiffssteg ankam, heiratete sie vom Fleck weg und all ihre Hoffnungen nahmen Kurs auf Wien.

Ildikó erkannte bald, dass sie den Mann, den sie geheiratet hatte, eigentlich nicht wirklich kannte.

Sie mochte seine geradlinige Art und seine Ehrlichkeit, staunte über die funktionierenden Lampen im Westen und die Geschwindigkeit, mit der er sie reparieren konnte, und im ersten Jahr ihrer Ehe liebten sie sich oft, was mehr an ihr lag als an ihm, denn sie war darin unersättlich wie bei den Cremetorten, und die hitzetrunkenen Nächte entschädigten sie für die gleichförmigen Tage, in denen sie alleine zu Hause war und sich langweilte.

Für Jóka kam es nicht infrage, dass sie arbeiten ging, denn er hatte versprochen, für sie zu sorgen.

Sie verstanden einander blendend, weil sie redete und Jóka meistens schwieg; er war kein Mann großer Worte, hatte als Kind gestottert und war oft ausgelacht worden, und das Gefühl, es würde etwas Falsches herauskommen, wenn er den Mund aufmachte, steckte immer noch tief in ihm. Doch er liebte seine Frau über alles und war fasziniert, wie schnell ihre Gefühle von einer Minute auf die andere umschlagen konnten wie ein heraufziehendes Gewitter, auf das wieder die Sonne folgte.

Ildikó staunte, dass man im Westen Elvis Presley hörte und Boogie tanzte; sie hätte diese neuen Tänze gern ausprobiert, doch sie traute sich nicht, ihren Mann mit solchen Flausen zu belasten. Er war viel auf gut bezahlten Dienstreisen unterwegs, so dass er ihnen ein unbelastetes Leben bieten konnte, und so merkte er nicht, dass sich in ihrer Seele die Langeweile ausbreitete wie ein schleichendes Gift.

Ildikó war es schon immer schwer gefallen, neue Freundschaften zu schließen. Sie war ein Mensch, der Sympathie und Antipathie grundsätzlich nur einmal verteilte und fand die Menschen in Österreich reservierter und kühler als in ihrer Heimat. Von ihren wenigen Freundinnen hatte sie der Eiserne Vorhang für immer getrennt, und während sie sich nach den vertrauten Pläuschchen mit ihnen am Donauufer und den mitgebrachten Waffelkeksen sehnte, beneideten sie diese um ihr bequemes Leben. Auch ihre Familie machte keinen Hehl daraus, dass sie es ihr übel nahm, Hals über Kopf in den Goldenen Westen geflüchtet zu sein.

Nach der Hausarbeit, die sie aufgrund jahrelanger Übung im Handumdrehen erledigte, lag Ildikó größtenteils auf dem Sofa und wartete sehnsüchtig auf Jóka. Die Abende und Nächte wurden für sie zum Lebensmittelpunkt, um den sich alles drehte. Er betete sie an und fand die Vehemenz, mit der sie ihn immer wieder verführte, schmeichelhaft, da sie sich so von seinen früheren Freundinnen unterschied, von denen er jede Umarmung hatte erbetteln müssen. Im Gegensatz zu seiner Junggesellenzeit ging er ruhiger zur Arbeit und machte weniger Fehler. Allerdings machte sich immer öfter eine bleierne Müdigkeit in ihm breit, vor allem wenn er sich frühmorgens aus ihrer Umarmung löste, während Ildikó sich seufzend umdrehte und weit in den Tag hinein schlief.

Ildikó begann sich zu fragen, ob sie etwas in ihrem Leben versäumte.

An ihre Familie schrieb sie seitenlange Briefe, in denen sie schilderte, wie fabelhaft ihr Ehemann und ihr neues Leben seien, und Jóka, der Langeweile nicht kannte, schlug ihr vor, einen Stickereikurs zu besuchen oder Seidentücher zu bemalen. Er hätte ihr jeden Kurs bezahlt, um den häuslichen Frieden zu fördern, denn dieser bedeutete ihm alles. Doch Ildikó, die schon an der bloßen Einsamkeit in der

Fremde litt, konnte sich nicht dazu aufraffen, ganz alleine etwas Neues zu probieren, das sie noch nie zuvor gemacht hatte.

Um die innere Leere zu füllen, sagte sie, sie wünsche sich ein Kind.

Jóka fand, dies sei eine fabelhafte Idee und innerhalb kürzester Zeit wurde Ildikó schwanger.

Als sich ihre Hüften rundeten und ihre Brüste schwer wurden wie reife Früchte, war Jóka zunächst begeistert und fand seine Frau begehrenswerter denn je. Doch irgendwie beunruhigte ihn ihre üppig wachsende Natur, die ihn an einen fruchtbaren, alles verschlingenden Urwald erinnerte, und die wilden Nächte verebbten mit der Begründung, sie könnten ihr in ihrem Zustand schaden. Jóka war erleichtert, endlich wieder in Ruhe schlafen zu können. Während er friedlich schnarchte, wälzte Ildikó sich von einer Seite auf die andere und wurde das Gefühl nicht los, dass ihr etwas fehlte.

Da sie ihre Leibesfülle an der Hausarbeit behinderte, langweilte sie sich jetzt tagsüber noch mehr und verbrachte ihre Zeit größtenteils am Telefon.

Ihr Bauch wurde so riesig, dass sie das Gefühl hatte, er sei nicht mehr Teil ihres Körpers und entwickelte rote Streifen, die sie so hässlich fand, dass sie sie unter einem zeltartigen Nachthemd versteckte. Sie sehnte die Geburt herbei, die sie von dem kugelrunden Fremdkörper befreien würde, von den Rückenschmerzen und dem Gefühl, nicht mehr Besitzerin ihres eigenen Körpers zu sein.

Als sie sich unter den ersten Wehen krümmte, raste Jóka in einer halsbrecherischen Fahrt mit ihr ins Krankenhaus, bei der er einen Rettungswagen rammte, den wütenden Notarzt angesichts der Umstände jedoch versöhnlich stimmte und ihn überreden konnte, seine hochschwangere Frau ins Rettungsauto zu verfrachten, um so noch schneller ins Spital zu kommen. Dort hievten sie Ildikó wie einen gestrandeten Wal auf eine Trage und nach einem flüchtigen Kuss verschwand sie im Kreißsaal. Jóka taumelte zur Kantine, ließ sich erschöpft in einen Sessel fallen und wischte sich den Schweiß von der Stirn. Es war damals nicht üblich, dass die Ehemänner bei der Geburt ihres Kindes dabei waren, und obwohl sich Ildikó nichts sehnlicher gewünscht hätte als seine bloße Anwesenheit, hätte sie ihn nie um so etwas Unschickliches gebeten. Er sollte sie hübsch sehen, sauber, nicht in diesem Zustand, schwitzend, wie eine klaffende Wunde, und womöglich blutend oder noch schlimmer.

Auch Jóka wäre lieber bei seiner Frau gewesen als auf dem Abstellgleis der Krankenhauskantine, doch auch er traute sich nicht an die Tür zu klopfen, hinter der er unheimliche Schreie vernahm, die ihn das Blut in den Adern gefrieren ließen. Als ihm die Sätze, die er in der Zeitung las, allmählich bekannt vorkamen, merkte er, dass er zwölf Stunden hier gesessen hatte.

Währenddessen kämpfte Ildikó ums Überleben. Sie fühlte sich so verlassen wie noch nie in ihrem Leben und fixierte den Riss in der Zimmerdecke, während ihre Eingeweide zerrissen. Sie war froh, dass sie all diesen fremden Männern nicht in die Augen blicken musste, die an ihren intimsten Stellen herumfuhrwerkten, in einer fremden Sprache kritische Bemerkungen machten und die verschreckten Medizinstudenten herbeiholten, die in sicherer Entfernung um ihr Bett herumstanden wie in einem Zoo. Als der Muttermund trotz aller Bemühungen verschlossen blieb wie ein feindliches Stadttor, beschlossen die Ärzte, die Geburt einzuleiten, und zur großen Überraschung der Medizinstudenten kamen drei Buben auf die Welt, die einander glichen wie ein Ei dem anderen.

Ildikó nahm dies alles nur mehr wie durch dichten Nebel wahr. Sie durfte ihre Kinder erst sehen, als sie gebadet und gewogen, die Herztöne abgeleitet, die Schädel vermessen, sämtliche piepsende Geräte abgestellt und sie in saubere Tücher gewickelt worden waren, und da beschloss sie, dass diese drei schutzbedürftigen Wesen, die sie auf wundersame Weise erschaffen hatte, die einzigen waren, die immer zu ihr halten würden.

Jóka merkte bald, dass sich seine Frau in einen dichten Kokon des Schweigens zurückzog.

Er führte das auf die vielen Energien zurück, die die Buben gemeinsam mit der Milch aus ihr heraussaugten und die sie durch reichliches Essen wieder zuführen musste. Ildikó entdeckte ihre alte Leidenschaft für Cremetorten wieder. Da sie in der Nacht kaum schlafen konnte, weil pausenlos eines der Kinder schrie, hielt sie sich durch Essen wach. In den wenigen Momenten, wo sie umringt von ihren Kindern selig und breit im Bett lag wie ein riesiges, lebensspendendes Säugetier, fühlte Jóka sich aus dieser Symbiose seltsam ausgeschlossen, obwohl er das nie zugegeben hätte. Da im Bett kein Platz mehr für ihn war, musste er sich immer dünner machen, und als sie den kleinen Géza aus Versehen fast zerquetscht hätten und Ildikó Jóka die Schuld gab, übersiedelte er mit einem Seufzer der Erleichterung auf die Couch.

Da er nun überflüssig war, beschloss er, die Zeit mit viel Arbeit zu überbrücken, um seiner Familie eine schöne Zukunft zu bieten.

Ildikó aß immer mehr Cremetorten.

Die Hebamme hatte gesagt, dass sie nicht abzunehmen brauche, solange sie stillte, und so kümmerte sie sich nicht darum, ob sie ein bisschen mehr oder weniger aß. Da sie das Haus nicht verlassen konnte, weil ihre Babys sie rund um die Uhr brauchten, fand sie es nicht mehr notwendig, in ihre eleganten Kleider zu passen wie früher, zu den wenigen Anlässen, als sie ihren Mann noch zu Konzerten begleitet hatte. Jóka fand es undenkbar, dass sie sich jetzt noch für Konzerte interessieren könnte und ließ sie damit in Ruhe, und Ildikó entwickelte einen unstillbaren Hunger nach Cremetorten. Ihr Hausarzt empfahl ihr, sich mehr zu bewegen, doch als sie die Speckröllchen sah, die über ihren Hosenrand quollen und ihre wundgescheuerten Schenkel, die beim Laufen schmerzhaft aneinander rieben, konnte sie sich nur noch aufraffen, hin und wieder schwimmen zu gehen, was nicht so viel Energie kostete. „Fett schwimmt oben", sagte ihre Freundin Erika, dünn wie ein Schilfrohr, und empfahl ihr, nur noch eine Mahlzeit täglich zu essen, dabei würde sie am besten abnehmen. Sie selbst würde das seit zwei Jahren so machen, da ihr Mann nur schlanke Frauen mochte, und Ildikó schaffte es genau drei Tage lang. Dann landete Erika mit einem Magengeschwür im Spital, das sich als bösartiger Tumor entpuppte, an dem sie schließlich rank und schlank, wie sie war, verstarb, doch da hatte Ildikó schon die Motivation zu dieser Diät verloren.

Sie wurde immer dicker und merkte nicht, dass sie anstatt nach Süßspeisen nach der Zuwendung ihres Mannes hungerte. Jóka hingegen war viel zu höflich, um seiner Frau zu sagen, sie solle abnehmen. Er wünschte sich von Herzen, dass alle in seiner Familie glücklich seien, und hätte Ildikó ihn gefragt, hätte er beteuert, dass er sie liebe. Nach ein paar Monaten hatte er sich endlich wieder getraut, in ihr gemeinsames Bett überzusiedeln, doch tief in seinem Inneren erkannte er den Fleischberg nicht mehr, der neben ihm lag und den er nicht mehr zu berühren wagte, aus Angst, seine einst so hübsche Frau habe sich tatsächlich in diesen trägen Koloss verwandelt. Wenn es im Schlafzimmer ganz dunkel war und nur die regelmäßigen Atemzüge der Kinder in ihren Bettchen zu hören waren, rückte sie manchmal näher zu ihm, doch dann stellte er sich schlafend und Ildikó weinte im Stillen und aß Cremetorten. Insgeheim war sie wütend auf ihren Mann, der jeden Tag das Haus verlassen konnte, um seinen Tag unter Erwachsenen zu verbringen, während sie mit den Babys eingesperrt war und im Gegensatz zu ihm abends nichts zu erzählen hatte, da jeder Tag zwischen Windeln und Babygeschrei gleichförmig verlief.

Sie sehnte sich danach, einmal tanzen zu gehen, doch ihr unförmiger Körper verweigerte hartnäckig alle hübschen Kleider.

Als der Eiserne Vorhang fiel, fiel Ildikó in eine tiefe Depression. Sie war nicht mehr imstande, aus ihrem Bett aufzustehen, und Jóka war erstaunt, wie viele Cremetorten sie im Liegen verdrücken konnte. Sie weinte, dass sie nach Budapest zurückkehren wolle, zu ihrer Familie, die sie so schrecklich vermisste, und wieder einmal war es Jóka, der nachgab und einwilligte, mit Sack und Pack und den drei Söhnen zurück nach Budapest zu ziehen.

Er hoffte, dass sich Ildikó durch den Umzug wieder in die Frau verwandeln würde, die er vor so vielen Jahren an der Uferpromenade kennengelernt hatte. Doch als er in Budapest als Kapitän für Ausflugsschiffe zu arbeiten begann, befiel Ildikó eine neue Sorge.

Vom ersten Tag an quälte sie nun die Angst, ihr Mann könne sich in eine schlanke, blonde Geschäftsfrau verlieben, die gerne Schiffsreisen unternahm. Um ihre Angst zu betäuben, aß sie Cremetorten und heuerte bei derselben Schiffswerft als Köchin an. Kochen war das einzige, das sie meisterhaft beherrschte, und nachdem sie ohne mit der Wimper zu zucken eine zehnköpfige Crew mit selbst gebackenen Cremetorten verköstigt hatte, wurde sie auf der Stelle engagiert.

Ildikós Sorgen waren unbegründet. Jóka war viel zu gutmütig, um sich in eine schlanke, blonde Geschäftsfrau zu verlieben und hoffte stattdessen, dass die neue Tätigkeit seiner Frau sie wieder aus ihrer Lethargie reißen und in den Menschen verwandeln würde, der sie einmal gewesen war. Doch für sie war die Arbeit in erster Linie eine Möglichkeit, ihn nicht mehr aus den Augen zu lassen. In der Früh gingen die beiden wortlos miteinander zur Arbeit, saßen schweigend im Auto und gingen einander an Deck, so gut es ging, aus dem Weg.

Jóka erdrückte die ständige Nähe. Er entwickelte eine therapieresistente Seekrankheit, gegen die keine Medizin half. Er konsultierte sämtliche Ärzte der Stadt, doch erst dem Zahnarzt Dr. Alvandi gelang es, ein kleines bisschen Besserung zu erzielen, weniger durch die Wirkung irgendeines Medikamentes als vielmehr durch geduldiges Zuhören.

Ildikó aß Cremetorten und überwachte ihren Mann mit der Beharrlichkeit eines sowjetischen Spions. Sie waren einander so fremd geworden, dass sie keine Ahnung mehr hatten, was der andere dachte, wie sich ihre Körper anfühlen mochten, geschweige denn eine ehrlich gemeinte Umarmung. So ging es bis zum einundzwanzigsten März dieses Jahres.

Jóka schreckte aus seinen Gedanken hoch, als ihm jemand über die Schulter blickte.

Es war sein Freund Alvandi. Schlagartig wurde ihm bewusst, wo er sich befand: Auf dem Budapester Ausflugsschiff „Astoria", wo die Persische Gemeinschaft ihr traditionelles Now-Rouz-Fest feierte.

Die Tür der Kajüte stand offen, und fremde Klänge drangen zu Jóka herein. Eine dunkle Frauenstimme sang herzzerreißend zu den Klagen eines Saiteninstruments.

„Wir werden bald tanzen. Kommen Sie doch mit", sagte Alvandi freundlich. „Sie haben doch noch einen Co-Kapitän, der das Schiffchen eine Weile auf Kurs halten kann." Er warf einen Seitenblick auf Balázs, den jungen Kapitän, der neben Jóka saß und widerstrebend lächelte. Balázs wirkte immer etwas abwesend; er verbrachte die meiste Zeit damit, die Verabredungen mit seinen Freundinnen zu koordinieren und mit der Geschicklichkeit eines Fluglotsen eine Terminkollision zu verhindern. Daher schätzte er Jóka sehr, denn dieser hing meistens seinen Gedanken nach und ließ ihn in weitgehend in Ruhe.

Inzwischen war die Frauenstimme verstummt und einige Akkorde Flötenmusik erfüllten den Raum.

„Ich würde ja liebend gern mitgehen“, brummte Jóka. „Doch wenn meine Frau das sieht, bringt sie mich um. Sie fände es unfair, dass ich mit Ihnen feiere, während sie arbeiten muss.“

„Ihre Frau ist selbstverständlich auch eingeladen“, sagte Alvandi mit einer höflichen Verbeugung.

Jóka zögerte. Er wollte sich einen Abend voller Vorwürfe ersparen, doch andererseits gerne ein Fest dieser fremden Kultur miterleben. Hatte Alvandi nicht einmal gesagt: „Das Problem ist, dass die anderen so wenig von uns wissen wie wir von ihnen …?“ Damals hatte Jóka genickt und gefragt, was man dagegen machen könne.

„Miteinander reden, mein Freund“, hatte Alvandi gesagt. „Das ist immer das Wichtigste. Wenn die Menschen nicht miteinander reden, geht alles den Bach hinunter.“

Zögernd stand Jóka auf und warf einen besorgten Seitenblick auf Balázs. „Rufen Sie mich sofort, wenn etwas los ist“, sagte er mit ernster Miene zu ihm. Dieser war gerade in Gedanken darüber versunken, ob er mit Krisztina tanzen gehen und was er machen solle, wenn Eszter tatsächlich schwanger sei, doch er verbarg seine Überraschung hinter einem souveränen Lächeln.

„In Ordnung, Chef“, sagte er lässig, klappte sein Notizbuch zu und steckte es in seine Gesäßtasche.

Jóka nickte zufrieden. Er warf Balázs noch einen strengen Blick zu, dann stieg er hinter seinem Freund Alvandi die Stiegen in Richtung Zwischendeck hinauf.

„Ihrer Frau wird das Fest bestimmt gefallen“, sagte sein Freund fröhlich. „Ich bin mir sicher, Sie werden beide gern mit uns tanzen.“

„Ich weiß nicht recht“, murmelte Jóka verlegen. „Meine Frau hat noch nie erwähnt, dass sie gerne tanzen würde. Und ich bin es nicht gewohnt, so aus mir herauszugehen. Ich kann meine Hände und Füße nur schwer koordinieren.“

„Ich weiß, mein Freund", lächelte Alvandi. „Doch das hindert Sie nicht daran, es einmal zu versuchen. Man weiß nie, was man alles kann, bis man es einfach macht."

Jóka und Ildikó betraten die Tanzfläche von verschiedenen Seiten wie ein Torero und sein Stier und beide taten, als würden sie einander nicht sehen.

Ildikó fühlte sich unwohl in ihrer Arbeitskleidung und konnte nicht begreifen, was dieser dämliche Zahnarzt sich dabei gedacht hatte, sie mitten aus ihrer Arbeit herauszuholen und auf eine Tanzfläche zu ziehen. Dies sei ein persisches Fest, hatte er gesagt, und sie solle daran teilnehmen, doch sie wusste gar nicht, wo Persien überhaupt lag, nur, dass es dort verschleierte Frauen gab, die immer zwei Schritte hinter ihrem Mann gehen mussten. Als sie all die selbstbewussten Damen in ihren eleganten Abendkleidern sah, die aussahen, als würden sie auf einen Ball gehen, fühlte sie sich in ihrer Kochschürze plump und fehl am Platz.

Das Schiff war hell erleuchtet. Das Licht der zahlreichen Lüster spiegelte sich in den Kristallgläsern, die auf den Tischen am Rande des Schiffes standen. Die Tanzfläche in der Mitte füllte sich mehr und mehr. Drei schwarzgelockte junge Männer musizierten selbstvergessen, und Ildikó spürte den Rhythmus der Musik in ihrem Bauch, der ein hervorragender Resonanzkörper sein musste, so dick wie er geworden war, dachte sie, und ihre Augen füllten sich mit Tränen.

Sie wollte sich gerade in die Küche zurückstehlen, wo sie noch Kisten mit Cremetorten auszupacken hatte, als sie staunend sah, dass die seriös aussehenden Männer in Anzug und Krawatte zu tanzen begannen. Geschmeidig bewegten sie sich im Takt der Musik, winkten mit den Armen ihre Verwandten herbei und es schien ihnen einen Riesenspaß zu machen.

Ein weißhaariger Großvater schwankte im Frack hin und her und hielt seine Ehefrau in den Armen, der man ihr Alter nur an den Silberfäden im hochgesteckten Haar ansah. Ihre drei Töchter schlugen daneben den Takt mit schnippenden Bewegungen ihrer Finger, so dass ihre Armreifen blitzend durch die Luft wirbelten. Ein paar Jugendliche hüpften wie tanzende Derwische begeistert auf und ab, so dass ihre Jacketts durch die Luft flogen, ein Pärchen wiegte sich eng umschlungen am Rand der Tanzfläche, daneben versuchten sich ein paar Geschäftsleute mit wippenden Hüften aus voller Kehle zu unterhalten, und inmitten des ganzen Trubels wiegte sich ein kleines Mädchen im Prinzessinnenkleid versonnen hin und her.

Probeweise bewegte Ildikó die Hüften. Es war gar nicht so schwer. Überrascht stellte sie fest, dass die Leute rundherum ihr aufmunternd zulächelten.

Ildikó seufzte. Sie erinnerte sich, wie sie als junges Mädchen vor dem Spiegel getanzt hatte, bis die Worte ihrer Mutter sie wie eine Ohrfeige in die Realität zurückgeholt hatten. „Du bewegst dich wie ein kleiner Elefant", hatte sie gesagt, und ihr einen Kochlöffel in die Hand gedrückt.

Ildikó schielte nach ihrem Mann. Er war tatsächlich noch da, obwohl er ein wenig hilflos aussah.

Jóka hatte solch ein Fest noch nie gesehen. Er kannte nur die Jahrmärkte, bei denen die jungen Leute tanzten, wenn sie betrunken waren, und dort hatte er sich immer möglichst schnell in Richtung Theke verdrückt, um sich an einem Glas Bier festzuhalten. Egal welche sorgfältig ausgewählten Worte er seinen Freundinnen bei Tanzmusik ins Ohr geschrien hatte, wenn sich ihre Füße sehnsüchtig zu bewegen begannen, hatten tanzende Männer immer mehr Erfolg gehabt. Gerade überlegte er, mit welcher Ausrede er von hier verschwinden könne, als sein Freund Alvandi vor ihm auftauchte und ihn mitten in die wogende Menge schob.

„Tanzen Sie, Herr Kapitän, so tanzen Sie doch!“

Jóka entwand sich seinem Griff, doch sein Freund nahm ihn am Handgelenk, klatschte die Hände über dem Kopf zusammen und rief im Takt der Musik:

„Es ist ganz einfach! Machen Sie die Augen zu! Tarari, da-da-da-dam …“ Binnen Kurzem war Jóka von den drei Mädchen umgeben, deren lange Mähnen wie schwarz glänzende Flügel hin und her schwangen und ihm jeden Fluchtweg versperrten. Leicht betäubt von ihrem Parfüm machte er ein paar Schritte und die drei Mädchen klatschten begeistert in die Hände. „Großartig!“, rief Herr Alvandi. „Sie tanzen fast schon so gut wie meine Cousinen! Sehen Sie, es geht ja! Tarari, da-da-da-dam …“, und er wirbelte eines der Mädchen herum.

Verstohlen schielte Jóka zu dem Platz, an dem er seine Frau vermutete. Sie war auch noch da, hatte ihre Kochschürze abgelegt, trippelte zum Rhythmus der Musik vor und zurück und strahlte übers ganze Gesicht.

Es gab ihm einen kleinen Stich. Er wusste nicht, wann er Ildikó das letzte Mal so strahlend gesehen hatte. Er erinnerte sich dunkel daran, dass sie einmal gesagt hatte, sie würde gerne tanzen, doch in den letzten Jahren hatte sie nie mehr diesen Wunsch geäußert, während er nur für das Notwendigste Zeit gehabt hatte. Vielleicht hätte er gerne mit ihr getanzt, wenn er gewusst hätte, dass es sie glücklich machen würde. Warum hatte sie es nur nie gesagt, und warum redet man immer so viel, aber so wenig übereinander? Die Menge schob sich vor Ildikó und dann sah er sie nicht mehr.

Die Musik wurde lauter und schneller, die jungen Leute hakten einander an den Armen ein, bildeten eine Kette und stampften durch den Raum. Jóka spürte erste Schweißtropfen seine Stirn hinunter perlen. Er begann, sich wohler zu fühlen, als er merkte, dass ihn niemand beobachtete.

Währenddessen schritt Ildikó beschwingt den Gang zur Küche hinunter, um sich ein wenig zu erfrischen und dann schnell nach ihren Cremetorten zu sehen. Danach würde sie wieder tanzen gehen. Sie fühlte sich so glücklich wie schon lange nicht mehr und um die dreißig Kilo leichter, als würde sie schweben. Sie ging an der Kajüte vorbei, wo Balázs saß und ein wichtiges Telefonat führte. Irgendetwas an ihrer Bewegung hielt seinen Blick fest. Als er die gesammelte Masse an Weiblichkeit sah, die fast die Blusenknöpfe sprengte, benetzte voreiliger Schweiß seine Stirn und seine Haltung rutschte gemeinsam mit dem Telefon auf den Boden und zerbrach. Es genügten zwei Sekunden in denen sich ihre Blicke aneinander festsaugten, um Ildikó klarzumachen, dass sie hier erleben konnte, was sie seit Jahren vergeblich gesucht hatte. In diesen zwei Sekunden hatte der junge Co-Kapitän Eszter, Krisztina und alles andere vergessen und wünschte sich nur noch, sich im rosigen Fleisch dieser geballten Weiblichkeit zu verlieren.

„Sind Sie nicht die Frau des Kapitäns?", fragte er mit belegter Zunge, da ihm bewusst war, dass er mit einem Flügelschlag seines Herzens seine ganze Umgebung in Unordnung brachte.

Ildikó, überwältigt von der Wirkung, die sie nach so langer Zeit trotzdem noch ausübte, und getrieben von ihrem unstillbaren Hunger, bog ab von ihrem Weg zu den Cremetorten, überquerte den Krokodilsteich der ersten fünfzig Zentimeter und schloss die Tür der Kajüte hinter sich.

Währenddessen hatte eines der Mädchen Jóka noch mehr Rotwein eingeschenkt, schwer wie Tinte und sehr süß. Er machte ihr Haar noch glänzender und ihren Duft intensiver. Er spürte ein unerträgliches Verlangen, ihre Taille zu umfassen, um zu spüren, wie schmal sie war, und er hoffte, dass seine Frau nicht auftauchen würde, um Cremetorten anzubieten.

Jóka spürte, wie ihm der Wein zu Kopf stieg. Stückweise entfernte er sich aus der Realität. Der Raum um ihn herum begann sich zu drehen, und auf einmal wirbelten die Geschäftsleute wie Schwertkämpfer um die persischen Großeltern herum, wie Figuren aus einer Geschichte aus Tausendundeiner Nacht. Schwankend bahnte er sich einen Weg zu einem der Tische, um sich daran festzuhalten.

In diesem Moment erschütterte ein ohrenbetäubender Knall das Schiff.

Jóka hatte das Gefühl, als würden seine Knochen durch einen gewaltigen Ruck durcheinandergeworfen, und während er hilfesuchend nach dem erstbesten Gegenstand griff, der ihm in den Weg fiel – es war ein umstürzender Tisch – ertönte ein Schrei, und mit Schrecken erkannte Jóka die Stimme seiner Frau.

Die Musik verstummte augenblicklich.

Gläser und Geschirr rollten von den Tischen und zerbarsten in tausend Stücke. Menschen stürzten zu Boden, einige gerieten in Panik und das Schreien der Leute übertönte das Krachen und Knirschen von zersplitterndem Holz, das nun zu hören war. Wie von Geisterhand kippte der gesamte Fußboden seitwärts und dann nach vorne, und in dem Durcheinander aus schreienden Menschen, kippenden Tischen und zerbrechendem Geschirr hörte Jóka Balázs' verzweifelte Stimme aus der Kajüte:

„Hilfe! Hilfe! Kapitän Jóka! Wir sinken!"

In der Menge brach Panik aus.

Jóka versuchte, Ruhe zu bewahren. Er rief den Leuten zu, sie sollen sich langsam einer nach dem anderen aufs Unterdeck begeben, wo die Rettungsboote seien; dann rannte er in die Kajüte hinunter. Balázs saß mit zerzausten Haaren und offenem Hemd auf seinem Sessel, unfähig sich zu bewegen, und stammelte mit schreckgeweiteten Augen, das Schiff hätte irgendetwas gerammt, etwas großes, er wisse nicht, was. Jóka packte ihn am Kragen und schleppte ihn zu den Rettungsbooten, schrie ihn an, wie er nur so unfähig sein könne, ein Ausflugsschiff zu versenken, und mit vereinten Kräften seilten sie die Rettungsboote in die Dunkelheit hinab. Die Menge drängelte zu den Ausgängen, während sich das Deck des Schiffes bereits bedrohlich nach vorne senkte. „Ganz ruhig!", rief Jóka, um die Stimmen zu übertönen.

„Wir haben genug Boote! Frauen und Kinder zuerst", fügte er noch hinzu, weil er das aus Filmen kannte.

Da fiel ihm auf, dass er seine Frau gar nicht sah.

„Ildikó? Wo ist Ildikó?", rief er, rannte den Gang zurück und versuchte die Stiege hinaufzuklettern.

„Kommen Sie schnell, Herr Kapitän!", hörte er seinen Freund Alvandi aus der Ferne rufen. „Das Unterdeck steht schon unter Wasser!"

In Panik blickte Jóka hin und her. Vielleicht war seine Frau bei den anderen dabei gewesen und er hatte sie wie so oft übersehen. Er rief ihren Namen, aber es antwortete niemand. Fluchend bahnte er sich einen Weg durch das Wasser, das bereits seine Knöchel umflutete.

Sie muss mit den ersten hinausgekommen sein. Anders ging es gar nicht. Sie war bestimmt dort dabei.

Und beherzt sprang er in das letzte Rettungsboot.

Das Motorboot der Grenzpolizei durchschnitt die dunklen Wasser der nächtlichen Donau wie ein Messer.

Kommandant Weber kniff die Augen zusammen, als er das hell erleuchtete Gebilde sah, das neben dem Brückenpfeiler der Praterbrücke aus der Donau ragte.

„Sehen Sie mal, Kollege Bachmeister! Ist das nicht ein halbversunkenes Schiff?"

Bachmeister legte den Feldstecher an.

„Tatsächlich!“, rief er staunend. „ Das ist ein Schiff, das den Brückenpfeiler gerammt hat! Unglaublich! Und sehen Sie mal dort! Lauter Ruderboote mit Menschen darin!“

Weber pfiff durch die Zähne. „Wenn das keine illegalen Flüchtlinge sind“, murmelte er. „Los, Kollege! Wir nehmen Kurs auf die Ruderboote!”

Ildikó hatte so lange auf das altbekannte Erdbeben in der Liebe gewartet, das schon irgendwo in ihren Erinnerungen vergraben war, dass sie, durch die Wucht des Aufpralls mit glühenden Wangen auf den Boden geschleudert, keine Sekunde daran gedacht hatte, dass das Schiff unterging.

Dankbar hatte sie dem verdutzten Balázs einen Kuss auf die Wange gedrückt, ihre Röcke gerafft und war den leeren Gang in Richtung Küche entlanggelaufen, wo sie etwas Wichtiges zu erledigen hatte. Das Schwanken und Rumpeln des Bodens führte sie auf den Schwindel zurück, den die ungewohnten Gefühle hinterlassen hatten, und vor Glück hörte sie nicht die verzweifelten Rufe der Passagiere.

Sie hatte nur ein Ziel: In blinder Wut alle Kisten mit den Cremetorten eigenhändig in die Fluten zu werfen. Jetzt, wo sie entdeckt hatte, dass sie trotz ihres Alters und ihrer Leibesfülle für die Liebe nicht verloren war, wollte sie den Quell ihrer jahrelangen Einsamkeit eigenhändig vernichten.

Sie ignorierte den Lärm, der vom Oberdeck hereindrang, kletterte auf den Stapel Holzkisten, in denen die Cremetorten luft- und wasserdicht verpackt waren, und dabei kam ihr zugute, dass sich der Boden in ihre Richtung senkte. „Das Wasser ist heute aber wild“, dachte sie. Dann stellte sie sich auf die Zehenspitzen und schob die Kisten eine nach der anderen durch die schmale Luke des obersten Fensters.

Die Passagiere in den Schlauchbooten freuten sich, als sie das Schiff der Grenzpolizei sahen. Sie waren vom Regen durchnässt und hatten Schwierigkeiten, ihre schwankenden Nussschalen der Strömung entgegenzusetzen, doch froh, dass niemandem etwas Ernsthaftes geschehen war. Dank Kapitän Jókas schnellem Handeln herrschte keine Panik mehr, sondern nur noch fröhliches, ungarisch-persisches Stimmengewirr, und für die Kinder war dies ein riesengroßes Abenteuer, das beste Now-Rouz-Fest seit Jahren. Sie lachten und winkten den Motorbooten zu, und das kleine Mädchen im Prinzessinnenkleid stand mit wehendem Haar am Bug des ersten Schlauchbootes wie eine aufgeweichte Galionsfigur.

Jóka und Balázs wussten zunächst überhaupt nicht, wo sie sich befanden. Im Dunkel der Nacht sah das Ufer überall gleich aus.

Sie waren von Budapest aus gestartet und Balázs beteuerte, sie könnten nicht viel weiter sein als auf der Höhe von Győr.

Da erkannte Jóka die österreichischen Motorboote. Erschrocken presste er die Hand vor den Mund.

„Balázs, Sie Idiot“, flüsterte er entsetzt. „Sie haben zwei Landesgrenzen ignoriert, Bratislava passiert und hier, in Österreich, einen Brückenpfeiler gerammt! Wie um alles in der Welt haben Sie dieses Kunststück geschafft? Sind Sie am Steuer eingeschlafen?“

Er bekam keine Antwort, denn Balázs beugte sich mit grünem Gesicht über den Rand des schlingernden Bootes. Er dachte an die fabelhaften weißen Schenkel, die auf seinem Schoß gesessen und ihn beinahe zerdrückt hatten, bis der Ruck des kollidierenden Schiffes die Frau des Kapitäns zu Boden geschleudert und sie fluchtartig das Weite gesucht hatte. Er hatte keine Ahnung, wohin sie verschwunden war, konnte sich nicht erinnern, sie in einem der Rettungsboote gesehen zu haben, sie schien in der allgemeinen Aufregung einfach untergegangen zu sein.

Die Wasserpolizei hatte inzwischen Verstärkung angefordert. Jóka hörte über Lautsprecher den Befehl, sich zu identifizieren, und zog erfreut sein Megaphon hervor.

„Wir sind ein Ausflugsschiff aus Budapest!", rief er in Richtung der Motorboote und dachte im Stillen: ‚Besser gesagt, wir waren es einmal …‘

Kommandant Weber kniff die Augen zusammen.

„Alles ungarische Staatsbürger?", rief er.

„Nein, unsere Gäste sind Perser!", rief Jóka zurück.

„Perser!" Weber zuckte zusammen. Er dachte an entführte Flugzeuge. „Terroristen!"

Jóka räusperte sich. „Sie feierten auf dem Schiff ihr Neujahrsfest, Herr Polizist!", schrie er zurück.

„Neujahr?", murmelte Weber und sah auf die Datumsanzeige seiner Uhr. Der 22. März war gerade angebrochen. „Wollen die mich veräppeln?"

Eine leichte Röte überzog sein Gesicht.

„Rudern Sie sofort ans Ufer und steigen Sie dort aus! Sie werden von unseren Leuten erwartet!", schrie er und beeilte sich, die nötigen Sicherheitsvorkehrungen zu treffen.

Die Grenzpolizisten hatten mit ihren Booten eine Brücke gebildet, die den Ruderern die Weiterfahrt versperrte.

Am Ufer standen zwei Polizisten, beide auf Befehl bewaffnet. Als der eine all die eleganten Damen und Herren sah, die in pitschnassen Gewändern an Land kletterten und die Schleppen ihrer Abendkleider wie nasse Rattenschwänze hinter sich her zogen, stieß er seinen Kollegen verwundert in die Seite.

„Die sehen nicht aus wie Terroristen", flüsterte er.

Der andere kniff prüfend die Augen zusammen, wiegte zweifelnd den Kopf und legte sicherheitshalber die Hand an seinen Gürtel.

Alvandi hatte als erster wieder festen Boden unter den Füßen. Mit einem glücklichen Lächeln trat er zu Kommandant Weber vor, verbeugte sich höflich und sagte dann in gebrochenem Deutsch, er sei Initiator dieses Festes der Iraner in Budapest, dies hier seien seine Kollegen und Freunde, es habe sich zu ihnen herumgesprochen, dass sie sich nun auf österreichischem Boden befänden und sie freuten sich alle sehr, dieses wunderschöne Land kennenlernen zu dürfen.

Instinktiv griff Kommandant Weber nach seiner Waffe und trat ein paar Schritte zurück.

„Vielleicht sind sie Schlepper", flüsterte sein Kollege ihm zu.

„Können Sie sich ausweisen?", fragte Weber streng.

„Ausweisen?" Alvandi kramte in seinen Taschen. „Äh, also ..." – auf einmal erhellte sich sein Gesicht und er schlug sich mit der flachen Hand auf die Stirn.

„So ein Pech! Ich habe mein Jackett beim Tanzen ausgezogen – dort sind die Papiere drin." Er deutete mit der ausgestreckten Hand auf das halbversunkene Schiff. „Wissen Sie, wir haben so schön getanzt ..."

„Wo zum Teufel ist der Kapitän?"

Alvandi zuckte die Schultern. „Der sucht noch nach seiner Frau ..."

Webers Gesicht wurde tiefrot. „Illegal! Sie sind alle illegal hier!", bellte er, doch seine Stimme starb zu einem heiseren Krächzen, als er plötzlich zu taumeln begann.

„Ich kann Ihnen alles erklären", sagte Alvandi. „Für Sie ist Neujahr an einem anderen Tag als für uns. Schauen Sie, wir wissen von den anderen oft nur so viel wie die anderen von ..."

„Unterbrechen Sie nicht, dies ist eine Amtshandlung!", krächzte Weber und griff nach seiner Magengegend.

„Ist alles in Ordnung?", fragte Alvandi besorgt.

Weber schüttelte stumm den Kopf. Noch bevor er antworten konnte, ging er in die Hocke und stützte sich auf den Gehsteigrand. Die beiden Polizisten sahen einander an.

„Der Zucker ...", flüsterte einer.

Der andere blickte hektisch um sich. „Du lieber Himmel! Der Zucker des Herrn Kommandanten! Das hat uns gerade noch gefehlt! Das passiert immer, wenn er sich aufregt ... er ist Diabetiker ... und braucht dringend etwas zu essen ... haben Sie vielleicht ein Stück Schokolade?"

„Schokolade ...", ratlos blickte Alvandi zu Jóka, der sich mit hängenden Schultern zu den anderen gesellt hatte, mit verzweifeltem Gesichtsausdruck, weil er seine Frau nirgends finden konnte. Er wagte nicht, daran zu denken, dass sie in den eiskalten Fluten ertrunken war. Dabei hatte sie so hübsch ausgesehen beim Tanzen, so hübsch wie schon lange nicht mehr, und er hatte es ihr nicht einmal sagen können. Vielleicht würde er es ihr nie wieder sagen können ...

„Auf dem Schiff, da hatten wir eine ganze Menge Zucker ..."

In diesem Moment bemerkte er eine Gestalt, die rufend und winkend im Wasser schwamm, nur ein Stück weit vom Ufer entfernt. Sie hielt sich an einem riesigen Gegenstand fest, schob ihn mit eigener Kraft vor sich her, so dass sie ein Stück weit der Strömung trotzte.

„Ach du meine Güte", flüsterte er. „Das ist ja Ildikó ..."

„Ildikó!", schrie Alvandi und winkte mit beiden Händen der Schwimmenden entgegen. „Welch ein Glück, dass sie so dick ist, das hat ihr das Leben gerettet. Da dringt die Kälte nicht so schnell zum Herzen vor", murmelte er. „Wie schön, dass sie so gut schwimmen kann ... und sehen Sie mal, woran sie sich festhält! An einer Tortenschachtel! Sie hat den Zucker mitgebracht für den Herrn Polizisten! Was für ein Glück! Jóka, Sie haben eine fabelhafte Frau", lachte er.

Die beiden Polizisten blickte einander an, beschlossen die Formalitäten des Zolls auf später zu verschieben und liefen der kleinen Gestalt entgegen, die prustend und schnaufend wie ein Walross am Ufer auftauchte, die Tortenkiste fest umklammert.

Auch Jóka lief ihr entgegen, und sie fiel ihm, durchweicht wie sie war, in die Arme. Er konnte gar nicht sagen, wie erleichtert er war, sie zu sehen, konnte sich gar nicht mehr erinnern, wann er sie das letzte Mal umarmt hatte. Doch heute war schließlich Now-Rouz. Ein neues Jahr würde in wenigen Sekunden anbrechen. Und dies sollte wirklich ein neues Jahr werden, mit dem neu erworbenen Wissen, dass alles den Bach hinunter geht, wenn man nicht genug miteinander redet.

Komm Herzi Allrad

Jedes Jahr zur Weihnachtszeit muss man lieben Freunden und Verwandten Postkarten mit schneebedeckten Tannenzweigen oder brennenden Kerzen darauf schicken. Auch gold umrahmte Glückwunschkarten zur Hochzeit, zum Geburtstag oder zur Taufe des Kindes – in diesem Fall jeweils mit rosa oder himmelblauem Motiv. Und erst recht, wenn jemand aus der Verwandtschaft Doktor, Diplomingenieur oder Oberstudienrat wird.

Alfred und Susanne wussten das, denn sie waren pflichtbewusste Leute. Ein entfernter, aber sehr lieber Verwandter von Susanne hatte erst kürzlich einen Titel erworben, besser gesagt, schon vor Wochen. Es war also wirklich höchste Zeit, ihm endlich zu gratulieren. Aber wie das so ist in den letzten Wochen vor Weihnachten – Alfred und Susanne kamen vor lauter Hektik einfach nicht dazu, auch nur eine einzige Zeile zu Papier zu bringen.

Vormittags ging es in Alfreds Betrieb zu wie in einem Ameisenhaufen, es herrschte ein ständiges Kommen und Gehen und das Telefon lief auf Hochtouren. Nachmittags raste er eine halbe Stunde vor Geschäftsschluss in die Stadt und wühlte in den Kaufhäusern, um Fellpantoffeln für die Uroma, einen Krawattenhalter für Onkel Emmerich und ein lebensgroßes Stoffhuhn für die Nichte zu erstehen, die seit dem letzten Urlaub auf dem Bauernhof ihre Liebe zum Federvieh entdeckt hatte.

Währenddessen steckte Susanne bis zu den Ellbogen in klebrigem Teig, bemüht, mit einer Hand Vanillekipferl zu formen und mit der anderen Hand den Kindern Schokolade von der Nase zu wischen, die sie mittels frischgewaschener Handtücher im ganzen Haus verteilten, wenn sie es nicht vorher in Brand steckten. Ihr Lieblingsspiel war „Entführung der Prinzessin". Dabei wurde die in alte Nachthemden verkleidete Prinzessin entführt und in einen Schrank gesperrt, wobei mangels echter Krone der Adventskranz herhalten musste, was im besten Fall mit Schreiereien, im schlimmsten mit einem brennenden Kleiderschrank endete.

Manchmal machten sie es auch umgekehrt.

Dann backte Alfred Kekse, während Susanne einkaufen ging. Für die Kinder war das wesentlich praktischer. Unter der unerbittlichen Herrschaft ihrer Mutter wurden die Kekse bis zum Heiligen Abend in Blechdosen versteckt, so dass die Kinder zu raffinierten Spionagetaktiken greifen mussten, um schon früher welche zu ergattern. Verkohlte Chargen wurden in spezielle Blechdosen für die ungeliebten Gäste einsortiert.

Bei Alfred gab es solche Spezialproduktionen nicht. Da wurden die guten gleich ofenwarm gegessen und die verkohlten an den Rauhaardackel verfüttert, der zum Vergnügen der Kinder ein Blech nach dem anderen verschlang, bis er sich schließlich zu Susannes großem Missvergnügen auf dem Perserteppich übergab.

An jenem Montag vor Weihnachten war in Alfreds Autofirma Tag der Offenen Tür, der einzige Tag, an dem die Tür, wie Alfred bis zu diesen Weihnachten dachte, jedem offen stand.

Den ganzen Tag über war die Verkaufshalle gesteckt voll von Menschen: Businessmänner, die mit dem Laptop in der Hand über technische Details fachsimpelten, Pärchen, deren einer Teil sich nach Familienvergrößerung sehnte und den anderen zu einem neuen Auto überreden wollte, Studenten, die in der Nähe Vorlesung hatten und hungrig nach dem reichhaltigen Buffet schielten, oder die perlenbehängte Dame im Nerz, die aus der Psychiatrie freibekommen hatte, da ihre Depression endlich in eine erbaulichere Manie umgeschlagen war und die nun gleich drei Kaufformulare – mit Spezialausstattung – unterschrieb.

Es gab einen weiteren Grund, weshalb sich an diesem Tag besonders viele Leute in der Verkaufshalle tummelten: An diesem Abend wurde der Hauptpreis, eine Reise nach Bolivien, an den tausendsten Gast verlost.

Schon nach wenigen Stunden hatte Alfred Kopfschmerzen von der aufdringlichen Weihnachtsmusik, die permanent aus den Lautsprechern rieselte und die Leute daran erinnern sollte, dass Weihnachten schneller als erwartet wieder vorbei war, wenn sie nicht rechtzeitig Geschenke kauften. Ihm schmerzten die Füße. Er überlegte, wie viele Kilometer er schon zurückgelegt haben mochte, indem er Leute herumführte und ihnen die Autos zeigte.

Er schlich zu seinem kleinen mobilen Büro in der Nische und überlegte gerade, ob er seinen alten Trick anwenden sollte. Den setzte er immer erfolgreich ein, wenn ihm seine Frau auf die Nerven ging. In solchen Fällen setzte er sich in seinem Drehstuhl mit der hohen Lehne ganz eng vor seinen Computer, was bei einem flüchtigem Blick von hinten wie hochkonzentriertes Arbeiten aussah, während er in Wirklichkeit ein Nickerchen hielt.

Da tippte ihm jemand vorwurfsvoll auf die Schulter. Erschrocken blickte er in das Gesicht seiner Frau, die dank ihrer Schminkgeheimnisse immer noch frisch aussah wie der junge Morgen.

„Ich arbeite hier wie ein Pferd und du sitzt hier einfach herum!", sagte sie ärgerlich.

„Ich bin gar nicht gesessen", verteidigte er sich. „Ich wollte mich nur ein bisschen ausruhen und frische Kraft schöpfen, damit ich dann voller Tatendrang …"

Sie ließ ihn wieder einmal nicht ausreden.

„Dann hättest du wenigstens darüber nachdenken können, was wir jetzt auf die Karte schreiben werden!", sagte sie und betrachtete nervös ihren abgesplitterten Nagellack.

„Welche Karte?", fragte Alfred verwirrt.

„Also, das ist doch jetzt wirklich die Höhe! Hast du Onkel Otto etwa vergessen?!“

Wie Zeus’ Blitz vom Himmel sauste die unselige Erinnerung auf Alfred hinab: der nette Verwandte seiner Frau, der diesen schönen neuen Titel erworben hatte, und dem sie noch immer keine Glückwunschkarte geschrieben hatten. Er sackte innerlich zusammen. „Muss das unbedingt heute sein?“, fragte er leise, um eine Szene zu vermeiden.

„Natürlich!“, rief Susanne. „Das müssen wir unbedingt gleich in der Mittagspause machen! Soll der arme Onkel Otto etwa zwei Monate lang darauf warten? Wenn wir die Karte heute abschicken, bekommt er sie … warte mal …“ – sie zählte an den Fingern nach – „… sowieso erst nächste Woche, weil dazwischen die Weihnachtsfeiertage liegen, und so können wir das gleich mit der Weihnachtskarte verbinden. Überleg doch mal, wie viel er uns schon geschenkt hat, die goldenen Kerzenleuchter zum Beispiel und die Tänzerin aus Porzellan, der die Kinder leider das Bein abgebrochen haben …“

Alfred hörte gar nicht mehr zu.

Ihm war etwas Schreckliches bewusst geworden: Er hatte völlig vergessen, wie Onkel Ottos neuer Titel lautete! Während er versuchte, sich im Geiste einen möglichst originellen Text zu überlegen, war seine Frau schon wieder verschwunden. Eine halbe Stunde später trat er den Gang nach Hause an, wo er erfuhr, was er nie für möglich gehalten hatte: Auch Susanne wusste den Titel nicht mehr! War es nun Hofrat oder Oberstudienrat?

Verzweifelt saßen sie am Küchentisch, in zehn Minuten war die Mittagspause vorbei, und auf der Karte prangte in goldenen Lettern:

„In diesem Sinne herzliche Gratulation von uns allen, Dir, lieber …“ – dann kam ein großer, freier Platz, und zum Schluss – „… Onkel Otto.“

Sie waren so ratlos, dass sie beide nicht auf die Idee kamen, jemanden, der sie nicht verraten würde, aus ihrem Bekanntenkreis anzurufen. Susanne war völlig verzweifelt und jammerte, dass sie Onkel Ottos Gunst für ewige Zeiten verloren hätten, wenn sie die Karte nicht noch heute abschickten. Er würde ihnen nie wieder goldene Kerzenleuchter schenken. Alfred nickte ernsthaft, obwohl ihm das nicht sehr viel ausmachte. Er überlegte schon seit längerer Zeit, wie er sie möglichst unauffällig verschwinden lassen konnte, ohne Susanne zu kränken. Er versprach ihr, den ganzen Nachmittag lang scharf nachzudenken.

Hinter einer beleibten Dame kletterte ein riesengroßer Hund schwerfällig aus dem Taxi.

Als Alfred sie durch die Glasscheibe hindurch näherkommen sah, ahnte er noch nicht, dass er aus Dankbarkeit für sie eine strafbare Handlung begehen würde. In seiner Kehle stieg nur ein mulmiges Gefühl hoch, als die beiden schnurstracks auf die Eingangstüre zukamen.

Der Hund war so groß wie ein Kalb in seinen besten Jahren und mit seinem zotteligen Fell trottete er im Partnerlook passend zum Mantel der Dame friedlich neben ihr her.

Alfred wusste nicht, was die Geschäftsleitung sagen würde, wenn er solch ein Ungetüm hier hereinließ. Ein wenig verlegen ging er daher nach draußen, der Frau entgegen, um ihr zu erklären, dass auch am Tag der Offenen Tür die Tür nicht jedem offen stand.

Als sie ihn kommen sah, hob sie mahnend den Zeigefinger in Richtung des Hundes, und dieser setzte sich blitzschnell auf sein gewaltiges Hinterteil und hechelte Alfred erwartungsvoll an. Von seiner rosa Zunge troff ein Speichelfaden.

Die Frau lächelte stolz. Alfred räusperte sich.

„Also, wir haben natürlich nichts gegen zusätzliche Kunden, aber Hunde sind in unserer Firma leider nicht erwünscht."

Das Lächeln der Dame erlosch. Traurig blickte sie auf ihren Hund hinunter.

„Ach, das ist aber schade", sagte sie. „Mein Herzi ist ganz brav. Er ist absolut stubenrein. Ich kann ihn nur nicht alleine lassen, da er als Welpe ausgesetzt worden ist und Angst vor dem Alleinsein hat. Sobald ich keinen Blickkontakt mehr zu ihm habe, beginnt er zu heulen wie eine Sirene bei Fliegeralarm, aber sonst ist er ganz brav. Kann ich ihn denn wirklich nicht mitnehmen?"

Alfred schüttelte bedauernd den Kopf.

„Ach, das ist aber schade", seufzte die alte Dame. „Wissen Sie, ich wohne ein paar Straßen weiter im Pensionistenheim und bei uns ist absolut nichts los, der Fernseher ist kaputt, und jetzt wollte ich vor Weihnachten noch etwas Schönes erleben und mir die Autochen ansehen. Mein Mann war so ein Autoliebhaber ... aber wenn das so ist ..." – sie breitete enttäuscht die Arme aus – „komm, Herzi, dann gehen wir wieder."

Sie wandte sich zum Gehen und der Hund sprang wie auf Kommando auf.

Alfred spürte ein paar Schneeflocken auf der Nase.

„Bitten Sie doch Ihren Mann, dass er auf Ihren Hund aufpasst", sagte er.

Die Frau drehte sich noch einmal um und sah ihn mit traurigen Augen an.

„Mein Mann ist vor vier Jahren gestorben", sagte sie leise. „Ich habe niemanden mehr. Überhaupt niemanden. Ich bin ganz alleine. Nur mein kleiner Herzi ist mir noch geblieben."

Alfred dachte an seine Weihnachten, an die rauschenden Familienfeste mit Bergen von Geschenken, einem Christbaum bis zur Decke und brennenden Kerzen. Und während die letzten Takte einer Swingversion von „O du Fröhliche" aus der hell erleuchteten Verkaufshalle klangen, hatte er die Dame mit zwei Schritten eingeholt, packte sie am Ärmel, und sagte:

„Kommen Sie. Wir nehmen Ihren Hund einfach mit. Bei den vielen Pelzmänteln da drinnen wird er sowieso nicht auffallen."

Sie wanderten in Richtung Eingangstür, während der Schnee bereits ihre Schritte verschluckte. Die Augen der alten Dame leuchteten und sie brummte leise vor sich hin.

„Ja, ja, Mathilde, jetzt siehst du auf deine alten Tage doch noch die modernen Autos – wissen Sie, mein Mann hat mich beizeiten angesteckt. Mich faszinieren Autos jetzt ebenso – wenn ich jünger wäre, würde ich sofort den Führerschein machen. Kupplung und Gaspedal, das hat er mir gezeigt, das weiß ich noch ..." Sie kicherte wie ein junges Mädchen und ihr Gesicht legte sich in glückliche Falten. Arm in Arm betraten sie die Verkaufshalle und der riesige Hund trottete wie ein Leibwächter neben ihnen her.

Herzi benahm sich erstaunlich gesittet.

Alfred war eingefallen, welch eine Katastrophe es geben würde, wenn der Hund vor Angst vor den vielen fremden Menschen oder aus Lust auf einen blitzblanken Autoreifen ein Bein heben würde – doch er zeigte sich von all dem Trubel völlig unbeeindruckt. Unter den vielen Pelzmänteln ging er auch optisch unter und warf nur hin und wieder einen begehrlichen Blick auf die Wildlederstiefel einer Kundin, die ihn an einen Baumstamm erinnerten.

Vor lauter Rührung über das sonderbare Paar hatte Alfred die unangenehme Sache mit Onkel Otto völlig vergessen. Er verbrachte den ganzen Abend damit, die alte Dame herumzuführen und ihr die neuesten technischen Kniffe zu erklären, bis sie sich gar nicht mehr von den Autos trennen wollte. Fröhlich öffnete sie Autotüren, ließ

Scheibenwischer gegen die Scheibe schnappen und murmelte dabei unablässig vor sich hin.

„Schiebedach, ja, ja, das gab's früher noch nicht, Ledersitze, Allradantrieb … wie, was? Ja, natürlich können Sie mich einmal im Heim besuchen, das ist doch keine Frage, ich würde mich wahnsinnig freuen … So, Herzi, jetzt müssen wir langsam wieder nach Hause gehen und den netten Herrn nicht länger stören … ja, ja, Allradantrieb, Schiebedach, komm, Herzi, Allrad …" – und leise vor sich hin murmelnd bahnte sie sich einen Weg durch die Menge in Richtung Tür.

Alfred blieb wie angewurzelt stehen, und so stand er immer noch da, als Susanne ihn ein paar Minuten später fand. Er starrte sie an.

„Woher wusste sie das?", rief er laut.

„Wer denn? Was denn?", fragte sie verwirrt.

„Na, die alte Dame! Onkel Ottos Titel! Sie sagte „Komm Herzi Allrad … und ich habe Kommerzialrat verstanden! Das war's! Das war der Titel von Onkel Otto! Jetzt weiß ich's wieder!" Er lachte übers ganze Gesicht, sprang herum und umarmte seine Frau.

Da fiel ihm ein, dass die alte Dame mit dem Hund verschwunden war. Er sah sie gerade noch durch die Glasscheibe, wo sie im Schneegestöber verschwanden.

„Halt! Warten Sie!", rief er und rannte ihnen hinterher. Sie drehte sich verwundert um.

„Bitte bleiben Sie noch! Sagten Sie nicht, im Pensionistenheim sei es langweilig? Wissen Sie was …" – er zwinkerte ihr verschwörerisch zu. „Möchten Sie nicht der Langeweile entfliehen und als tausendste Besucherin mit Ihrem Herzi nach Bolivien fliegen?"

Ihre Augen leuchteten auf.

„Ist das Ihr Ernst? Ich bin noch nie in meinem Leben geflogen! Können Sie das einfädeln?"

Alfred winkte verlegen ab.

„Das kann sich unsere Firma jetzt leisten“, sagte er. „Ich werde höchstpersönlich dafür sorgen. Wir bekommen schließlich in zwei Wochen wieder ein paar goldene Kerzenleuchter …“

84

Agarastos' schwarze Tulpen

Yannis Agarastos trank gemütlich seinen Nachmittagskaffee und blickte nur zufällig aus dem Fenster, als er das rote Auto sah, das ungebremst auf den Zaun seiner Gärtnerei zuraste. Er erkannte sofort, dass es zu spät sein würde, um zu bremsen. Hastig sprang er auf, verschüttete dabei seinen Kaffee, rannte hinaus und als er bei dem Zaun ankam, war das Auto bereits dagegen gekracht, hing zur Hälfte über der Böschung, und war nur durch eine junge Birke gebremst worden, die jetzt geknickt war wie ein Streichholz. Herr Agarastos war außer Atem. Doch sein Zorn verpuffte etwas, als er den Fahrer des Autos sah, das sanft auf und ab schaukelte. Leise klopfte Agarastos an die Scheibe, und als der Mann das Fenster herunterkurbelte, sah Agarastos, dass er sehr jung aussah und leichenblass war.

„Es tut mir so Leid", stammelte der Fremde. „Ich habe das nicht mit Absicht getan."

„Das hatte ich auch nicht angenommen", brummte der Alte. „Haben Sie sich verletzt?"

Der Mann sah nicht danach aus und das erleichterte Agarastos sehr.

„Mich nicht; nur Ihren Baum und Ihren Zaun", kam die leise Antwort. Alex wurde langsam bewusst, wo er sich befand. Vor ihm — oder, besser gesagt, unter ihm — erstreckte sich die weltberühmte Gärtnerei Agarastos, und Alex wünschte sich, dass sich der Erdboden auftun und ihn verschwinden lassen möge.

„Bewegen Sie sich bloß nicht vor oder zurück", sagte Agarastos, nachdem er die Lage prüfend gemustert hatte. „Sonst kippt Ihr Auto endgültig in den Graben. Es sieht schlimmer aus als es ist. Ich habe so etwas ähnliches schon einmal in Saloniki erlebt. Machen Sie die Tür auf, und steigen Sie ganz langsam seitlich aus. Ich helfe Ihnen."

Zitternd öffnete Alex die Autotür und kletterte aus dem Wagen, auf den Arm des alten Mannes gestützt.

„Was soll ich denn jetzt machen?", murmelte er.

„Kaffee trinken", sagte Agarastos in einem Ton, der keine Widerrede duldete. „Ich rufe inzwischen den Abschleppdienst."

Wenig später saß Alex in Agarastos' Küche und rührte in einem
Kaffee, der so stark war, dass er Tote hätte erwecken können. In
seinem Kopf drehten sich die Geschehnisse der vergangenen halben
Stunde. Mit Schrecken kam er zu dem Schluss, dass er am Steuer
eingeschlafen war. Das machte die Sache nicht besser.

Agarastos beugte sich über den schweren Holztisch in seine Richtung.

„Also — wollen Sie mir jetzt erzählen, warum Sie von der Straße
abgekommen sind?", fragte er und die Falten auf seiner Stirn bildeten
ein unbarmherziges Fragezeichen.

Alex zögerte. „Ich war im Bezirksgericht", sagte er müde. „Habe
einige Nächte durchgearbeitet." Erschöpft rieb er sich die Augen.

„Sind Sie dort Praktikant?", fragte der Alte und rührte in seinem
Kaffee.

Normalerweise ärgerte Alex, dass er so jung aussah, aber diesmal
musste er lächeln. „Nein", sagte er. „Ich bin Anwaltskonzipient."

Agarastos war überrascht.

„Anwalt!", rief er erfreut. „Wie schön! Sie walten im Namen von
Justitia, der Gerechtigkeit!"

Alex' Gesicht blieb unbewegt.

„Sind Sie denn nicht glücklich damit?", fragte Agarastos verblüfft.

Die Frage kam zu überraschend, als dass Alex sie hätte überhören
können.

„Wann ist man denn schon glücklich", sagte er leise und rührte seinen Kaffee um.

Agarastos' Augen blickten nachdenklich. „Schade", sagte er dann. „Ich hätte alles darum gegeben, studieren zu können. Am liebsten die Juristerei. Pallas Athene …"

Alex stieß seinen Löffel in die Tasse, als müsse er sich rechtfertigen. „Wenn Sie wüssten, was ich schon alles machen wollte", sagte er mit unterdrückter Wut in seiner Stimme. „Ich wollte nicht nur einen einzigen Beruf erlernen, der all meine anderen Talente verdrängen würde wie ein riesiger Krake. Ich wollte Pianist werden, dann Fotograf, dann als Reporter arbeiten, nach Kanada auswandern, ein Hotel eröffnen …"

Agarastos betrachtete ihn interessiert. „Und wieso haben Sie dann Rechtswissenschaften studiert?", fragte er.

Alex zuckte die Schultern. „Weil mich das von allen Dingen dann doch am meisten interessiert hat", sagte er resignierend. „Ich wollte wissen, warum es Ungerechtigkeiten gibt, wie Gemeinschaften funktionieren, wie man Gesetze macht. Aber glauben Sie, ich würde es jetzt wissen? Ich weiß noch immer nichts. Stattdessen lerne ich, wie man auf Kosten anderer möglichst viel Geld verdient, Verbrecher verteidigt, Existenzen zerstört und obendrein habe ich alle meine Träume aufgegeben; ich spiele nicht mehr Klavier, fotografiere nicht mehr, reise nicht mehr, stattdessen sitze ich Tag für Tag im Büro vor dem Computer, und …" – er seufzte tief – „… habe das Gefühl, dass mein Leben wie der Sand in einer Sanduhr zerrinnt, und irgendwann wird es vorbei sein und ich habe nichts von meinen Träumen und Talenten verwirklicht."

Er stützte den Kopf in seine Hand. Plötzlich schämte er sich, dass er all dies einem fremden, berühmten Mann erzählte, dessen Zaun er vor einer Viertelstunde ruiniert hatte. Yannis Agarastos betrachtete ihn nachdenklich. Dann zündete er sich umständlich eine Zigarette an, paffte ein wenig und begann zu erzählen.

„Als ich jung war, wünschte ich mir ein Haus im Norden. Ich wollte weg vom Meer, wo die Feuchtigkeit einem in die Knochen kriecht und ständig ein fauliger Geruch in den Kleidern hängt. Ich komme aus einem kleinen griechischen Dorf, wo wir außer einem krummen Olivenbaum und ein paar Schafen nichts besaßen … – “, nachdenklich blies er den Rauch in die Luft.

„Als meine Brüder die Straßenhunde fingen, damit unsere Mutter etwas zu kochen hatte, beschloss ich, abzuhauen. Ich ging als blinder Passagier an Deck eines Frachtschiffes, das Kurs auf Italien nahm. Ich war gerade mal sechzehn Jahre alt. Irgendwie gelang es mir, mich in einem leeren Fass zu verstecken, das an Bord geladen wurde. Als sie es über die Laderampe rollten, wurde mir so schlecht, dass ich Angst hatte, an meinem eigenen Erbrochenen zu ersticken. Später wäre ich fast verhungert, weil die Luke zum Lebensmittelraum versperrt war. Irgendwann bekam ich Fieber und wand mich tagelang in Krämpfen. Doch ich konnte niemanden um Hilfe bitten, denn hätten sie mich entdeckt, wäre ich stante pede zurück in ein griechisches Gefängnis gewandert. Heilige Maria, das wäre kein guter Ort gewesen! So war mir alles lieber als zurückzugehen, doch als ich hier ankam, fragte ich mich, ob es nicht besser gewesen wäre, in Griechenland zu bleiben.“

Alex blickte ihn erstaunt an. Diese Geschichte passte nicht zu seinem Bild vom erfolgreichen Unternehmer. „Aber Sie sind doch der Inhaber dieser berühmten Gärtnerei?“, fragte er verwundert. Plötzlich war es ihm unangenehm, dass er ihm von all seinen geplatzten Träumen erzählt hatte, und er fühlte sich kindisch.

„Jawohl, der bin ich“, sagte Agarastos. „Wie er leibt und lebt. Doch als ich hier ankam, hatte ich nichts als das, was ich am Leibe trug. Als ich sagte, ich wolle studieren, hat man mich ausgelacht, und ich musste als Ausländer den miesesten Job annehmen, den man mir bot. Also arbeitete ich zunächst als Straßenkehrer. Ich wusste, dass ich die Sprache lernen musste, wenn ich es zu irgendetwas bringen wollte, doch ich hatte kein Geld für einen Sprachkurs. Also setzte ich mich jeden Tag, wenn ich eine halbe Stunde Mittagspause hatte, in einem Park zu einer alten Dame auf die Bank. Ich bemühte mich, charmant zu lächeln und nicht allzu verwahrlost auszusehen. Ein paar von ihnen sagten mir gleich, dass sie nicht mit einem verlausten Ausländerjungen sprechen wollten, aber ich lernte schnell, die netten, besonders einsamen, die kein Hündchen bei sich hatten, zu erkennen. Ich suchte mir also so ein Tantchen aus und … Himmel, ich hätte keinen besseren Sprachlehrer finden können, der bereit gewesen wäre, sich stundenlang mit mir zu unterhalten, ohne auch nur einen Cent zu verlangen! Eine dieser Damen war die Witwe eines hohen Stadtbeamten und verschaffte mir eine Arbeit bei der städtischen Müllhalde. Dort brachte ich es bis zum Portier, und ich wusste, ich sollte ihr dankbar sein. Da saß ich nun tagein, tagaus in meinem Portierhäuschen, das im Gegensatz zu meinem Zimmer immerhin geheizt war, und sah die Müllautos hinein- und hinausfahren, jeden Tag, während die Stunden verstrichen. Das Problem war nur: Ich erwartete mir mehr vom Leben. Ich wollte studieren, und für etwas Schönes in der Welt sorgen. Doch ich konnte mir nicht einmal Holz zum Heizen leisten. Irgendwann begann ich darüber nachzugrübeln, wie sehr ich die beste Zeit meines Lebens, in der ich so viel hätte lernen können, in dieser elenden Müllhalde verschwendete. Ich dachte pausenlos darüber nach, was ich alles versäumt hatte. Und so sah ich mein Leben zerrinnen, im Rhythmus der ein- und ausfahrenden Müllautos."

Alex lächelte mitfühlend.

„Da ich nicht viel zu tun hatte, konnte ich in Akten blättern und herausfinden, wann wo welcher Müll abgeladen worden war. Ich versuchte es mir genau zu merken, um mein Gehirn beweglich zu halten. Als ich eines Tages so durch die Akten blätterte, las ich, dass auf einem entlegenen Gebiet der Müllhalde Säcke mit Lebensmittelfarbe abgeladen worden waren. Es musste ungefähr zehn Jahre her sein. Eine Großbäckerei war damals in Konkurs gegangen, als die Zeit der fertigen Teigmischungen begann. Die Stelle war längst von Gras und Unkraut überwuchert. Eines Abends, in einer besonders langweiligen Nachtschicht, hatte ich plötzlich eine Idee. Ich grub am Wegrand ein paar Pflanzen mitsamt den Wurzeln aus, und brachte sie dann zu der Stelle, wo die Farbsäcke vergraben waren. Dort pflanzte ich sie noch in derselben Nacht ein. Zu meinem Glück war in dieser Nacht wenig los, und so bemerkte mich keiner, sonst hätte es Ärger gegeben. Doch von nun an hatte ich einen guten Zeitvertreib: Jeden Tag nach der Arbeit stapfte ich zu meinen Pflanzen, beobachtete sie, und es dauerte keine paar Monate, da hatten sich ihre Blätter komplett verfärbt. Ich stand vor einem Bäumchen mit blitzblauen Blättern, die fröhlich rauschten, und dachte mir „Kindchen, das wär' was".

Agarastos lächelte, in Erinnerungen versunken.

„Kurze Zeit später kündigte ich bei der Müllhalde. Mit dem Geld der alten Witwe, die mir aus Dankbarkeit für die Gesellschaft einige Ersparnisse vererbt hatte, nahm ich bei einem dubiosen Vorstadthai einen Kredit auf, und eröffnete eine winzige Gärtnerei in meinem Hinterhof. Als alter Grieche verkaufte ich zunächst einmal Gurken und Tomaten. Was für eine verrückte Idee!"

Er lachte und seine Goldzähne blitzten.

„Ich hatte keine Ahnung von Geschäften. Doch wir Griechen sind Künstler! Irgendwann konnte ich von meinen Tomaten und Gurken mehr schlecht als recht leben, und da konnte ich endlich experimentieren. Ich kaufte also Lebensmittelfarbe. Dort ein bisschen Farbe, da ein bisschen Farbe, und man konnte Pflanzen herstellen, die die Welt noch nicht gesehen hatte. Blaue Rosen! Ich war der Erste, der sie anbot. Heute stehen sie in jedem Blumengeschäft. Natürlich hielt ich die Rezepte für meine Farben geheim. Sie müssen von guter Qualität sein, um den Pflanzen nicht zu schaden. Tja, und dann kam die Sache mit den schwarzen Tulpen."

„Schwarze Tulpen?", fragte Alex erstaunt.

„Jawohl. Ein Gartengestalter aus Holland, der viel in Künstlerkreisen verkehrte, wollte ein intensives Dunkelviolett für seine Tulpen, und ich mischte versehentlich ein sattes Tiefschwarz. Da versuchte ich, es zu einem schönen Grau zu verdünnen. Ich hatte ein Bestattungsunternehmen im Auge, das sich für graue Rosen interessierte. Doch es war gerade nicht Rosenzeit, und so probierte ich das Schwarz an meinen Tulpen aus. Kurze Zeit später hatte ich schwarze Tulpen hergestellt! Ich zeigte sie dem Holländer, und er war begeistert. Sein bester Freund hatte gerade eine Dekorationsfirma eröffnet, Schwarz boomte, es war dieser ‚pure art style‘ oder so … jedenfalls wollten plötzlich alle meine schwarzen Tulpen haben. Ich lieferte und lieferte, für Bälle und Bankette und all die schrecklichen Dekorationsgeschäfte, und …" – er breitete die Arme aus – „… heute bin ich reich! Wissen Sie, mein Freund, ich kann jetzt reisen, wann und wohin ich will, habe Häuser für alle meine Brüder gekauft, ein florierendes Unternehmen gegründet und muss nie wieder hungern!"

Gebannt hatte Alex dem alten Mann zugehört. Über die seltsame Geschichte hatte er beinahe sein eigenes Dilemma vergessen. Doch es war nicht nur Sympathie mit dem netten Griechen, die ihn fesselte, sondern ein ganz neuer Gedanke, der sich plötzlich in seinem Kopf breitmachte.

Er dachte an all seine unerfüllten Träume und Pläne, die, einer riesigen Müllhalde gleich, irgendwo im hintersten Winkel seines Bewusstseins lagerten. An all die Arbeiten, die er begonnen und nie zu Ende geführt hatte, all die aufgegebenen Talente, die ungemachten Reisen, die abgebrochenen Beziehungen, die an der Kompliziertheit des Alltags gescheitert waren. Wie riesige Müllberge erschienen vor seinem inneren Auge all die unfertigen Dinge der Vergangenheit, und wuchsen und wuchsen wie bedrohliche Berge der unverwirklichten Träume.

Doch auf genau diesen Müllbergen stach plötzlich ein blitzblaues Bäumchen aus der Menge an grünen hervor. Eine violette Birke rausche fröhlich mit den Blättern inmitten eines Meeres eleganter schwarzer Tulpen. All diese interessanten Geschöpfe, schön in ihrer Unangepasstheit, waren an einer ganz bestimmten Stelle gewachsen, auf den ganz bestimmten Müllbergen mit dem ganz bestimmten Boden – und konnten nur dort gewachsen sein. Vielleicht würde irgendwann eine bunte, geniale Idee wie eine dieser Pflanzen auf den Bergen seiner unerfüllten Träume wachsen.

Alex musste lächeln. Auch Agarastos lächelte und blies Rauchringe in die Luft.

Da läutete der Abschleppdienst.

Der zweite Blick

Jedes Jahr am Ende des Sommers gibt es diesen Tag, an dem das Licht plötzlich kühler und die Sonne weiter entfernt ist, und jedes Jahr machte dieser Tag Dolores traurig, weil dann der Herbst begann. Dolores brauchte die Sonne mehr als andere Menschen, das war schon als Kind so gewesen und hing mit ihrer Krankheit zusammen, die in den Lehrbüchern Schuppenflechte hieß und für Dolores nur Demütigung.

Wenn sie eine gute Phase hatte, schuppte ihre Haut nur ein bisschen, hauptsächlich an Stellen, die sich leicht verdecken ließen, und das war kein Problem, da sie es gewohnt war, sich zu verstecken.

Hatte sie jedoch eine schlechte Phase, schälten sich rote Flechten von ihrer Haut und hinterließen blutige Schrunden, und an solchen Tagen traute sie sich morgens nicht aus dem Bett, um sich nicht den vielen Blicken auszusetzen, die auf sie einprasselten wie Pfeile, gegen die sie sich nicht wehren konnte.

Wenn der Sommer zu Ende ging, wusste Dolores, es würden wieder solche Tage kommen.

Doch heuer war etwas anders. In diesem Jahr ging sie ins Reisebüro und buchte einen Flug ans Meer.

Sie hatte keine Begleitung, nur vieles zu vergessen.

Als sie aus dem Flugzeug stieg, umfing sie die salzig-feuchte Meeresluft wie ein Versprechen. Im Hotel angekommen, war es bereits dunkel. Dolores warf ihre Koffer in die Ecke, zog die Schuhe aus und machte sich auf den Weg zum Meer. Es war leicht zu finden; sie musste nur dem Rauschen folgen.

Hinter dem letzten Bungalow endete die Zivilisation und dahinter begann etwas viel Größeres, das schon dagewesen war, als wir alle noch Schnecken waren.

Es war eine klare Nacht; das Halbrund der Welt stand weit offen, nur vom Vollmond beleuchtet, der helle Schaumkronen auf dem schwarzen Wasser tanzen ließ. Dolores stand eine Weile andächtig da, hypnotisiert vom Rauschen der Wellen und spürte, wie sie klein und unbedeutend wurde vor dem Rhythmus der Unendlichkeit.

Dann machte sie einen Schritt nach vorn, das kalte Wasser umspülte ihre Knöchel und ein wildes Glücksgefühl erfasste sie, sie begann zu tanzen, mit sich selbst und dem Meer, und spürte, dass dies ein besonderer Tag war, der ihr Leben verändern würde.

Zum Frühstück erschien sie spät. Unschlüssig sah sie sich um und wusste nicht, an welchen Tisch sie sich setzen sollte. Überall saßen verliebte Paare, zusammengeschweißt durch die Ereignisse der Nacht, und sie fühlte sich ausgeschlossen. Plötzlich sah sie ein Gesicht, das ebenso alleine war wie sie, und das ihr auffiel, weil es so freundlich aussah. In ihrem Sonnengeflecht begann etwas zu tanzen, wie Staubkörner, wenn ein Sonnenstrahl durch ein verstaubtes Fenster fällt.

Da fielen ihr die Schrunden auf ihren Armen wieder ein. Sie drehte sich um und setzte sich an einen anderen Tisch. Hier saß eine Mutter mit zwei Töchtern. Die jüngere war klein und sah, abgesehen von ihrer sonnenverbrannten Nase, die wie eine Erdbeere in ihrem Gesicht leuchtete, gesund und glücklich aus. Die ältere war schön wie ein Fotomodel, wirkte jedoch blass und kränklich.

„Gehen Sie auch zum Strand?", fragte die Mutter der beiden. Dolores beugte sich über ihren Frühstücksteller. Das ältere Mädchen verzog das Gesicht.

„Der Strand ist hässlich", sagte sie. „Es war ein Fehler, hierher zu kommen. Im Katalog war alles anders beschrieben. Wir dachten, es sei ein schöner weißer Sandstrand, dabei besteht er aus hässlichen schwarzen Kieseln."

Dolores schwieg. Das war ihr in der Nacht gar nicht aufgefallen.

Später spazierte sie den Strand entlang. In einen flatternden Kaftan gehüllt ließ sie die bunten Sonnenschirme und das Kinderlachen hinter sich und ging in Richtung Mole. Sie sah nur die Kieselsteine unter ihren Füßen, weil ihr Blick wie so oft zu Boden gerichtet war. Dolores fragte sich oft, was andere Menschen über sie denken mochten. Sie war sich der unsichtbaren Mauer bewusst, die ihre Welt von der der anderen trennte, doch sie hatte es aufgegeben, sie einreißen zu wollen, hatte sich damit abgefunden, das Leben der Gesunden wie durch einen Glassturz zu betrachten, durch den man die anderen tanzen sieht, aber selbst nie dazu gehören wird, obwohl ihr der Hunger nach Leben nächtelang den Schlaf raubte.

Umso mehr erschrak sie, als beim Abendessen plötzlich der Sessel neben ihr weggezogen wurde.

Es war der Mann mit dem freundlichen Gesicht. „Ist hier noch frei?", fragte er und setzte sich neben sie.

Ob sie den schönen bunten Strand gesehen habe. Sie verneinte. Nur schwarze Kiesel. Er lächelte. „Ich heiße Ben", sagte er. „Wenn du willst, zeige ich ihn dir morgen."

Zu ihrer eigenen Überraschung willigte sie ein.

„Wo liegst du immer am Strand?", frage er.

„Ganz verschieden", wich sie aus. Sie wollte nicht, dass er sie jetzt schon ohne Kleider sah. „Mal da, mal dort."

„In Ordnung", sagte er und zwinkerte ihr zu. „Ich werde dich finden."

Sie lagen auf den warmen Steinen, sie trug ihren Kaftan über dem Bikini und drehte sich auf den Bauch, damit er die schuppigen Stellen auf ihren Knien nicht sah. „Ich vertrage die Sonne nicht gut", sagte sie.

Sie grub ihre Finger in die Steine. „Ich dachte, es sei Sandstrand hier. Dabei sind das so hässliche schwarze Kiesel."

Ben ließ die Steine durch seine Finger rinnen. „Schau", sagte er. Dolores sah näher hin. Da sah sie, dass die Steine gar nicht schwarz waren, wenn man sie näher betrachtete, sondern bunt, und dass sich die dunkle Farbe aus allen Farben des Regenbogens zusammensetzte. Sie entdeckte smaragdgrüne Steine mit kleinen grauen Punkten, manche waren ziegelrot oder dunkelblau. Jeder Stein war einzigartig und sie waren nur hässlich, wenn man nicht genau hinsah. Der Beginn eines Gedankens blitzte in ihrem Kopf auf, doch die Ebbe zog ihn wieder ins Meer zurück.

„Schön", sagte sie. Sie legte den Kopf auf ihre Arme und zog sich ihren Hut tiefer ins Gesicht.

Auf einmal nahm sie seine Anwesenheit schmerzlich wahr. Er lag so nah neben ihr, dass sie seine Haut riechen konnte. Sie spürte das Verlangen, ihn zu berühren, ihren Kopf an seiner Schulter zu vergraben. Doch sie schob den Gedanken wieder weg und gemeinsam mit der nächsten Welle überflutete sie die alte Angst. „Ich muss kurz ins Zimmer", sagte sie. „In den Schatten."

Am nächsten Tag fuhren sie nach Iraklion. Auf einem klapprigen Motorroller tuckerten sie die Küste entlang und zum ersten Mal spürte sie statt schmerzhaften Hautschuppen nur den Wind in ihren Haaren. Sie hielt sich an seinem Körper fest und wollte nicht daran denken, wie warm es unter seinem T-Shirt war, damit ihr nicht schwindlig wurde. Sie war selten jemandem so nah gewesen. Hin und wieder hatte sie es versucht, doch beim ersten fragenden Blick auf ihre Haut war sie immer wieder schnell in ihre Welt geflüchtet, wo sie hingehörte, bevor der andere noch Fragen stellen konnte. Wie viele Hautkranke war sie sehnsüchtig nach Liebe, obwohl sie fürchtete, Ekel zu erregen, und scharfsichtig, obwohl sie es hasste, sich selbst zu sehen.

Ben schien das nicht zu bemerken, und wenn er etwas bemerkte, sagte er es nicht. Sie war dankbar dafür. Wunden heilen leichter, wenn man nicht ständig den Finger hineinlegt. Seine Gegenwart legte sich über ihre Gedanken wie Balsam.

In Iraklions Gassengewirr herrschte trotz der Hitze ein lebhaftes Treiben. Händler boten ihre Waren an, man hörte das Knattern von Motorrädern und das Schlagen von Fensterläden gegen die alten Mauern.

Sie standen an der Hafenmauer und hatten einander seit der Fahrt auf dem Motorroller nicht mehr losgelassen. „Warst du schon einmal hier?", fragte Dolores.

„Ja. Schon zweimal", sagte Ben. „Ich habe mich in Kreta auf den ersten Blick verliebt."

Sie wusste nicht, wie sie diesen Satz verstehen sollte.

„Hast du das auch schon mal?", fragte er.

„Ach", sagte sie verdrossen. „Ich weiß nicht, ob es das überhaupt gibt. Auf den ersten Blick."

„Das macht nichts", sagte er unbekümmert. „Es gibt immer noch den zweiten."

Am Abend saßen sie am verwaisten Strand. Als sich ihre Augen an das Dunkel gewöhnt hatten, suchten sie sich einen Platz, von dem aus man alle Sterne sah.

Dolores kauerte sich im Liegestuhl zusammen, zog die Beine an und legte die Arme um die Knie. Gemeinsam blickten sie zum schwarzen Nachthimmel hinauf.

„Wenn wir eine Sternschnuppe sehen würden", sagte er, „was würdest du dir wünschen?"

Sie seufzte. Sie hatte zu viel getrunken und das war gefährlich, da es sie zu ehrlich machte, aber heute war ihr das egal.

„Wenn ich mir etwas wünschen könnte", sagte sie, „wäre ich gerne so wie alle anderen Menschen."

Er schien verwundert zu sein. „Was würdest du denn dann anders machen?"

Sie lachte bitter. „Ich würde das machen, was alle anderen auch machen. Im Frühjahr Mütze und Schal abwerfen, mich in die Sonne legen, kurzärmelige T-Shirts tragen, in einem Sommerkleid durch die Stadt flanieren ..." – sie sah ihn prüfend an. „Jemanden kennenlernen ..."

Er schien ein wenig gekränkt zu sein, und sie hatte das Gefühl, versagt zu haben. Jetzt saßen sie hier an diesem romantischen Strand und anstatt das zu tun, was andere Paare machen würden, sprach sie über ihre Krankheit. Es war ihre Schuld, er hatte eine unkompliziertere Frau verdient. Sie dachte daran, wie oft sie sich gewünscht hatte, irgendeine andere Krankheit zu haben, ihretwegen sogar eine, die sie von innen her zerfressen würde, aber nicht auf den ersten Blick sichtbar war, nicht dieses Erschrecken bei den anderen auslöste, das sie dazu brachte, sterben zu wollen, obwohl sie sich nach nichts mehr sehnte, als nach einer Umarmung.

Sie wusste nicht, was sie sagen sollte. Die ganze Zeit hatte sie sich vor diesem Gespräch gefürchtet, doch die Dunkelheit machte es leichter.

„Es ist nur diese blöde Hautkrankheit", sagte sie leise. „Ich finde es sehr nett von dir, dass du mich nicht darauf angesprochen hast. Aber du hast es sicher gesehen ..."

Er stand auf, zog sie hoch und sie stolperten zurück zu seinem Zimmer und setzten sich auf die Terrasse. Die Zikaden waren sehr laut. „Dann zeig sie doch mal her", sagte er. „Deine schreckliche Haut."

Seine Hand tastete nach ihrer Wange, behutsam strichen seine Fingerspitzen bis zu den Schläfen, wo das Blut pochte, und berührten zärtlich den Ansatz ihrer Ohren. Sie schloss die Augen.

„Spürst du, wie es schuppt?", fragte sie.

Er sagte, nein, er spüre sie, und er könne nichts sehen, keine Narben, keine Schuppen, keine Fehler, nur die vielen schönen Farben, aus denen sie bestand. Sein Mund berührte ihre Haut, tastete sie ab, Zentimeter für Zentimeter, und sie merkte, dass der Glassturz um sie herum einen Sprung bekam.

„Deine Haut ist nur sehr dünn", sagte er. „Aber deshalb fühlt sie auch viel mehr."

Sie spürte, wie ihr eine Träne über die Wange rollte. Sie wusste nicht, woher sie kam, sie war eigentlich fehl am Platz, vielleicht hatte sie sich im Labyrinth ihrer Gefühle verirrt.

Die nächsten drei Tage waren anders als ihr ganzes bisheriges Leben. Sie häufte Erinnerungen an und stopfte ihr Gedächtnis voll mit Gefühlen, damit sie etwas hatte, wovon sie zehren konnte, wenn der Winter kam: Die Wärme unter der Bettdecke, den Geschmack seiner Haut, die geronnene Zeit hinter den schweren Vorhängen. Zum ersten Mal war das Leben wirklicher als ihre Träume, und sie wachte nicht enttäuscht auf, sondern wollte gar nicht schlafen, um nur ja nichts zu verpassen.

Sie wusste, dass sie ihn nicht nach Hause mitnehmen konnte, aber daran dachte sie erst, als er sie zum Flughafen brachte. Vor dem Zoll blieben sie stehen und sahen einander an.

Er griff in seine Jackentasche und öffnete die Faust. Drinnen lag eine Kette.

„Die ist aus den Steinen", sagte er. „Vom Strand."

Dolores' Augen weiteten sich. Die Steine waren wunderschön und leuchteten in allen Farben. Die grünen, blauen, auch die ziegelroten waren dabei, manche waren gesprenkelt. Sie waren in der Mitte durchbohrt und auf ein dünnes Band gefädelt. Er legte sie ihr um den Hals. Es fühlte sich kühl an auf ihrer Haut.

Sie tastete danach. „Warum hast du das gemacht?", fragte sie.

Er lächelte.

„Damit du ihn nie vergisst", sagte er. „Den zweiten Blick."

Zellen

Christopher Thompson hätte später nicht sagen können, an welchem Tag sich seine Frau erstmals verändert hatte. Es war ihm beim Frühstück aufgefallen.

„Ich mache mir Sorgen um die Zukunft unseres Landes", sagte er, und sie lachte. Dann steckte sie den Löffel in die Zuckerdose und streute Zucker auf ihr Ei.

Christopher Thompson beobachtete sie befremdet.

„Carey", sagte er. „Was zur Hölle machst du da?"

Sie schob sich einen Löffel voll Ei in den Mund und verzog das Gesicht.

„Ich weiß nicht", sagte sie unsicher. „Ich wollte eigentlich das Salz nehmen."

„Hast du mir überhaupt zugehört?", fragte er ärgerlich. „Ich sagte, die Achse des Bösen wird immer stärker. Wir wissen nicht, wie viele Länder gegen uns zusammenarbeiten. Gott schütze uns, dass wir die Kollaborateure rechtzeitig finden."

Carey Thompson brach in Lachen aus.

„Entschuldige", stammelte sie, fassungslos über sich selbst, und wischte sich mit der Serviette ein paar Tränen aus dem Auge. „Ich weiß auch nicht, warum ich plötzlich lachen musste. Ich glaube, ich bin sehr gestresst in letzter Zeit. Ich habe immer solche Kopfschmerzen. Was habt ihr denn nun vor, gegen die feindlichen Länder?"

„Wir haben eine neue Waffe entwickelt", sagte Christopher stolz. „Ares heißt sie, wie der Kriegsgott. Unser Labor hat maßgeblich daran mitgearbeitet. Eine Revolution in der Waffenindustrie, könnte man sagen." Er nickte voller Stolz. „Sie funktioniert auf der Basis von Mikrowellen. Eine saubere Waffe. Die Strahlen sind so gebündelt, dass menschliche Zellen in Sekundenbruchteilen verdampfen."

Carey verschluckte sich und hustete. Sie dachte an den Spinat in der Mikrowelle, wenn er blubbernde Blasen warf.

„Wir haben die Wirkung der Strahlen im Labor jahrelang untersucht", fuhr Christopher fort. „Es gibt absolut keine Möglichkeit, dass sie ihr Ziel verfehlen."

Carey hörte nicht auf zu husten. Christopher beugte sich zu ihr, um ihr auf den Rücken zu klopfen. In diesem Moment riss sie die Augen auf und griff sich mit der Hand auf den Hinterkopf.

„Mein Kopf", … keuchte sie. „die Kopfschmerzen … – schon wieder …"

Dann sackte sie wortlos in sich zusammen.

Der Neurochirurg blickte Dr. Thompson über seinen Brillenrand hinweg an. Er wusste, wen er vor sich hatte. Mr. Thompson war ein sehr wichtiger Mann. Darum arbeitete er auch für das Militär. Dort gab es Leute, die Befehle korrekt ausführen konnten. Und Thompson legte immer Wert auf allerhöchste Korrektheit. Das einzige, was er nicht kontrollieren konnte, war das Schicksal.

Als Dr. Brainwood seufzend seine Brille abnahm und sich die Augenbrauen rieb, traf Thompson diese Erkenntnis wie ein Fausthieb.

„Es tut mir Leid", sagte Brainwood. „Ich muss Ihnen die Wahrheit sagen. Ihre Frau hat einen Gehirntumor, und zwar die bösartigste Sorte, die es gibt."

Christopher Thompsons Herz machte einen schmerzhaften Satz.

„Was?", schrie er und sprang hinter dem Schreibtisch auf. Seine Finger klammerten sich an die Schreibtischkante. Er hatte das Gefühl, als würden seine Knie versagen. Sein ganzes geordnetes Weltbild stürzte wie ein Kartenhaus in sich zusammen.

„Kann man das operieren?", rief er.

„Wir können es nur versuchen", sagte Brainwood.

„Dann operieren Sie!", befahl Thompson. „Und zwar sofort. Lassen Sie alle Experten einfliegen, es ist mir gleich, wie viel das kostet, ich bezahle alles. Dr. Brainwood, Sie sind der beste Neurochirurg im ganzen Land! Ich möchte niemand anderen konsultieren. Sie müssen meine Frau operieren!" Und er sprang auf, um die notwendigen Telefonate einzuleiten.

Dank der guten Verbindungen ihres Mannes lag Carey bereits zwei Tage später im Operationssaal. Sie hatte die Diagnose mit erstaunlicher Gelassenheit aufgenommen, als sei es ein unvermeidbarer Schachzug ihres Lebens, die Geburt von etwas Neuem, während Christopher sich fragte, warum sie nicht ihren Kopf gegen die Wand schlug und nachsah, ob die Pistole im Schrank an ihrem angestammten Platz lag. „Frauen haben einfach keinen Kampfgeist", dachte er wütend. Jetzt ging er mit großen Schritten im Vorraum auf und ab und überlegte, ob er ihren einzigen Wunsch, bei der Operation dabei zu sein, erfüllen sollte. Sollte sie sterben, hatte sie gesagt, sei dies ihr letzter Wille. Er müsse gar nicht mit am Tisch stehen, einfach nur im selben Raum sein. Er hatte keine Ahnung, warum ihr das so wichtig war. Die Ärzte hatten aufgrund seiner medizinischen Ausbildung nach einigem Zögern eingewilligt. Er presste die Zähne aufeinander, betrachtete von Weitem ihr schlafendes Gesicht inmitten der Fülle kastanienbraunen Haares, das in wenigen Minuten dem Messer des OP-Personals zum Opfer fallen würde, und trat zähneknirschend durch die Schiebetür.

Nervös verlagerte Christopher Thompson sein Gewicht von einem Bein auf das andere. Er war schon bei vielen Operationen dabei gewesen, das allein machte ihn nicht nervös, er kannte die angespannte Atmosphäre, und meistens war es ihm gelungen, sie mit ein paar Scherzen zu lockern. Aber diesmal war es etwas anderes. Jetzt lag auf dem Tisch nicht eine Gallenblase oder ein Knie, keine namenlose Ansammlung von Organen, sondern seine Frau, mit der er seit fünfundzwanzig Jahren verheiratet war. Beim Gedanken, sie zu verlieren, stockte ihm das Herz. Carey schlief bereits. Ihr Körper war mit sterilen grünen Tüchern abgedeckt, ihr Kopf in einen Schraubstock geklemmt, und auf der nackten Kopfhaut hatte man die Stelle, an der ihr Schädel geöffnet werden sollte, mit einem Filzstiftkreuz markiert. Es erinnerte Christopher an das Fadenkreuz einer Schusswaffe. Er schluckte. Obwohl er hinter den Chirurgen stand, begann er unter der sterilen Kleidung zu schwitzen, während seine Fingerspitzen immer kälter wurden. Er hörte das Zischen und Sägen der Instrumente und sah, wie zwischen den Gesichtern der Chirurgen gräulicher Staub hochstieg. Er bemühte sich, nicht daran zu denken, dass der Staub vom Schädel seiner Frau stammte, fünf Millimeter Knochentrabekel, die ihr ganzes Leben umspannten. Ihm fiel die Urne seiner Großmutter ein, Asche zu Asche, Staub zu Staub, er ärgerte sich über den Gedanken und versuchte sich zu konzentrieren. Dr. Brainwood seufzte manchmal. Zusammengekrümmt saß er hinter Careys Kopf, blickte mit seinen dicken Lupenbrillen in ihren Schädel hinein, und Christopher sah die glitzernden Schweißperlen, die sich an seinen Schläfen bildeten und hinter seinem Mundschutz versickerten.

Die Atmosphäre war so gespannt, dass er kaum zu atmen wagte. Er wusste, wie empfindlich die Stelle war. Würden die Chirurgen einige Millimeter verrutschen, könnten sie lebenswichtige Zentren ihres Gehirns zerstören. Vielleicht würde Carey dann nie wieder sprechen können. Oder sehen. Ein Schweißtropfen rann seine Wirbelsäule entlang. Er fühlte sich unangenehm kalt an. Sein Magen zog sich zusammen. Die runde Lampe über dem Operationstisch begann, sich immer schneller und schneller zu drehen. Die Geräusche entfernten sich, als säße er in einem Aquarium und die Gesichter der Chirurgen verschwammen zu hellen Flecken. Mit einem letzten Blick auf Carey

kippte Christopher Thompson zur Schiebetür und taumelte ins Freie.
Niemand nahm Notiz von ihm.

Im Aufenthaltsraum ließ er sich in einen Sessel fallen. Irgendjemand
reichte ihm stumm eine Dose Bier und er presste das kühle Metall an
seine Wange. Er spürte, wie das Handy in seiner Brusttasche vibrier-
te, besaß aber nicht die Kraft, abzuheben. Minutenlang saß er wie
erstarrt, bis die hellen und dunklen Flecken wieder ein komplettes
Bild ergaben.

Als er irgendwann aufs Display sah, erkannte er den Namen seiner
Forschungsgruppe, mit der er Ares entwickelt hatte. Bestimmt woll-
ten seine Mitarbeiter die neuesten Ergebnisse über die Waffe wissen.
Es ging um die Zeitspanne, in der menschliche Zellen verdampfen.
Eine Welle von Übelkeit schwemmte bitteren Geschmack in seinen
Mund und das Handy glitt ihm aus der Hand und blieb mit dem
Display nach unten auf dem hellgrünen Plastikboden liegen.

Christopher beobachtete, wie die Chirurgen einander abwechselten.
Nacheinander taumelten die Assistenten aus dem Saal. Er fragte sich,
wann Dr. Brainwood aß und auf die Toilette ging. Offenbar hatte er
Strategien entwickelt, um dies zu vermeiden. Nebenan wusch sich
gerade ein neuer Arzt mit der den Chirurgen eigenen optimistischen
Kraft die Hände. Er winkte Christopher fröhlich zu, als verabschiede
er sich ins Kino. Christopher war innerlich wie erstarrt; er besaß nicht
einmal die Kraft, seine Hand zu heben.

Eine Ewigkeit später hörte er, wie die Stimmen im Operationssaal
laut wurden; Sessel rollten über den Boden, eine Schwester zählte
Gegenstände ab. Quietschend rollten drei Pfleger seine Frau mit
schnellen Schritten aus dem Operationssaal. Ihr Kopf war unter einem
Turban von grünen Verbänden verborgen. Christopher sprang auf,

wollte zu ihr laufen, sie inmitten der piepsenden Geräte kurz berühren, doch die Pfleger wehrten ihn ab wie einen lästigen Eindringling.

„Später", riefen sie über die Schulter zurück. „Sie ist noch nicht stabil."

Christopher blickte auf die Uhr und stellte überrascht fest, dass es fast zehn Stunden und mehr als ein Dutzend Menschen gebraucht hatte, um einen erbsengroßen Tumor aus Careys Kopf zu operieren.

„Zwölf, dreizehn …" – die monotone Stimme weckte seine Aufmerksamkeit, er fragte sich, was die Schwester da zählte, wovon man so viel Stück brauchte. Vielleicht von Glück oder von Hoffnung. Er würde hunderte geben, wenn er sie hätte, dachte er. Vielleicht das nächste Mal. Bitte mach, dass es nicht umsonst war, dann gebe ich nächstes Mal noch fünfzig dazu, nein, fünfhundert, egal wovon, Minuten, Dollars, Ärzte, Assistenten. Es spielte keine Rolle, er hatte Einfluss, er konnte alles besorgen, in seinem Labor baute man Wunderdinge wie Ares, er würde dafür sorgen, dass alles bereitgestellt würde. Es war erstaunlich, wie viel Wissen, Geld, Zeit und Menschen man brauchte, um einen winzigen Tumor aus einem Gehirn zu schneiden.

Wie leicht es hingegen war, diese paar Millimeter zu zerstören, zu Staub, zu Wasserdampf. Dafür brauchte man nicht einmal eine Ausbildung. Ares konnte jeder bedienen. Er zuckte zusammen, weil seine Gedanken auseinanderliefen wie eine Herde ungehorsamer Schafe. Offenbar hatte ihm das Wachbleiben so zugesetzt, es hob die Kontrolle auf und machte angreifbar, beim Militär wusste man das. Das Gehirn: ein unerforschtes Organ, zehn Milliarden neuronaler Netzwerke, ein erbsengroßer Tumor und eine Brigade von Chirurgen operierte die ganze Nacht – er musste zusehen, dass er schleunigst ins Bett kam.

Sein Blick fiel auf das Handy, das noch immer auf dem Boden lag.

Er fragte sich, wie zehn Milliarden neuronaler Netzwerke in den Sekundenbruchteilen aussahen, in denen sie zu Wasserdampf verkochten. Zellen des Feindes.

Christopher Thompson griff nach dem Telefon, um seine Mitarbeit bei Ares zu kündigen.

Reisende, die nach Monteguapo kommen, sehen die Urwaldpension schon von Weitem als schönstes Gebäude vor dem immergrünen Nebelwald aufragen. Fragt man die reichen Bewohner des Dorfes nach diesem Haus, erzählen sie mit Stolz von der Heiligen, über die das Kloster seinen Schutzmantel breitet. Fragt man die armen, berichten sie lachend von der Prostituierten, die durch ihre erstaunliche Fähigkeit zu lieben eine reiche Frau geworden war. Keine der Geschichten ist uneingeschränkt wahr, doch am besten ist, man fragt Conchita selbst.

Conchita Rojas wurde in einem kleinen Dorf geboren, in einem Land mit zwei Jahreszeiten, deren Wechsel durch die Dauer des Regens bestimmt ist, der in der Trockenzeit täglich zur selben Stunde die Nebelwälder erfrischt. In der Regenzeit verwandelt er die Straßen in tödliche Schlammlöcher, in denen Kühe und selbst vollbesetzte Reisebusse steckenbleiben.

Von Kindesbeinen an besaß Conchita die Fähigkeit, sich unsichtbar zu machen, da sie aufgrund ihrer Herkunft die Sünde selbst verkörperte, die nur akzeptiert wurde, solange sie nicht sichtbar war. Für ihren Vater war ihre Geburt ein unsichtbares Mysterium, das hinter verschlossenen Türen stattfand, während er nebenan in der Dorfkirche die Messe las. Als man Pater Alberto später das kleine Mädchen in die Hand drückte, das seine Tochter war, fragte er zerstreut, ob sie nicht noch zu klein für die Taufe sei. Ihre Mutter war zu diesem Zeitpunkt bereits wieder von den Urwäldern verschluckt worden, mit blutendem Leib und hasserfülltem Herzen. Sie beherrschte die Sprache des Windes und der Wälder, und nachdem man ihr Kind aus dem Bauch gerissen hatte, verstand sie nur, dass sie so schnell wie möglich verschwinden sollte, wenn ihr das Leben lieb war; es genügte, dass sich die heiligen Schwestern des kleinen Wurms annahmen, damit sie Gottes Gemeinde vergrößere.

Conchita wuchs im efeuberankten Pfarrhof der Missionare auf, im Schatten des Urwaldes, der ihrer Haut die bronzene Farbe und ihrer Seele die unauslöschliche Sehnsucht nach den meterhohen Baumkronen verlieh. Ihr Vater hatte die Mitglieder der Gemeinde aufgrund ihrer Beichtgeheimnisse fest in der Hand, so dass niemand es wagte, nach der Herkunft des Kindes zu fragen, das zwischen den düsteren Gemälden verblasste. Die seltenen Besucher taten, als bemerkten sie sie nicht, bis sie schließlich selbst nicht mehr wusste, ob es sie wirklich gab oder sie wie ihre geliebten Bücher den Schubladen der Sakristei entsprungen war. In ihrer eintönigen Welt ohne Freunde waren diese in Leder gebundenen Schätze ihre Rettungsboote, die man sie getrost abstauben ließ, da niemand ahnte, dass sie bereits lesen konnte und sich nachts im Schein einer Kerze heimlich in fremde Welten versenkte. Die Welten in den Büchern schienen vage mit ihrer klösterlichen Umgebung zusammenzuhängen, doch sie waren um vieles interessanter; sie tauchte ein in ein Meer, das sich teilte und ein Volk hindurchziehen ließ, in Brunnen, in die Waisenkinder stürzten und gefährliche Löwengruben. Conchita, die einen angeborenen Sinn für das Schöne besaß, gefielen am besten die Liebeslieder über wohlgeformte Brüste und Schenkel in der Mitte des Buches, und sie verstand nicht, weshalb der Priester in der Messe immer nur die langweiligsten Stellen aus dem Buch vorlas, wenn sich eine Vielzahl viel spannenderer Geschichten darin verbarg.

Es dauerte nicht lange, da begann sie selbst Geschichten zu erfinden, tauschte die Figuren aus wie auf einem Schachbrett, was ihr im Unterricht nützlich war, wo sie sich unsäglich langweilte. Mithilfe ihrer Einbildungskraft schaffte sie es, sich auf bloße körperliche Anwesenheit zu reduzieren, während sie in Wirklichkeit durch den Dschungel streifte und reißende Flüsse durchschwamm. Zum Ärger von Schwester Soledad schrieb sie trotz ihrer Zerstreutheit fehlerlose Aufsätze, die sie wortlos zurückgeworfen bekam, mit erhobenem Zeigefinger und dem drohenden Kommentar, dass Hochmut eine Sünde sei.

Das Erfinden von Geschichten stillte Conchitas Sehnsucht nach dem Leben etwas, doch nicht die Sehnsucht nach Berührung, die in dem sakralen Pfarrhof mit der herben Pfarrersköchin als einziger Vertrauensperson ins Unermessliche wuchs. Von Zeit zu Zeit lief Conchita in den Garten, umarmte die mächtigen Bäume und drückte ihr Gesicht an die borkige Rinde, als würde sie einen tröstenden Pulsschlag empfangen. Die Köchin beobachtete sie vom Küchenfenster aus mit Argusaugen, besonders wenn sie rittlings auf dem krummen Baumstamm saß und die Arme um ihn schlang als sei er ein Mensch. Um jeden Keim der Sünde im Ansatz zu ersticken, erzählte sie ihr beiläufig beim Kartoffelschälen, dass sie sich nicht zu viele Hoffnungen machen solle, was die Liebe im Allgemeinen und die körperlichen Freuden im Speziellen betraf. Conchita machte es wie in der Kirche: Sie nickte eifrig und glaubte ihr kein Wort.

„Bete, meine Tochter, zur unbefleckten Jungfrau, wenn du auf dumme Gedanken kommst", sagte Schwester Soledad, doch Conchita gab nach ein paar ernsthaften Versuchen auf. Es war ihr nie gelungen, eine Seelenfreundschaft zu dieser geheimnisvollen Frau zu empfinden, denn im Gegensatz zu ihr war sie selbst immer befleckt, von Erde oder Tinte, mit der sie in ihre Hefte kleckste. Als sie erfuhr, dass die mysteriöse Jungfrau auch noch Mutter sein sollte, empfand sie tiefes Mitleid mit ihr. Conchita trug das Wissen um den Kreislauf des Lebens in sich und fand die Idee einer jungfräulichen Geburt in höchstem Maße traumatisierend. Die Idee, dass die arme Frau gebären hatte müssen, ohne vorher zumindest einmal das Vergnügen zu empfinden, das dem vorausging, konnte gewiss nicht von den weisen Frauen ihres Volkes stammen, beschloss sie. Sie hatte den Hühnern im

Hof zugesehen, wie der Hahn die Henne bestieg und seine Federn sträubte und mit dem untrüglichen Instinkt eines Kindes zweifelte sie nicht im mindesten daran, dass beide viel Vergnügen dabei empfanden. Doch als sie die Pfarrersköchin danach fragte, holte diese aus und schlug ihr ins Gesicht. Es war das erste und letzte Mal, dass Conchita versuchte, ihren Wissensdurst durch Erwachsene zu stillen. Sie beschloss, dass Bücher die besseren Verbündeten waren.

Ihre Tanten und Cousinen hätten das Mädchen darauf vorbereitet, dass ihr Brüste wachsen und sich ihr Blut erhitzen würde wie Urwaldtrommeln, und dann hätten sie sie mit Perlen geschmückt und einen Tapir für sie gebraten. Doch so geschah es ganz unvorbereitet, dass, während sie wieder einmal auf ihrem Baum saß, ihn umarmte, sich nach der bunten Vielfalt ferner Wälder sehnte und spielte, der Baum sei ein wildes Pferd, das sie weit, weit fort trug, sich ein erdstoßartiges Zittern ihrer bemächtigte, das umso stärker wurde, je mehr sie sich an der Rinde rieb, bis sie glücklich und fast ohnmächtig vom Baum fiel. Sie konnte dieses Erlebnis in keinerlei Zusammenhang bringen mit der vagen Sehnsucht, die sie ständig umgab, sie wusste nur, dass sie niemandem davon erzählen durfte. Die Köchin beobachtete sie vom Küchenfenster aus und zog drohend ihre Brauen zusammen.

Am nächsten Tag berichtete sie dem Pfarrer atemlos, das Mädchen sei unheilbar verdorben. Kein Wunder bei der Herkunft ihrer Mutter, sie sei schlimmer als die Katzen, die nachts durch den Patio rollten, und sie täten gut daran, sie so schnell wie möglich ins Kloster zu stecken, bevor hier noch ein Unglück geschähe.

Am nächsten Morgen wurde Conchita sehr früh geweckt. Vor ihrer Pritsche stand die Köchin mit ihrem Sonntagskleid und Stiefelchen. Conchita griff nach ihrem Buch, das sie nicht mitnehmen durfte, die Köchin duldete keine Widerrede. Zu Conchitas Verwirrung schlugen sie nicht den Weg zur Schule, sondern zum Kloster ein.

„Besuchen wir Schwester Inmaculada?", fragte sie fröhlich und dachte an die dicke alte Nonne, die immer einen Keks für sie aus den Falten ihres Kleides fischte.

„Nein", sagte die Köchin finster. Da wurde Conchita schlagartig klar, was mit ihr geschehen würde.

„Muss ich ins Kloster?", rief sie.

Das eisige Schweigen der Köchin war Antwort genug. Angsterfüllt fragte Conchita, wie lange sie dort bleiben müsse, doch die Köchin zog nur finster ihre Brauen zusammen, und Conchita sah sich ein Leben lang eingesperrt hinter den Mauern des Konvents wie hinter Gitterstäben, immer dieselben langweiligen Stellen in den Büchern lesend, mit nicht einmal einem alten Baum als Gesellschaft, den sie umarmen konnte.

Eher würde sie sterben, als diesem Gefängnis beizutreten, dachte sie entschlossen. Während sie sich hilfesuchend umblickte, spürte sie die ersten Regentropfen auf ihrer Schulter, schon frühmorgens, da gerade die Regenzeit begann. Offenbar kam ihr der Himmel zu Hilfe, wie sie es so oft in ihren Büchern gelesen hatte. Die Köchin schrie, sie solle sich beeilen. Doch Conchita entwand sich ihrem Griff, riss sich los und schon rauschte der tropische Regen vom sonnigen Himmel wie eine plötzliche Dusche und durchnässte ihre Kleider in einem einzigen Schwall.

Mit einem lauten Donnergrollen sah Conchita eine riesige Schlammlawine die Straße entlang ins Tal rollen. Sie war mehrere Meter breit, von undefinierbarer Farbe und riss in einem gewaltigen Strudel Baumstämme, tote Ziegen und Holzbretter mit sich. Das Mädchen zögerte keine Sekunde, rannte los und warf sich mitten hinein.

Die Köchin hatte die Szene mit aufgerissenen Augen beobachtet. Sie wusste sich keine andere Erklärung, als dass die Dämonen, die dieses Mädchen schon lange quälten, sich nun endgültig ihrer bemächtigt hatten. Sie seufzte – bei ihrer Herkunft war dies vorhersehbar gewesen.

Die Dorfbewohner suchten einen Nachmittag lang halbherzig nach dem Kind, dann erklärten sie sie einstimmig für tot, dies löste eine Menge Probleme. Pater Alberto las würdevoll eine Messe, schlug das Kreuzzeichen und niemand sprach mehr über sie.

Conchita entstieg dem gurgelnden Schlamm einige Stunden später und hunderte Meter tiefer im Tal. Sie war äußerlich unversehrt, doch das heftige Schleudern in der Lawine hatte etwas in ihrem Kopf verändert; sie hatte jegliches Erinnerungsvermögen und auch ihre Fähigkeit zu Argwohn und Misstrauen verloren. Als wäre dies ihr neues Zuhause, setzte sie sich auf die Schwelle des erstbesten Hauses, das sie sah. So fanden sie Carlos und Ana vor ihrer Urwaldpension, vertrauensvoll zusammengerollt wie ein Kätzchen. Carlos und Ana hatten in ihrem Leben schon so viel gesehen, dass sie sich nicht über das seltsame Geschöpf wunderten, das ihnen der Schlamm vor die Tür gespült hatte. Carlos nahm sie ohne viel Federlesens auf seine Arme und trug das Kind hinein, das so leicht war wie ein Vogel. Ana füllte den Wasserbottich, warf ein paar Blätter Minze hinein und schrubbte unter dicken Schichten von schwarzem Schlamm ein knochiges Mädchen hervor, das aussah, als würde es nicht viel mehr Reis und Bohnen essen als die vier Kinder, die sie ohnehin schon hatten. Am nächsten Morgen erwachte Conchita vom Gezwitscher der Affen auf dem Dach und wusste, dass sie ein Zuhause hatte.

Vom ersten Tag an liebte sie ihre neuen Geschwister, als seien es die eigenen, und noch ein bisschen mehr. Pablo, der Älteste, war es gewohnt, andere zu beschützen und brachte ihr bei, wie man barfuß durch den Urwald lief, ohne eine Schlange zu zertreten. Esteban, der Waghalsigere, für den sie seit dem Tag ihrer Ankunft schwärmte, schenkte ihr verstohlen eine rote Hibiskusblüte, die sie sich ins Haar steckte, und ihre Schwestern brachten ihr bei, wie man die Wäsche der Touristen wusch und in der Pension die Betten machte. Während der Regenzeit gab es weniger Arbeit, die meiste Zeit über saßen sie unter dem Laubdach des kühlen Patio und Conchita erzählte ihren Geschwistern Geschichten, von denen niemand wusste, woher sie sie hatte, am Allerwenigsten sie selbst.

In der Nacht lauschte sie den regelmäßigen Atemzügen ihrer Geschwister und dem unterdrückten liebevollen Flüstern und Rumpeln das aus Carlos' und Anas Zimmer drang. Sie verstand, weshalb ihre Zieheltern trotz ihres Alters und ihrer Armut so fröhlich waren. Carlos war klein, vom Holzhacken untersetzt wie ein Stier, und Ana war dick und ihr fehlten ein paar Zähne, deren schwarze Lücken sie beim Lachen entblößte, doch sie nutzte jede Gelegenheit dafür. Die beiden liebten einander von Herzen, und diese Liebe war stark genug, alle Fehler auszublenden.

Für Conchita war es, als habe es nie ein anderes Leben vor dem seltsamen Tag, an dem sie der Schlamm vor die Tür der Urwaldpension gespült hatte, gegeben. Um sich einen komplizierten Papierkrieg zu ersparen, gaben Carlos und Ana bei den Behörden an, Conchitas Eltern seien bei einem Busunglück ums Leben gekommen; eine Tatsache, die hier niemanden wunderte und die Adoption beschleunigte. Conchita, seit ihrem Unfall gänzlich frei von Angst und Misstrauen, fiel es im Traum nicht ein, über ihre Vergangenheit nachzudenken. Sie war froh, als Esteban sagte, dass er gar nicht ihr leiblicher Bruder war, diese Information genügte ihr, um sich sicher zu sein, dass er sie eines Tages heiraten würde, so sicher wie er mit seinen geübten Händen das schmale Kanu über den Teich lenkte und die schönsten Fische für sie fing.

Für Carlos und Ana war klar, dass Pablo und Esteban eines Tages in der Hauptstadt studieren und eines der Mädchen die Pension übernehmen würde, doch niemand machte sich ernsthaft Gedanken um Conchita, denn sie hatte ja ihre neue Familie, und schien wie geboren um zu helfen, was sie überall ernähren würde.

Alles änderte sich schlagartig an dem Tag, an dem Esteban seinen Schulabschluss feierte und das langersehnte Sportfahrrad bekam. Vor Freude über die bestandene Prüfung raste er auf der kurvigen Straße ins Tal und übersah dabei das große, grüne Auto, das bei Rot über die Kreuzung der Stadteinfahrt fuhr. Voller Wucht prallte er dagegen, und während das Auto im Straßengraben landete, blieb von Esteban nicht viel mehr übrig als der zerbeulte Fahrradrahmen. Seine Eltern wurden an den Unglücksort gerufen um ihren Sohn zu identifizieren, doch trotz Pablos tapferer Begleitung brach Ana zusammen und war nicht mehr imstande sich zu bewegen. Da die Sanitäter noch am Unfallort waren, bat Pablo sie, Ana gemeinsam mit dem leicht verletzten Fahrer des grünen Autos ins Krankenhaus zu bringen. Sie waren kaum hundert Meter gefahren, als der vermeintlich Verletzte, der bis dahin unbeweglich auf seiner Bahre gelegen hatte, sich erhob, eine Waffe zog, sie dem Fahrer des Rettungswagens an den Kopf setzte und zehntausend Colones von ihm forderte. Ana konnte gerade noch sehen, wie Pablo sich dazwischen warf, um dem Bewaffneten die Pistole zu entreißen, als sich ein Schuss löste und statt dem Fahrer ihr zweiter Sohn leblos in sich zusammensank.

Conchita erfuhr all dies Tage später von den behandelnden Ärzten, denn Ana weigerte sich fortan, auch nur ein einziges Wort zu sprechen. Es war, als hätte jemand von einem Tag auf den anderen das Licht des Sommers ausgelöscht. Carlos flehte sie an, wenigstens wieder zu reden, er wollte nicht zugeben, dass er ihr fröhliches Singen vermisste, das ihn immer begleitet hatte, und als auch dies nichts nützte, flüchtete er sich in billigen Palmwein, der seinen Schädel zersprengte und ihn endlich von allen Gedanken befreite. Seine Töchter suchten Trost außerhalb der Pension, die immer mehr verkam. Das Holz wurde morsch, im Garten wucherte das Unkraut, in der Dachrinne nisteten sich giftige Spinnen ein. Von einem Tag auf den anderen übernahm Conchita die Verantwortung für das Haus, kochte für die immer seltener werdenden Gäste, weichte schmutzige Bettwäsche ein, wischte Carlos' Erbrochenes fort und fütterte Ana, die nicht mehr imstande war, aus ihrem Bett aufzustehen. Sie hatte nichts gegen die Arbeit, da sie eine Möglichkeit war, sich vom Verlust Estebans abzulenken, den sie mehr vermisste als alles andere auf der Welt.

Zwölf Monate lang schlief sie mit verquollenen Augen in der Küche, und erklärte, es sei vom vielen Rauch und den Zwiebeln. Vom Kneten der Tortillas wurden ihre Arme stark und ihre Haut weich vom Dampf aus den Kochtöpfen. Das Unglück legte einen Schutzwall auf ihre Hüften, die sie fraulicher aussehen ließen und ihr begehrliche Blicke von den Gästen einbrachten, doch sie erwiderte keinen einzigen. Nachdem sie ihre erste große Liebe verloren hatte, war sie sich sicher, niemals mehr in ihrem Leben lieben zu können. Doch sie hatte ihre Lebenskraft unterschätzt.

Conchita wurde das Alleinleben unerträglich. Die tägliche Gesellschaft vermisste sie nicht, da sie sich selbst nach Belieben Geschichten erzählen konnte, aber die Abwesenheit körperlicher Nähe schmerzte wie eine gebrochene Rippe bei jedem Atemzug. Die wenigen Stunden, die sie schlief, träumte sie von wilden Umarmungen, aus denen sie mit demselben sehnsüchtigen Ziehen im Unterleib wieder erwachte.

Conchita begann die Gesellschaft von Männern zu meiden, da sie Angst hatte, die Hitze ihres Blutes könne ihr Begehren verraten. Sie bekam weiche Knie, wenn sie Spuren von Rasierwasser in der Luft wahrnahm und ertappte sich, dass sie beim Bettenmachen an den Laken roch, um den Besitzer ausfindig zu machen. Dabei sah sie jedes Mal Estebans Gesicht vor sich, doch seine Augen blickten freundlich, schienen sie zu ermutigen, die Angelegenheiten aus dem Dies- und dem Jenseits nicht zu vermischen, dafür sei die Zeit zu kurz und sie sähen sich noch früh genug.

Zwei einsame Jahre lang schaffte es Conchita, ausschließlich in ihrer Vorstellungskraft zu lieben, da sie die Wassertropfen der Erinnerung an Esteban wie ein Dromedar in seinem Höcker gespeichert hatte.

Doch an dem Tag, an dem der nette Ire mit seinem großen Rucksack wie frischer Regen zur Tür hereinfiel und sie um ein Abendessen bat, bat sie Esteban im Stillen um Verzeihung und beschloss, den Fremden rein aus Gründen der Nächstenliebe ein bisschen zu wärmen, da er ebenso ausgehungert nach einer Umarmung zu sein schien wie sie.

Er war weder besonders groß noch gutaussehend, aber er hatte etwas Vertrauen erweckendes an sich. In ihrer höflichen Art bat sie ihn, mit ihr eine Viertelstunde eine Bettdecke zu teilen, länger würde sie auf gar keinen Fall brauchen. Der Mann brauchte eine Weile, um zu verstehen, dann willigte er verblüfft ein, während er im Geiste überschlug, was ihn dieses ungewöhnliche Angebot wohl kosten würde.

In der folgenden Viertelstunde – länger wollte sie die Rezeption nicht unbesetzt lassen – erlebte Conchita, wie sehr sich die Pfarrersköchin geirrt hatte. Nach fünfzehn Minuten löste sich der Mann pünktlich aus ihrer Umarmung, doch sie wischte sich die Tränen ab, bat um Wasser und um mehr. Die Gäste klopften vergeblich an. Fünf Stunden später schwankte der Mann in die Nacht hinaus, nicht ohne einen großen Geldschein auf dem Tresen zu hinterlassen, der mehr wert war als zehn Gäste eingebracht hätten. Conchita legte sich in die Kuhle, die er im Bett hinterlassen hatte, und schlief zum ersten Mal nach Monaten sofort ein. Am nächsten Tag wachte sie im Morgengrauen auf, putzte das Haus und wartete freudestrahlend auf die nächsten Gäste. Sie hätte es eine Verschwendung gefunden, ihre neue Lebendigkeit nicht mit anderen zu teilen.

Am nächsten Tag kam der Reisebegleiter des Iren, er war Franzose und sehr höflich und brachte eine Flasche Wein mit, und auch er zahlte für einen Abend mehr als für die Vermietung eines Zimmers für eine ganze Woche und verließ die Pension glücklich und beschwingt. Unter einsamen Reisenden sprach sich ihr Ruf herum und bald umschwärmten sie ihre Pension wie Motten das Licht.

Sie kamen in Scharen für eine Übernachtung, brachten ihre besten Freunde mit, vor allem die Schüchternen, zu denen Conchita besonders freundlich war. Alle gingen glücklicher als sie gekommen waren; dem einen schmerzte sein Kopf nach Wochen nicht mehr, beim zweiten heilte ein Knöchelbruch, an dem er seit Monaten laboriert hatte, nach einem Besuch bei ihr in Windeseile, der dritte vergaß die Stimmen, die ihm seit Jahren befohlen hatten, sich vor einen Bus zu werfen, zum ersten Mal in Conchitas Armen. Die Männer gingen mit dem Gefühl, etwas Kostbares erworben zu haben, und Conchita trauerte ihnen nicht nach, da sie keinen Argwohn empfand und keine Rache. Besitzdenken war ihr fremd. Stattdessen wuchs ihre Lebenskraft von Tag zu Tag. Sie verlangte kein Geld für die kurzen Liebesstunden, es wäre ihr frivol erschienen für etwas Geld zu verlangen, das sie glücklich machte. Doch die Männer gaben es ihr großzügig, und sie wollte auch nicht unhöflich sein, indem sie es ablehnte. So füllte sich der irdene Topf, indem sie die Scheine vor den Vagabunden versteckte, mehr und mehr. Sie ließ das Dach ausbessern, neue Fenster einsetzen und pflanzte Orangenbäumchen, die die Pension in ein duftendes Blütenmeer verwandelten.

Nach einem Jahr fand Conchita, sie habe nun genug gearbeitet, um zum ersten Mal in ihrem Leben Urlaub zu machen. Sie kaufte sich eine Busfahrkarte zur Pazifikküste und packte eine Leinentasche mit dem Allernotwendigsten ein. Mit einem Kuss verabschiedete sie sich von Ana, die altersschwache Tiefkühltruhe bis obenhin mit Köstlichkeiten gefüllt, und machte sich auf den Weg zur Bushaltestelle.

Während Conchita zum ersten Mal das Meer sah, standen die Besucher nach langer Zeit vor verschlossener Tür. Enttäuscht beschlossen sie, zur Missionarsstation hinaufzugehen, um nachzufragen, wann die nette junge Wirtin wiederkommen würde, von der man solch abenteuerliche Geschichten erzählte. Auf diesen verschlungenen Wegen kam der Pfarrersköchin zu Ohren, welch unmoralisches Treiben sich in der Pension unten im Tal abspielte. Es sei ungeheuerlich, schimpfte sie erzürnt, dort unten wohne eine Hexe, ein Teufelsweib, es gehe zu wie in Sodom und Gomorrha und bald werde es Heuschrecken regnen, wenn man dem unhaltbaren Treiben kein Ende setzte.

Da sich die Missionare für die Region verantwortlich fühlten, schickten sie zwei Wochen später ihren Novizen Antonio hinunter, als Tourist getarnt. Conchita war sonnenverbrannt aus ihrem Urlaub zurückgekehrt. Der Mann, der sein ganzes Leben lang enthaltsam gelebt hatte, schmolz allein durch ihren Blick zu Wachs, das durch ihre Hände rann. Er blieb fünf Tage und sechs Nächte in ihrem Zimmer. Als er zur Missionarsstation zurückkehrte, berauscht und von Zweifeln zerfressen, hatte er den Verstand verloren. Er sah sich abwechselnd vor dem Jüngsten Gericht und zwischen den Schenkeln dieser unglaublichen Frau knien und wollte in seiner Not zu Pater Alberto beichten gehen. Doch dann überlegte er es sich anders und stürzte sich aus dem obersten Stockwerk der Missionarsstation.

Luis und Toro fanden ihn halb betäubt neben dem Mangobaum liegen. Die beiden Banditen mit den glühenden Augen waren von weither gekommen, um in dieser abgelegenen Region endlich reich zu werden.

Sie hatten von den Schätzen des Klosters gehört, den kostbaren alten Büchern und den goldenen Statuen. Luis und Toro hatten schon viele Kirchen ausgeraubt, aber diese hier schien eine besondere Herausforderung zu sein, da die Missionarsstation so nahe lag und sie sich zuerst überlegen mussten, wie sie das Aufsichtspersonal um die Ecke bringen konnten.

„Donnerwetter", sagte Luis, zeigte auf den Verletzten unter dem Mangobaum und pfiff durch die Zähne. „Der ist aber übel zugerichtet."

„Woher kommst du?", fragte Toro.

Antonio stöhnte vor Schmerzen. Er hörte die Stimmen wie durch ein Gewitter aus Blitzen.

„Ich komme aus der Missionarsstation", sagte er. „Ich wollte zu Pater Alberto." Er deutete mit einer schwachen Handbewegung zum Kloster. „Beichten gehen."

„Ist die Kirche schön?", fragte Luis mit seiner Zigarette zwischen den Zähnen und stieß seinen Kumpanen grinsend in die Seite. „Wir wollen auch ein bisschen beichten."

„Ja, sehr schön", murmelte Antonio. „Viel Gold … kostbare Statuen … helles Licht … in der Nacht ist sie am schönsten, dann ist niemand dort." Er stöhnte vor Schmerzen und verdrehte die Augen.

„Halt!" Der andere schubste ihn leicht mit seiner Fußspitze. „Bevor du gehst, sag uns noch, wer dich so zugerichtet hat."

Antonio stöhnte und verdrehte die Augen. „Die Frau ist schuld …", murmelte er. „Immer sind die Frauen schuld. Sie wohnt da unten …" Vage deutete er ins Tal hinunter.

„Sehr gut", sagten die beiden Männer mit einem dankbaren Grinsen. „Dann wissen wir jetzt, wohin wir wollen. Wir werden uns ein wenig stärken, bevor wir uns die Kirche vornehmen. Vielen Dank für die Auskunft. Komm, Amigo, lassen wir ihn in Ruhe sterben."

Es war schon später Abend, als jemand an der Vordertür Sturm läutete. Erstaunt über die Unhöflichkeit warf sich Conchita einen Morgenmantel über, nahm eine Lampe und ging in Richtung Eingang. Im nächsten Moment flog die Tür durch einen gewaltigen Fußtritt aus dem Rahmen. Sie sah sich zwei Gestalten gegenüber, die Strumpfmasken über die Gesichter gezogen hatten und eine Pistole in der Hand hielten.

Conchita war fassungslos über die Art ihres Eintretens. Offensichtlich hatten die beiden Männer nicht viel Erziehung genossen. Sie war überzeugt, dass man mit Freundlichkeit aus jedem einen netten Menschen machen konnte. Höflich fragte sie die beiden, welches Zimmer sie haben wollten, mit dem Himmelbett oder dem Blick auf den Nebelwald, das sie all ihren Gästen empfahl.

Die beiden Räuber sahen einander verblüfft an. Normalerweise ebnete ihnen die Angst ihres Gegenübers jeden Weg. Doch diese Frau schien trotz ihrer Aufmachung nicht die geringste Angst vor ihnen zu haben.

„Wir sind auf dem Weg zum Kloster", sagte der eine. „Dort wollen wir mal ein bisschen aufräumen". Er lachte und entblößte eine Reihe gelber Zähne.

„Und auf dem Weg dorthin wollen wir uns noch ein wenig stärken", sagte der andere, betrachtete Conchitas Körper von oben bis unten und schwang drohend seine Pistole. Conchitas Blick hielt dem seinen ungerührt stand.

„Die warme Küche hat leider schon geschlossen. Aber es ist schade, von hier wegzufahren, ohne den Nebelwald gesehen zu haben. Das sage ich all meinen Gästen", sagte sie. „Zeigen Sie mir doch mal Ihre Waffe, ich glaube, mein Ziehvater hatte dieselbe, sie haben übrigens seine Augen", sagte sie zu Luis, der verblüfft seine Pistole sinken ließ.

„Kommen Sie, ich zeige Ihnen Ihr Zimmer", meinte sie dann geschäftig. Luis warf Toro einen hilflosen Blick zu. Anstatt die Frau von hinten zu packen und auf den Boden zu werfen, ertappte er sich dabei, dass er hinter ihr her trottete wie ein zahmer Esel, unwiderstehlich angezogen vom Geruch ihrer sanften Entschlossenheit. Um lässiger zu wirken, senkte er den Arm mit der Pistole und legte sie beiläufig auf einen Stuhl, warf jedoch Luis einen drohenden Blick zu, ihnen ja nicht zu folgen. Luis hatte die Szene mit offenem Mund beobachtet. Er konnte sich nicht erklären, was in seinen Kumpanen gefahren war, der sonst imstande war, ein Mädchen für ein paar Goldmünzen im Handumdrehen zu erwürgen. Die beiden verschwanden um die Ecke, unruhig ging Luis im Zimmer auf und ab, blieb immer wieder stehen und lauschte auf den kleinsten Ton. Sein Verlangen, zu sehen, was in dem Zimmer vor sich ging, wuchs ins Unermessliche. Schließlich legte er seine Waffe besiegt zu der anderen und schlich den Gang entlang zum Schlüsselloch. Als er hindurchsah, sackten das Blut aus seinem Kopf und jegliche Kontrolle aus seinem Körper, und mit weichen Knien klopfte er an.

Stunden später löste sich Conchita vorsichtig von der Last zweier fremder schlafender Körper. Die beiden schliefen friedlich wie kleine Jungen, die mit ihrer neuen Eisenbahn gespielt hatten. Auf Zehenspitzen schlich sie zur Tür und da sie es vor langer Zeit gelernt hatte, sich unsichtbar zu machen, spürten die beiden Banditen nur einen kühlenden Windhauch, der sie zufrieden seufzen ließ.

Lautlos drehte Conchita den Schlüssel im Schloss herum und schob den Wandschrank vor die Tür. Dann sammelte sie die Pistolen ein und rief die Polizei.

Als die schwerbewaffneten Polizisten erschienen, blickten sie voll Erstaunen auf die zarte Frau und die schlafenden Banditen im Hinterzimmer.

„Das sind Luis und Toro!", riefen sie. „Wie haben Sie das gemacht? Die beiden sind höchst gefährlich, wir suchen sie schon seit Tagen! Sie haben eine Spur der Verwüstung in der Hauptstadt hinterlassen und plündern jetzt die Dörfer. Sie waren hier in der Nähe und wollten als Nächstes das Kloster ausrauben … glauben Sie mir, das hätte niemand dort überlebt."

Conchita schmunzelte. „Mit ein bisschen Liebe", sagte sie.

„Liebe …" – Der Polizist sah sie verwirrt an und schüttelte seinen Kopf.

„Können wir irgendetwas für Sie tun?", fragte er dann.

„Ja, bitte", sagte Conchita mit fester Stimme.

„Verlangen Sie Lösegeld?"

„Nein", sagte Conchita und lächelte. „Aber seien Sie doch so freundlich, und sagen Sie oben im Kloster Bescheid, dass sie sich nicht mehr vor den Banditen fürchten müssen. Sagen Sie, dass ich das erledigt habe."

Der Polizist nickte eifrig, „Zu Diensten, Señorita", sagte er, salutierte verwirrt und zu fünft schleppten sie die gefesselten Banditen über ihren Schultern hängend aus der Pension heraus.

Als Conchita am nächsten Tag aus ihrer Tür trat, stolperte sie über einen riesigen Gegenstand. Sie traute ihren Augen nicht. Vor der Tür lagen körbeweise Geschenke, eingelegte Früchte, feinste Marmeladen, ein Berg von Köstlichkeiten aus dem Kloster, bestickte und gebügelte Tischtücher, und ein vergoldeter Engel, der auf dem Geschenkeberg thronte, hinter ihm eine geduldig wartende Nonne.

„Wir stehen tief in Ihrer Schuld, Señorita Rojas", sagte sie. „Sie haben unser Leben gerettet. Daher haben wir beschlossen, Sie in Zukunft zu unterstützen. Wir wissen wenig über Sie, aber wer immer Sie sind und was immer Ihnen geschieht, Sie und Ihr Haus werden für immer unter dem Schutz unseres Klosters stehen und von uns versorgt werden."

Conchita lächelte. Die Stimme kam ihr bekannt vor, doch sie zog es vor, nichts zu sagen. Sie bedankte sich herzlich, sammelte die Geschenke ein und machte dies von nun an jeden Montagmorgen, so dass sie keinen Centimo mehr für Lebensmittel brauchte. Stattdessen konnte sie das Haus ausbauen. Sie baute ein zusätzliches Zimmer für Familien dazu, eine Rampe am Stiegenaufgang für Rollstuhlfahrer, einen Balkon, auf dem Doña Ana mitten im Nebelwald sitzen konnte, einen zahmen Papagei zur Seite, der ihr das Sprechen Schritt für Schritt wieder beibrachte und dazwischen die Vorzüge der Pension mit krächzenden Rufen anpries. Sie ließ im Garten ein Schwimmbecken ausheben, flieste es mit türkisfarbenen Kacheln und kaufte ein Boot, für Estebans Geist und die Kinder der Gäste. Schon bald wies eine Allee aus leuchtendroten Hibiskussträuchern Reisenden den Weg zur Urwaldpension, die als größtes und schönstes Gebäude des ganzen Dorfes vor dem immergrünen Nebelwald aufragte.

Das Meisterwerk

In dem fernen Lande Ning, in dem die Reisfelder so golden blühen wie das Licht der untergehenden Sonne, lebte einst ein trauriger König.

Sein Reich war so groß, dass es an drei Meere grenzte und sein Reichtum so unermesslich, dass seine Schatzkammer größer war als der Palast, den er bewohnte.

Dennoch war der König von Ning nicht glücklich. Dunkle Schatten hatten sich auf sein Gemüt gelegt, die wie Regenwolken näher krochen und es immer mehr verdüsterten. Demjenigen, dem es gelingen würde, ihn wieder aufzuheitern, versprach er Wohlstand und Ländereien.

Der König zog einen Leibarzt nach dem anderen hinzu und einer nach dem anderen versuchte sein Glück. Doch jeder der Weisen scheiterte. Da begann ein großes Wehklagen, denn jeder, der zu viele Geheimnisse aus dem engsten Kreis des Königs erfahren hatte, musste sterben. So wurde ein Leibarzt nach dem anderen hingerichtet und die Kunde von dem grausamen Blutzoll verbreitete im ganzen Land Angst und Schrecken.

Im Geheimen ahnten viele Ärzte den wahren Grund für die Traurigkeit des Königs, doch niemand wagte ihn auszusprechen: Es war Sie-Hin, seine Lieblingstochter, die ihm so viel Kummer bereitete.

Sie-Hins Mutter war bei der Geburt gestorben und hatte ihrer Tochter ihre kohlrabenschwarzen, leicht schräg gestellten Augen und eine Haut, so zart wie Reispapier, vererbt. Sie erinnerte ihren Vater ständig an seinen schmerzlichen Verlust, über den ihn keine weitere Gattin, noch tausend der schönsten Konkubinen jemals hatten hinwegtrösten können.

In den Jahren nach dem Tod von Sie-Hins Mutter hatte der König alles versucht, um diesen Schmerz zu betäuben. Er erwarb sich den

Ruf des wildesten Reiters, des grausamsten Herrschers und verlangte nach immer jüngeren Konkubinen, um durch ihre Unschuld ein Stück seiner eigenen Jugend wiederzuerlangen. So hatte er sich den Ruf eines fürchterlichen Despoten erworben, der mit harter Hand regierte. Dennoch gab es im Panzer seines Herzens eine verwundbare Stelle – seine Tochter Sie-Hin. Sie liebte er mehr als alles andere auf der Welt, und in seinem ganzen Leben hatte er es nicht übers Herz gebracht, ihr einen Wunsch abzuschlagen.

Obwohl der König Sie-Hin so sehr liebte, wünschte er sich nichts sehnlicher als einen Sohn, um seinen Thron standesgemäß weiterzugeben. Als jedoch die dritte Königin ihr Leben aushauchte, ohne ihm einen Buben geschenkt zu haben, übernahm Verbitterung die Herrschaft über seinen Geist. Er wurde immer einsamer, und keiner seiner fünf Töchter, nicht einmal Sie-Hin, gelang es, ihn aufzuheitern.

Sie wusste, dass großer Druck auf ihr lastete, endlich zu heiraten und einen Sohn zu bekommen, damit Ning in die Hände eines würdigen Nachfolgers fallen konnte, bevor ihr Vater starb. Doch zu seinem großen Kummer musste er feststellen, dass sie jeden möglichen Bewerber ablehnte.

„Ich heirate nicht", sagte sie.

Er beobachtete sie, während sie den Tee aus dem kostbaren Porzellan schlürften, welches der größte Schatz des Königs war und seit Generationen in den tiefsten Kellern seines Palastes hergestellt wurde. Ihm war nicht entgangen, dass Sie-Hin alle Männer, die er in den königlichen Palast eingeladen hatte, und die von hervorragender Herkunft und Statur waren, mit gelangweilten Blicken quittierte.

„Ich will nicht heiraten", sagte sie.

Der König presste die Zähne aufeinander. Nie hätte er es übers Herz gebracht, Sie-Hin zu irgendetwas zu zwingen. Doch er verstand nicht, weshalb eine Schönheit wie sie lieber Teesorten studierte als sie mit Freude einem ihrer zahlreichen Verehrer zu servieren.

Je mehr Bewerber der König in seinen Palast einlud, desto stiller wurde seine Tochter. Sie schien permanent müde zu sein. Ihre weiße Haut konnte die blauen Ringe unter ihren Augen nicht verbergen. Ist-So, der Leibarzt, stellte fest, dass sie einen schwachen Puls hatte und verordnete kräftigende Aufgüsse. Sie-Hin ging immer früher zu Bett und erschien oft nicht zum Abendessen.

Der König vermutete, dass der Trübsinn, der wie ein Fluch über ihm lastete, auch auf seine Tochter übergegriffen habe. Es schien eine ansteckende Krankheit zu sein; selbst die Wachen vor Sie-Hins Zimmer litten an unerklärlicher Müdigkeit. Da der König seinen letzten und besten Leibarzt, Ist-So, nicht hinrichten lassen wollte, resignierte er schließlich und nahm die Schwere des Gemütes als unabänderlichen Fluch hin, der über seiner Familie lastete. Er war überzeugt, dass er sich auf sämtliche Bewohner des Palastes ausbreiten und sie alle zugrunde richten würde, wenn nicht bald ein anständiger Mann ins Haus käme, um mit seiner Tochter eine Familie zu gründen, damit die leer stehenden Räume des Palastes wieder mit Kinderlachen bevölkert würden.

Tief unten im Keller, wo die Spinnweben am dichtesten und die Mäuse am lautesten sind und wohin sich seit Jahrzehnten kein Lichtstrahl mehr verirrt hatte, erstreckten sich in einem unterirdischen Labyrinth die heiligen Hallen von Ning.

Nur der König selbst und seine engsten Mitarbeiter hatten Zutritt zu den heiligen Hallen und jeder andere Mensch, der es wagen würde, bis hierher vorzudringen, würde dies unweigerlich mit seinem Leben bezahlen. Dafür sorgte eine große Schar an giftigen Katzen, die Tag und Nacht durch die unterirdischen Gänge strichen. Die giftigen Katzen waren schwarz wie Pech, man konnte sie in der Dunkelheit nicht sehen und jegliches Geräusch ihrer Pfoten war für menschliche Ohren unhörbar. Wenn man in einem der niedrigen Gewölbe stand, sah man nur ihre leuchtend grünen Augenpaare, die wachsam hin- und herhuschten.

Hier, in den heiligen Hallen von Ning, wurde das kostbare Porzellan hergestellt, welches der wertvollste Schatz des Königs war und für dessen Herstellung er keine Mühen scheute. Tausende Vasengießer liefen täglich, von den giftigen Katzen bewacht, wie Ameisen in den riesigen Kellerhallen hin und her, um in mühevoller Kleinarbeit das Porzellan herzustellen, für das das Königreich Ning so berühmt war. Die Gießer achteten peinlich genau darauf, dass jedes einzelne Stück, das sie für den König herstellten, perfekt war. Wenn sie die fertigen Vasen aus dem Ofen nahmen, durfte keine Bruchlinie, kein abgesplitterter Rand zu sehen sein. Stücke, die nicht perfekt waren, wurden sofort wieder eingestampft und zu neuer Rohmasse verarbeitet, aus der man wiederum neue Vasen herstellte. Diese Perfektion hatte den weltweiten Ruf der Ning-Vasen begründet.

In früheren Zeiten hatte sich der König damit gebrüstet, die Herstellung der Vasen persönlich zu überwachen, doch mit den Jahren war ihm dies so mühselig geworden wie das morgendliche Aufstehen und er stieg nur noch selten in die heiligen Hallen hinab.

In der Geschichte von Ning hatte es viele kühne Räuber gegeben, die versucht hatten, einige der kostbaren Vasen zu stehlen. Obwohl die ganze Bevölkerung von den giftigen Katzen wusste, hatte es immer wieder Männer gegeben, die geglaubt hatten, sich von solch harmlosem Katzengetier nicht einschüchtern zu lassen. Einigen war es tatsächlich gelungen, bis in die Vorräume der heiligen Hallen vorzudringen, doch dann hatten sie auf qualvolle Art ihr Leben lassen müssen. Nur wenige Menschen wussten, dass die Katzen ein Gift in sich trugen, von dem schon geringste Mengen ausreichten, um ein Schlachtross in Minutenschnelle zu töten. Es genügte der Kratzer einer Pfote, geschweige denn ein Angriff von Dutzenden, um das Gift in die Nervenenden des Opfers zu bringen, wo es sich innerhalb von Minuten auf den ganzen Körper ausbreitete. Es führte zu einer Lähmung, die bei den Füßen begann, den Rumpf erreichte und schlussendlich auf die Atemmuskulatur übergriff, bis die Opfer qualvoll erstickten. Seltsam war nur, dass das Gift beim König, seiner Familie und seinen Vasengießern nicht zu wirken schien. Die einfachen Leute raunten einander zu, dies läge an dem Fluch, den der König über das Volk gesprochen habe, nach dem jüngsten Aufstand, bei dem die Männer des Volkes sich geweigert hatten, ihm ihre letzten Töchter als Konkubinen zu schicken, wo sie hinter den Palastmauern für immer verschwanden.

Was-Das, der Leibarzt des damaligen Königs, hatte vor vielen Generationen das Geheimnis der giftigen Katzen entdeckt.

Unter aufgeregtem Rufen hatte man ihm die Leichen mehrerer Menschen gebracht, die an der Küste der benachbarten Insel auf seltsame Weise umgekommen waren.

Was-Das konnte sich nicht vom Rätsel über den Tod dieser Menschen lösen. Wie ein Schwarm Geier kreiste es über seinem Kopf und raubte ihm den Schlaf. Akribisch untersuchte er die Leichen, die man ihm auf Schiffen brachte, vorsichtig, um die Totenruhe nicht zu stören. Mehrere Jahre hindurch überprüfte er jeden Quadratzentimeter der Körper, suchte nach Spuren eines Kampfes, doch ihm fielen nur die Kratzspuren auf. Er verglich die Verfärbungen der Haut, beroch den Schaum, der sich im Mund der Toten angesammelt hatte und fühlte seine Konsistenz zwischen den Fingern. Doch er kam zu keinem Ergebnis. Eines strahlenden Mittags stieg er auf sein Fischerboot, fuhr bis zur geheimnisvollen Insel und ankerte an der Küste. Da sah er auch schon im Sand eine reglose Gestalt liegen. Sie glich den vielen anderen, die ihm gebracht worden waren. In tiefem Bedauern stapfte er an Land und beugte sich über den leblosen Körper. Er nahm sein Segeltuch, das er immer bei sich trug, wickelte es um die Leiche und begann, sie in sein Boot zu ziehen, das auf den Wellen auf und ab hüpfte.

Eigentlich hatte er vorgehabt, sich selbst auf der Insel umzusehen. Er wollte den unheimlichen Fund nur in seinem Boot aufbewahren. Doch Was-Das war zu langsam. Während er sich abmühte, die ungewohnte Last in sein störrisches Boot zu heben, rollte auch schon eine riesige Wolke aus Sand von der Küste her auf ihn zu. In der Wolke galoppierte eine Horde von Katzen, mit bedrohlich aufgerissenen Mäulern und leuchtenden Augen, bereit, sich auf ihr nächstes Opfer zu stürzen.

Was-Das spürte das drohende Unheil und wollte sich soeben umdrehen, als die Katzen auch schon losgeschnellt waren und lautlos wie ein Pfeilregen auf seinen Kopf, seine Schultern, seinen Rücken sprangen. Was-Das spürte einen schneidenden Schmerz an allen Stellen gleichzeitig, schrie auf, ließ den toten Körper, den er noch in seinen Armen hielt, ins kniehohe Wasser fallen, schlug in Panik um sich, tastete gezückte Krallen und dazwischen weiches Fell, spürte hunderte von spitzen Zähnen, und instinktiv ließ er sich ins Wasser fallen, tauchte unter, schlug wieder um sich, ertastete die Kante seines Bootes, zog sich mit letzter Kraft daran hoch und durchschnitt mit seinem Säbel die Ankerschnur. Dann ergriff er die Ruder, und das Boot glitt aufs offene Meer hinaus und zog eine schaumige Welle der Erleichterung hinter sich her.

Als er es wagte, wieder zurückzublicken, war das Meer hinter ihm wieder glatt wie ein Spiegel und nur ein paar Schaumkronen zeugten vom vorangegangenen Kampf. Welche Kreaturen auch immer ihn angefallen hatten, sie konnten offensichtlich nicht schwimmen und dürften blind vor Begierde im Salzwasser ertrunken sein.

Einige Minuten später wurde Was-Das klar, dass die rätselhaften Bestien bestimmt mit den Leichen zu tun hatten und für einen Moment ließ er vor Schreck die Ruder sinken. Entsetzt sah er an seinem Körper hinab, um Zeichen der seltsamen Krankheit an sich selbst zu erkennen. Er atmete, zweifellos, sein Puls klopfte, wenn auch rasend schnell. Was-Das wartete auf kleinste Zeichen beginnenden Unwohlseins, auf das Gefühl zu ersticken oder auf Übelkeit. Doch er konnte nichts Unheilvolles an sich entdecken, bis auf die roten Striemen, mit denen seine Haut übersät war. Er fragte sich, wieso er nicht gestorben war, wenn auch er Kontakt zu den rätselhaften Katzen gehabt hatte. Instinktiv wusste er, dass diese Tatsache ihn der Erforschung der seltsamen Krankheit einen Schritt näher gebracht hatte.

Was-Das notierte seine Beobachtungen auf getrockneten Blättern und kam zu dem Schluss, dass der jahrelange Kontakt mit den vielen Leichen ihn aus irgendeinem Grund vor genau dieser Erkrankung geschützt haben musste. Er ahnte nicht, dass viele Jahre später sein Nachfahre Ist-So dem König bestätigen würde, dass der Kontakt mit winzigen Mengen des Katzengiftes eine Person lebenslang für dieses Gift unempfindlich machte. Der König hielt dies für eine Gnade der Götter von Ning und verbot seinem Leibarzt, irgendjemand anderen darüber in Kenntnis zu setzen.

„Ha!", rief er. „Ich habe eine Idee!" Und er rückte seine Krone zurecht. „Wir werden diese schrecklichen Kreaturen einfangen und sie zur Bewachung meiner heiligen Hallen einsetzen! Eine kleine Anzahl von Personen werden wir gegen das Gift unempfindlich machen; alle anderen jedoch, die das Gewölbe betreten, werden unweigerlich sterben. Ist das nicht eine großartige Idee? Die Tiere fressen unsere Mäuse, vermehren sich von alleine, sind unbestechlicher als die treuesten Wachen und können im Dienst nicht einschlafen wie die Wachen meiner Tochter!"

Ist-So, der Leibarzt, zögerte. Waren ihm doch die mit dieser Idee verbundenen Gefahren bewusst. Würden nur einige wenige der

Giftkatzen entkommen, würde dies zu einer unabsehbaren Katastrophe für die gesamte Bevölkerung führen. Doch er wagte nicht, dem König zu widersprechen.

Und so geschah es. Noch in derselben Nacht wurde Ist-So beauftragt, fünfzig Inselkatzen einzufangen. Im Bauch von großen Schiffen wurden sie, in Käfige verfrachtet, im Morgengrauen nach Ning verschifft und dort über unzählige Treppen in die tiefsten Gewölbe des Palastes hinuntergebracht; dorthin, wo die Spinnweben am dichtesten und die Mäuse am lautesten sind. Das Volk sah nichts davon, und wenn jemand etwas sah, behielt er es für sich. Dann rief der König seine Familie und die Vasengießer zusammen und befahl dem Leibarzt, jeder Person mit einem scharfen Stilett eine winzige Wunde in den Finger zu ritzen. In diese Wunde brachte er eine kleine Menge frischen Schaumes aus dem Mund einer Leiche, die an der Katzenkrankheit gestorben war. Dann teilte er ihnen mit, dass sie nun die Auserwählten seien, denen das Gift der Katzen in Zukunft nichts würde anhaben können. Dann schickte er die Vasengießer und seinen Leibarzt wieder an die Arbeit, nicht ohne Ist-So wieder einmal zu ermahnen, gut auf seine Tochter aufzupassen.

Sie-Hin fühlte sich immer matter und zog sich tagelang in ihr Zimmer zurück. Die Müdigkeit griff auf alle über: Ihr Kaninchen lag in seinem Stall, alle vier Pfoten in die Luft gereckt, die Wachen vor ihrer Tür nickten ein, selbst der Kanarienvogel in seinem Käfig verstummte in ihrem Zimmer. Je kränklicher Sie-Hin wurde, desto mehr fürchteten sich die Untertanen Nings vor dem König.

Dieser wurde immer nervöser und befahl, jeden, der ihm nicht gehorchte, in den Keller zu den giftigen Katzen zu werfen. Unter den Vasengießern breitete sich zunehmend Nervosität aus. Sie hatten Angst, den König zu verärgern, wenn sie nicht perfekteste Vasen herstellten, und arbeiteten Tag und Nacht im schwachen Kerzenschein, um nur ja keinen Fehler zu machen. Die fertigen Vasen verzierten sie sorgfältig mit besänftigenden Buchstaben, da sie wussten, dass das einzige, was die Königstochter interessierte, Buchstaben waren, mit denen sie die Bedeutung der Teemischungen entziffern konnte.

Der Leibarzt hatte ihr neugieriges Wesen lieb gewonnen, und ihr reges Interesse an Heilkräutern und Tees amüsierte ihn. Er hatte es immer schon bedauert, dass für ein kluges Mädchen wie sie das Gebären eines Thronfolgers der einzige Lebenszweck sein solle, und hatte daher begonnen, sie heimlich in Heilkunde auszubilden.

Bereitwillig erklärte er ihr alle Rezepturen, bemüht, einen passenden Tee für sie zu finden, der ihre Liebeswilligkeit anregen und ihre Schwermut heilen konnte, doch Sie-Hin schien sich ausschließlich für schlaferzeugende Tees zu interessieren.

Ist-So lachte über die Ernsthaftigkeit, mit der sie ihre Experimente betrieb, riet ihr, keinen Unfug anzustellen, und machte sich keine weiteren Gedanken über die harmlosen Spiele des Mädchens.

In diesen Tagen herrschte in den heiligen Hallen ein Treiben wie in einem Bienenhaus.

Wo-Hin, der älteste Vasengießer, war bei seiner Arbeit noch unaufmerksamer als sonst. Immer wieder zerbrach ihm ein fertiges Stück unter seinen Händen, da er sich so über seinen Sohn Wo-Zu ärgerte, dass er sich auf nichts mehr konzentrieren konnte.

Wo-Zu hatte wie sein Vater eine Ausbildung als Vasengießer begonnen. Doch er schien nicht so recht für diese Arbeit zu taugen. Er hatte verträumte Augen, eine rege Phantasie und warf in seiner Schusseligkeit ganze Regale mit fertigen Vasen um. Wo-Hin führte das auf die Arbeit unter Tag zurück, bei der die ständige Umnachtung zweifellos auf das Gedächtnis der jungen Menschen übergreifen musste, doch was hätte Wo-Zu anderes lernen sollen? Er stammte aus einer Vasengießer-Familie, seine Onkel und Großonkel hatten bereits Vasen gegossen und für den Beruf eines Soldaten, die auch immer gebraucht wurden, hatte er ein zu friedliches Gemüt. Er war ein großer, linkischer Mann, tapsig wie ein Bär, der mit einer gewissen Zärtlichkeit mit den Vasen hantierte, bis er wieder eine zerbrach. In letzter Zeit zerbrach er besonders viele.

„Wo-Zu … habe ich dir beigebracht aufzupassen", seufzte Wo-Hin und beschloss, seinen Sohn in Zukunft schärfer zu beobachten.

In jener unglücksseligen Nacht wachte Wo-Hin voller Sorgen auf, und sein erster Blick fiel auf die leere Bettstatt seines Sohnes. Leise, um seine Frau nicht zu wecken, stand Wo-Hin auf, nahm eine Fackel, entzündete sie am schwach glosenden Herdfeuer, und machte sich auf die Suche nach Wo-Zu. Seine Hütte war weit vom Königspalast entfernt, zwischen den Reisfeldern, über denen der Mond leuchtete wie ein großer gelber Lampion. Unschlüssig stand er mit seiner Fackel im kühlen Nachtwind, dann öffnete er intuitiv die Falltür, die zu den unterirdischen Kellern führte, und stieg die schmale Treppe hinunter.

Die Katzen erkannten ihn an seinem Geruch ebenso wie alle anderen, die hier unten arbeiteten, und erhoben sich nicht. Doch plötzlich hörte er von der anderen Seite des Kellers ein lautes Miauen, zischende Geräusche und den unterdrückten Aufschrei einer Fremden, deren Stimme ihm seltsam bekannt vorkam.

Dann hörte er eine vertraute Stimme flüstern: „Schscht, ruhig, ihr kennt sie doch!"

Leise, auf Zehenspitzen tapste Wo-Hin in die Richtung, aus der die Stimmen kamen. Lautlos blies er seine Fackel aus, denn er kannte diese Gänge so gut, dass er sich auch blind zurechtfand. Je näher er den Geräuschen kam, desto langsamer wurden seine Schritte, um nur ja nichts zu überhören. Er vernahm das leise, gedämpfte Lachen einer Frau.

Beim Brennraum angekommen, spähte er vorsichtig um die Ecke. Hinter dem Hauptofen war ein schwacher Lichtschein zu sehen. Er hörte raschelnde Geräusche und Flüstern. Immer näher schlich er heran und lugte hinter den Ofen. Da erstarrte sein Herz wie die Zeiger einer Uhr, wenn die Zeit stehenbleibt.

In der warmen Nische hinter dem Ofen sah er zwei Gestalten. Aus Stroh, das zum Heizen der Brennöfen verwendet wurde, hatten sie sich ein weiches Bett gemacht. Der Mann lag auf dem Rücken und hatte einen Arm hinter seinen Kopf geschoben, und eine Frau, die sich bäuchlings an ihn schmiegte, drückte ihr Gesicht in seine Achselhöhle. Seine Hand lag besitzergreifend auf ihrem Oberschenkel. Das Gesicht der Frau sah er nicht, doch an den glatten, seidigen Haaren erkannte er unverkennbar die Tochter des Königs. Der Mann war sein Sohn, und beide waren nackt.

Mit einem heiseren Röcheln riss Wo-Hin die Hand vor seine Augen und fuhr sich vor Schreck mit dem Finger in sein linkes Auge, so dass er vor Schmerzen aufschrie. Die beiden fuhren herum; die Prinzessin mit vor Schrecken geweiteten Augen; Wo-Zu besaß noch die Geistesgegenwart, die Fackel auszublasen, doch es war bereits zu spät.

Wo-Hin saß auf dem Fußboden seiner Hütte und wiegte seinen Oberkörper verzweifelt vor und zurück. „Wo-Zu, wozu soll das bloß führen", rief er. Sein Kummer hinderte ihn sogar daran, seinem Sohn eine Ohrfeige zu verpassen, oder vielleicht scheute er sich, weil er in diesem kurzen Augenblick im Keller gesehen hatte, dass Wo-Zu ein Mann geworden war.

Dieser schwieg und starrte auf den Boden. „Ich liebe sie", murmelte er.

„Papperlapapp!", rief sein Vater, ergriff den erstbesten Krug, der auf dem Tisch stand, und schleuderte ihn zu Boden, dass er in tausend Stücke zerbrach. „Ist es das wert, vom König enthauptet zu werden, wenn er erfährt, dass ein armer Sohn eines Vasengießers seine Tochter liebt, die er seit Jahren vergeblich zu verheiraten versucht? Was wisst ihr jungen Leute denn schon von Liebe? Weißt du denn nicht, dass die Tochter des Königs Tag für Tag Verehrer aus bestem Hause verschmäht? Glaubst du, der König lässt es zu, dass ausgerechnet du armer Vasengießer die Prinzessin heiratest?"

„Ich werde nicht enthauptet", sagte Wo-Zu und stand auf. „Ich werde die Gunst des Königs gewinnen."

„Und wie willst du das bewerkstelligen?", schrie Wo-Hin und sprang ebenfalls auf. „Du bist doch nur der einfache Sohn eines Vasengießers, ein Taugenichts! Du kannst doch nicht einmal eine ordentliche Vase ohne Fehler herstellen!"

Wo-Zu drehte sich auf dem Absatz um und ging aus der Hütte, während sein Vater sich wieder in den Sessel fallen ließ. Dort blieb er erstarrt sitzen, bis der Mond untergegangen war.

Während der alte Wo-Hin versteinert in seinem Sessel saß, stolperte Wo-Zu die Treppe zum Erdraum hinunter, packte einen Klumpen rohen Porzellans, warf ihn auf eine Knetbank und begann, ihn blind vor Wut mit den Fäusten zu bearbeiten. Er wollte die perfekteste Vase herstellen, die die Einwohner von Ning jemals gesehen hatten.

In seinen Gedanken sah er ein mannshohes Gebilde wie eine gewölbte Frauengestalt mit zwei zierlichen Henkeln, die sie schmücken sollten wie die wohlgeformten Brüste der Prinzessin. Der Korpus sollte perfekt werden, symmetrisch und vollkommen. Doch das Porzellan war widerspenstiger als er dachte. Tagelang focht er Kämpfe mit der feuchten Rohmasse, die zu weich war oder zu brüchig. Die Vase wurde schief, entwickelte einen Buckel, die Henkel waren zu flach oder zu groß, hingen herunter und sprangen beim Trocknen ab. So sehr sich Wo-Zu auch abmühte, ihm gelang einfach kein zufriedenstellendes Ergebnis.

Wo-Zu hörte auf zu essen und zu schlafen. Mit wirrem Blick saß er Tag und Nacht vor seiner Vase und bearbeitete sie unermüdlich wie eine unersättliche Geliebte. Hatte er das Material an einer Seite glattgestrichen, beulte es sich auch schon an der gegenüberliegenden Stelle aus, als wolle es ihn verhöhnen. Manchmal kam Sie-Hin zu ihm hinunter, kniete sich hinter seinen Rücken und schlang die Arme flehentlich um ihn, doch er wehrte sie ab wie eine lästige Fliege. Er hatte jetzt keine Zeit für Zärtlichkeiten. Es galt, seinen drohenden Tod abzuwenden und er hatte nicht mehr viel Zeit. Der König konnte jeden Moment von der verbotenen Liebe erfahren, und dann würde er keine Zeit mehr haben, sein Meisterwerk fertig zu stellen, welches das Einzige war, womit er ihn beeindrucken konnte. Mit Tränen in den Augen schlich Sie-Hin davon, wohlwissend um das Damoklesschwert, das über ihrem Geliebten hing. Zwei Tage lang schaffte sie es, ihn mit aufputschenden Tees wach zu halten.

Am dritten Tag sah Wo-Zu eine Elefantenhorde. Sie tauchte im Winkel seiner schlaflosen Augen auf, rannte quer über sein Blickfeld und zertrampelte sein Gehirn. Seine Augen begannen zu brennen. Wie von einem fremden Willen diktiert, packte er ein Stück Holz und gravierte die Elefanten in das rohe Porzellan ein, bevor sie sich seiner Vorstellungskraft entzogen. Als nächstes tauchten Wölfe auf, und aus ihren aufgerissenen Mäulern sprangen Kröten, und auch sie bannte Wo-Zu in die weiche Masse, die vor ihm stand. Es erschienen feuerspeiende Drachen, Kämpfer, die mit klingenden Schwertern über das Porzellan tanzten und wilde Stiere, und alle Geister der Schlaflosigkeit gravierte Wo-Zu Stück für Stück in das feuchte Porzellan ein. Am vierten Tag versagte ihm die Kontrolle über seine Arme, sie begannen zu zittern wie Espenlaub, und er verzierte die Vase mit wirren Zickzacklinien. Am fünften Tag konnte er keinen Atemzug lang mehr ruhig bleiben, packte ein Messer und hackte Rillen in den Rand wie die Schwertkämpfer, die er gesehen hatte. Am sechsten Tag ohne

Schlaf hatte er keine Kraft mehr ein Messer zu halten, hieb die Fäuste in das bereits getrocknete Porzellan, und die Risse verschmierte er mit seinen Tränen, weil er keinen Speichel mehr hatte. Am siebten Tag schließlich taumelte er zum größten Ofen des Kellers, hievte mit letzter Kraft das mannshohe Schreckensgebilde hinein, schob es in die lodernden Flammen, während die Hitze ihm den Atem nahm, warf die Tür mit dem Gewicht seines Körpers von außen zu und glitt wie betäubt an ihr hinunter.

Sie-Hin eilte herbei, fing ihn auf und er fiel direkt in ihre Arme. Er sah nicht mehr, dass die Wachen, die ihr gefolgt waren, die innige Umarmung sahen. Plötzlich erkannten sie die Gründe für das Interesse der Prinzessin an schlaferzeugenden Tees, die Gründe für ihre nächtliche Müdigkeit, die sie seit Monaten überfiel, und es fiel ihnen wie Schuppen von den Augen.

Brutal packten sie Wo-Zu an den Schultern, der so tief schlief, dass er es nicht einmal merkte, packten ihn, zerrten ihn aus den Armen der wehklagenden Prinzessin, schleiften ihn in das tiefste Verlies, das in den heiligen Hallen zu finden war, und warfen die Tür hinter ihm zu.

Triumphierend stürmten die Wachen zum Gemach des Königs. Sie freuten sich auf frisches Blut, das bald fließen würde. Doch das Zimmer des Königs war leer.

Er hatte sich in einem Anfall untröstlicher Traurigkeit aus dem Fenster gestürzt. Allerdings hatte ein Heuwagen, der Stroh zum Heizen der Brennöfen lieferte, ihn weich aufgefangen. Der König fluchte, ließ das Kutschpferd enthaupten, und steckte dessen Kopf zur Abschreckung auf die Säulen, die den Eingang zum Palast säumten. Dann besann er sich seiner Pflichten. In drei Tagen sollte die Präsentation seines neuesten Porzellans stattfinden. Dies wollte er noch erleben, bevor er vorhatte, endgültig zum Giftbecher zu greifen. Er

138

wünschte sich für die nächsten drei Tage keine Störung, um sich auszuruhen und für die Zeremonie vorzubereiten und warnte, dass jeder, der ihn beim Ausruhen stören würde, ausnahmslos so enden würde wie das unglückliche Kutschpferd. Erschrocken zogen die Wachen von dannen und beschlossen, mit ihrem Bericht auf eine günstigere Gelegenheit zu warten.

Drei Tage später saß der König im Keller, wo die Spinnweben am dichtesten und die Mäuse am lautesten sind, und betrachtete gelangweilt die Öffnung der Brennöfen mit dem neuesten Porzellan.

„Seht her", raunte einer der Vasengießer und präsentierte ihm ein Tablett mit blütenweißen Teekannen, aufgereiht wie ein Regiment aus dreißig Soldaten, die einander glichen wie ein Ei dem anderen. „Sie sind fehlerlos, vollkommen."

Der König winkte verächtlich mit der Hand.

„Ich habe bereits zehntausende davon", sagte er ärgerlich. „Was soll ich mit so vielen Kannen? Eine gleicht der anderen – stampft sie ein."

Die Vasengießer warfen einander besorgte Blicke zu.

Ein anderer trat vor. In den Händen hielt er einen formvollendeten Kelch, dessen Henkel über und über von Kristallen bedeckt war.

Er verbeugte sich vor dem König.

„Ein Trinkpokal für Euch."

Dieser winkte verächtlich mit der Hand.

„Er interessiert mich nicht", sagte er zunehmend böse. „Ich habe doch schon hunderte davon. Schenkt sie irgendeinem dummen Kerl aus dem Volk. Habt ihr nicht einmal neue Ideen?"

Den Vasengießern brach der Schweiß aus. Sie tauschten verzweifelte Blicke. Da öffnete sich quietschend die Tür, und der alte Wo-Hin schlurfte herein und zog einen riesigen Leiterwagen hinter sich her.

Der König runzelte interessiert die Stirn.

„Wo-Hin! Verschwinde! Der König hat schlechteste Laune! Du darfst ihn nicht noch mehr verärgern!", zischte Wo-Hins Bruder, der direkt neben der Tür stand. Doch Wo-Hin war so alt, dass er schwerhörig sein durfte, wenn er es wollte, und die Angst vor der drohenden Hinrichtung seines Sohnes machte ihn besonders schwerhörig. Er selbst hatte keine Angst mehr vor dem Tod, also stapfte er zielstrebig auf den Königsthron zu. Auf dem Leiterwagen stand ein undefinierbarer Gegenstand, mit Lumpen umhüllt, und als Wo-Hin den quietschenden Wagen abstellte und todesmutig die Tücher herunterzog, sprang der König auf.

Die Vasengießer schlossen ergeben die Augen. Sie hatten immer schon geahnt, dass der schrullige Alte und sein zerstreuter Sohn nicht mehr lange überleben würden. Doch dass Wo-Hin sich traute, seine Festnahme mit solch einer Dreistigkeit vor all seinen Kollegen zu inszenieren, hätte keiner von ihnen gedacht. Als sie die Augen einen Spaltbreit öffneten, hielten sie die Luft an.

Auf dem alten Leiterwagen stand ein Werk, so flimmernd bunt, wie sie es noch nie gesehen hatten.

Es war eine riesengroße, verbeulte Vase, geschwungen wie der Körper einer Frau, die auf einer Seite anmutig in der Hüfte einknickt, die andere Seite herausfordernd streckt. Ein Henkel war spitz, der andere hing tropfenförmig herab, die Taille von einem unregelmäßig geflochtenen Gürtel geschmückt. Der Corpus war mit wilden Spritzern in den unmöglichsten Farben glasiert und über und über mit winzigen Tierfiguren bedeckt. Man konnte stampfende Elefanten, aufgerissene Wolfsrachen erkennen, tanzende Drachen, die einander in die Schweife bissen und Feuer spien. Schwertkämpfer fochten zwischen Blumenornamenten ihre Kämpfe aus, und da das Material aufgrund der Hitze gesprungen war, war der Bauch der Vase von haarfeinen bläulichen Sprüngen durchzogen wie das Venengeflecht auf den Bäuchen der Säufer, die nachts vor den Stadttoren lagerten.

Nichts an dieser Vase war regelmäßig, nichts, was man auch nur annähernd als Perfektion bezeichnen konnte.

Die Vasengießer seufzten im Chor. Sie sahen schon das Beil auf den Verursacher dieses Missgeschicks sausen, schlossen ihre Augen und warteten auf das Geräusch des Säbels, den der König ziehen und damit das fürchterliche Werk in Stücke schlagen würde.

Eine ganze Weile blieb es so still, dass man eine Stecknadel hätte fallen hören können und die Luft im Raum schien zum Greifen dick.

Da griff der König plötzlich an seinen Säbel, öffnete den Mund und begann dröhnend zu lachen.

Er lachte und lachte und lachte, und das Gelächter setzte sich fort, wurde von den Säulen zurückgeworfen, hallte in den alten Gemäuern wider und drang bis in Wo-Zus Verlies, wo der Gefesselte vor Schreck die Augen öffnete.

Der König lachte immer noch, wischte sich ein paar Lachtränen aus den Augen, dann lief er mit großen Schritten um den Leiterwagen herum, betrachtete das groteske Gebilde von allen Seiten, strich über die Risse, befühlte die Elefanten, klopfte auf die Drachen; dann trat er mit zwei Schritten zum alten Wo-Hin, der verlegen lächelte, und klopfte ihm auf die Schulter.

„Mein Freund, das ist ein wahres Meisterwerk!", rief er aus. „Diese Vase ist phantastisch, sie gleicht keiner einzigen, die ich bis jetzt gesehen habe! Das ist ein Einzelstück, etwas, das niemand auf der Welt kopieren kann! Sag, wer hat sie hergestellt? Waren Sie es? Derjenige, der dieses Meisterwerk hergestellt hat, kann sich etwas wünschen und ich werde ihm diesen Wunsch erfüllen! Sag, alter Wo-Hin, wer war es?"

Wo-Hin lächelte verstohlen.

„Das war mein Sohn", sagte er.

So kam es, dass Wo-Zu aus dem Verließ befreit wurde. Die Kunde von der unverwechselbaren Ning-Vase breitete sich rasch über die Landesgrenzen hinaus und viele versuchten, sie zu kopieren, doch niemand schaffte es. Von diesem Tage an galten jene Vasen als wertvoll, die einen Fehler hatten, so dass niemand sie kopieren konnte, und die mit den meisten Fehlern wurden die wertvollsten, und so blieb es bis zum heutigen Tag. Fröhlich produzierten die Vasengießer fehlerhafte Unikate, die überall bestaunt wurden, und der Ruhm der Ning-Vasen verbreitete sich über die ganze Welt. Wo-Zu heiratete die Prinzessin, wurde zum Nachfolger des Königs gewählt und verhalf dem Lande Ning zu mehr Glück und Ruhm als es jemals gesehen hatte.

Und auch heute noch sieht man hin und wieder in verschiedenen Teilen der Welt, in dem einen oder anderen Museum – wo die Spinnweben am dichtesten und die Mäuse am lautesten sind – eine echte Ning-Vase.

Der Gast

Von Kindesbeinen an war Lajos der Überzeugung gewesen, dass die Frauen einen nichts als ruinieren. Das einzige Mittel dagegen war, möglichst streng zu sein und ihnen nichts durchgehen zu lassen. Das beste Resultat sah er bei seiner Frau: Margit war zurückhaltend und bescheiden. Mit der Zeit kostete sie das Verbergen ihrer Bedürfnisse so viel Kraft, dass ihre Lebensfreude Tropfen für Tropfen verdunstet war. Lajos hatte zwar bemerkt, dass sie innerlich und äußerlich vertrocknete, doch er führte es auf ihre Wechseljahre zurück.

Als er an einem strahlenden Frühlingstag in die Küche polterte und verkündete, er habe eine andere Frau kennengelernt, die nun bei ihnen wohnen würde, traf Margit diese Ankündigung wie ein entgleisender Zug. Doch sie bemühte sich, eine unbewegte Miene aufzusetzen.

„Wo hast du sie kennengelernt?", fragte sie schwach.

„An der Tankstelle", sagte er und sah ihr nicht in die Augen. „Sie brauchte Hilfe."

Dann stapfte er zu seinem Auto, um die Fremde abzuholen.

Gyöngyi betrat Margits Haus wie eine Schiffbrüchige. In der einen Hand hielt sie einen Plastiksack mit ein paar Habseligkeiten, in der anderen einen dünnen Mantel aus billigem Nylon. Sie wagte kaum zu atmen, hatte fettiges Haar und roch nach schmutziger Wäsche. Margit wies ihr stumm die Tür zum Badezimmer. Lajos ließ sich auf einen Küchenstuhl fallen und wartete auf seinen Kaffee. Während die Kaffeemaschine zu brodeln anfing, sagte er mit schwankender Stimme, die Frau könne nicht nach Hause gehen. Sie werde von einem Mann namens „Straßen-Gyuri" bedroht, dem sie die Hälfte ihres Gehaltes abliefern müsse. Margit konnte sich vorstellen, worin dieses Gehalt bestand. Gyöngyi war nicht die erste solcher Frauen, von denen sie gehört hatte, doch die erste, die sie in ihrem Haus aufnahm. Sie hasste sie aus tiefstem Herzen, doch sie versuchte, alles ein wenig von sich fernzuhalten und hörte zu, wie schön die Vögel im Garten sangen.

Um das Gerede in Pereszteg gering zu halten, erzählten Lajos und Margit den Nachbarn, Gyöngyi sei eine entfernte Verwandte in Geldnot. Margit richtete ihr im Gästezimmer ein Bett und am ersten Morgen schlich Gyöngyi mit schuldbewusstem Gesicht in die Küche und fragte, ob sie etwas helfen könne. Margit ärgerte sich; lieber hätte sie einen Grund mehr gehabt, sie zu hassen. Sie stellte ihr mit eisigem Schweigen das Frühstück hin.

Nach einer Woche wurde Gyöngyis Blick ruhiger und die Ringe unter ihren Augen verblassten. Ihre Wangen nahmen eine rosige Farbe an. Missbilligend stellte Margit fest, dass die junge Frau für ihren Geschmack zu wenig wie ein Opfer aussah. Das lag vor allem an Gyöngyis stolzer Haltung, die Margit an eine Tänzerin erinnerte, auch wenn sie krumme Beine hatte und nicht besonders groß war.

Gleichzeitig mit ihr schien Lajos aufzublühen. Er beschwerte sich nicht mehr über Margits zähes Pörkölt, war freundlicher zu ihr und obwohl sie sich freute, dass er sie nachts in Ruhe schlafen ließ, vertieften sich die Falten um ihren Mund.

Margit hatte Lajos geheiratet aus der einmaligen Gelegenheit heraus, ihrem Elternhaus zu entkommen. Dieses bestand aus einem kleinen Häuschen am Rande von Pereszteg, mit lehmgestampftem Boden und einem großen steinernen Brunnen. In diesen hatte ihr Onkel sie kopfüber an den Füßen gehängt, als sie fünf Jahre alt, weil sie die Suppe verschüttet hatte. Margit erinnerte sich an den harten Griff um ihre Unter- und den linken Oberschenkel und an das Gefühl, als sie über ihrem Tod baumelte. Es ließ sie aus der Wirklichkeit heraustreten und in eine duftende Blumenwiese hinein, wo die Vögel zwitscherten. Als sie wieder auf den Beinen stand, wusste sie nicht mehr, wo sie war. Er lachte und gab ihr einen Klaps auf den Po. „Ich habe doch nur Spaß gemacht."

Drei Jahre später sprang er selbst in den Brunnen, nachdem seine Kühe an einer Seuche verendet waren und er kein Fleisch mehr nach Sopron liefern konnte. Margits Vater ließ den Brunnen über Nacht zuschütten, kaufte einen Rottweiler, den er Barnabas nannte, und stellte auf dem Kies eine Hundehütte auf, mit dem scharfen Hund an der Kette. Die Polizisten fürchteten sich so sehr vor Barnabas, dass sie die Nachforschungen nach ihrem Onkel bald aufgaben. Der Hund ließ nur Margits Vater an sich heran, der ihn mit einem Knüppel im Zaum hielt. Wenn er ihn zum Wirtshaus mitnahm, prügelte er ihn regelmäßig halb tot, damit er in Ruhe mit seinen Zechkumpanen Pálinka trinken konnte. Irgendwann erschlug er Barnabas dabei aus Versehen und bemerkte es nicht. Noch in derselben Nacht hämmerten drei Polizisten an die Tür von Margits Elternhaus und beschwerten sich über den riesigen Kadaver, der vor dem Wirtshaus lag. Margits Mutter schrie, sie sollten alle verschwinden. Noch in derselben Nacht packte sie ihren kleinen Lederkoffer, gab Margit, die sich in ihrem Kinderbettchen schlafend stellte, einen Abschiedskuss auf die Stirn und verschwand für immer in der kalten Nacht. Das Letzte, was Margit von ihr in Erinnerung blieb, war das blecherne Geräusch, mit dem sie der Hundehütte einen Fußtritt gab.

Als Margits Vater im Morgengrauen nach Hause kam und bemerkte, dass seine Frau verschwunden war, zog er der Reihe nach Margit und ihre zwei Brüder aus dem Bett und verprügelte sie, weil sie ihre eigene Mutter vertrieben hatten. Dann kramte er unter dem Bett ihr verblichenes Hochzeitsfoto hervor, hängte es an die Wand und verbrachte die nächsten Jahre davor mit einer Flasche Pálinka und der verzweifelten Hoffnung, sie würde zurückkommen, wenn er nur lang genug ihr Bild anstarrte.

„Was macht er?", fragte Margits Bruder.

„Er taucht", sagte sie leise. „Stör ihn nicht, sonst schlägt er dich wieder."

„Kocht er uns etwas zu essen?"

„Nein", sagte Margit. „Das machen jetzt wir."

Sie lernte zu kochen, zu putzen und zu waschen, bis sie mit siebzehn Jahren Lajos kennenlernte, der sich in allen Dingen von ihrem willensschwachen Vater unterschied.

Lajos war der Sohn des Wirtes und tanzte mit ihr auf dem ersten Dorffest, auf das sie gehen durfte, einen unbeholfenen Csárdás. Dann schrieb er ihr einen Brief mit lauter Rechtschreibfehlern, aber einem unübersehbaren roten Herzen auf der ersten Seite und brachte ihr bei, wie man ein Spanferkel schlachtet. Margit mochte kein Fleisch, aber Lajos' Energie und seine Fähigkeit, Dinge zu Ende zu führen, die er begonnen hatte, gefielen ihr. Er fand ihre Schüchternheit anziehend, und obwohl ihn ihre Angst vor Höhen, Brunnen und Berührungen störte, meinte er, dass dies leicht auszutreiben sei. Ihr Widerstand erregte ihn, und so heiratete er schneller, als es seine Junggesellengewohnheiten verlangten.

Die Hochzeit fand in der Dorfkirche statt, unter den zufriedenen Augen des Wirtes, der sich durch die hübsche Schwiegertochter, die aussah, als könne sie ordentlich arbeiten, endlich für die Mühe entschädigt sah, vor vielen Jahren den riesigen Hundekadaver weggeschafft zu haben. Margit verbrachte den Tag in der weißen Wolke ihres Brautkleides, unter Vogelgezwitscher auf einer Blumenwiese schwebend. Als sie nach der kirchlichen Zeremonie endlich alleine waren und sie sich verträumt in ihrem Kleid vor ihm drehte, zerrte er sie aus ihrem Kleid in die Wirklichkeit zurück. Mit den Worten, dass sie nun seine Frau sei, und ihre ehelichen Pflichten zu erfüllen habe, drückte er sie ohne viel Federlesens aufs Sofa, wo sie sich unter seinem muskulösen Körper nicht mehr bewegen konnte, und als er nach endlosen fünf Minuten seufzend von ihr herunterrollte, hatte sie Tränen in den Augen. Ihn hatte es immer schon irritiert, dass Frauen vor Freude weinen konnten und so tätschelte er ihr verwirrt die Wange, drehte sich um und fing an zu schnarchen.

Anfangs wiederholten sich die ungestümen Attacken jede Nacht, meistens frühmorgens, wenn sie am wenigsten darauf vorbereitet war, so dass sie Schlafstörungen bekam und bei jeder Bewegung von ihm hochschreckte. Da in der ersten Nacht, in der er sie niedergewalzt hatte, ihre spielerische Neugier im Keim erstickt worden war, und es ihn im Stillen kränkte, dass sie nicht mehr Freude daran hatte, machte er sich gar nicht erst die Mühe, ihren Körper zu erforschen. „Besser den Spatz in der Hand, als die Taube auf dem Dach", sagte er resignierend und teilte sie der Kategorie Frauen zu, die eben nichts genießen konnten, so wie manche Menschen ein lahmes Bein haben oder nur ein Auge. Nach sechs Monaten Ehe kehrte er enttäuscht zurück zu der Bar mit den roten Lichtern am Dorfende von Pereszteg, in der er seit seiner Jugend heimlicher Stammkunde war, und wo es noch Frauen gab, die ihn freudig empfingen ohne Fragen zu stellen.

Als Margit merkte, dass ihre Ersparnisse an den Wochenenden zunehmend schwanden und sich am Ende des Dorfes sammelten, stellte sie ihn zur Rede. Er hob drohend die Faust.

„Wenn du mir nicht zu essen gibst", schrie er, „dann muss ich eben ins Wirtshaus gehen!"

Und er knallte seinen Humpen Bier so fest auf den Tisch, dass er zersprang, und damit war die Diskussion beendet.

Margit fragte nie wieder nach, weder nach seiner Abwesenheit, noch nach der Bar mit den roten Lichtern. Sie wusste, dass er sich regelmäßig einen schönen Abend machte, wie er es nannte. Irgendwann begann Lajos, nächtelang zu verschwinden, doch am nächsten Morgen trafen sie einander in der Küche und taten, als sei nichts geschehen.

Ihre Schwiegereltern freuten sich, dass die Ehe der jungen Brautleute so gut gedieh. Nur die Schwiegermutter sorgte sich, dass sich nach einem Jahr noch immer kein Nachwuchs einstellte. Sie besprach dies mit dem Pfarrer und stellte Margit dann zur Rede, ob sie es wohl absichtlich verhindere, mit geheimen Tricks, und machte sie darauf aufmerksam, dass dies eine Sünde sei.

Mit der Ankunft der neuen Frau wurde Lajos ungewohnt freundlich und siedelte freiwillig auf das Sofa im Wohnzimmer über. Margit hatte das große Bett für sich alleine, ein tröstliches Floß im bedrohlichen Strom des Lebens, doch sie schreckte weiterhin beim kleinsten Geräusch hoch. Sie lebten zu dritt wie ein seltsames Geschwistertrio, das zwei von ihnen durch einen merkwürdigen Bund verbindet, von dem der dritte nichts weiß. Gyöngyis Haut wurde zunehmend rosiger, und Lajos zeigte sich großzügig, brachte nach der Arbeit eine Dobostorte vom Wirten mit, und trank weniger Bier.

Als Margit eines Nachts ein regelmäßiges Quietschen des Wohnzimmersofas hörte, erstarrte ihr Blut zu Eis. Minutenlang blieb sie regungslos liegen, dann stopfte sie sich Watte in die Ohren. Sie versuchte, an Blumenwiesen zu denken, doch das Quietschen war selbst durch Vogelgezwitscher nicht zu übertönen.

Schließlich konnte sie die Geräusche nicht länger ertragen. Sie setzte sich auf und stellte die Füße auf den nackten Kunststoffboden. Sie zitterte vor Kälte und vor schlechtem Gewissen wie ein ungeschickter Mörder, der vorhat, einen Mord zu begehen, und ihn schon vorher bereut. Als das Quietschen nicht verstummte, öffnete sie mutig die Tür und platzte ins Wohnzimmer unter dem Vorwand, sie habe schreckliche Bauchschmerzen.

Sie sah gerade noch, wie Lajos nackt auf sie zusprang, dann erfasste ein heftiger Schlag ihren Kopf, ließ ihn zur Seite fallen und gleichzeitig fiel die ganze Welt aus ihrem Gefüge.

Überrascht tastete sie nach ihrem Mund und betrachtete das Blut an ihren Fingern, als sei es nicht ihres. Lajos wickelte sich fluchend in die schmutzige Tagesdecke, die auf den Boden gefallen war. Margit blickte vom Blut an ihrem Finger direkt in die Augen der fremden Frau, die nackt auf ihrem Sofa hockte, die Arme um die Knie geschlungen, und ihre Gastgeberin anstarrte wie ein vom Scheinwerferlicht geblendetes Reh.

In diesem Moment änderte sich etwas zwischen den beiden Frauen.

Lajos packte den Arm seiner Frau, um sie aus dem Zimmer zu zerren, doch Gyöngyi war bereits aufgestanden, hatte stumm den Arm um Margit gelegt und die beiden schwankten in Richtung Küche, die eine nackt, die andere blutend, während Lajos ihnen fassungslos hinterher starrte wie ein General, dessen Soldaten desertieren. Er bellte Gyöngyi einen kurzen Befehl nach, doch diese drehte sich nur um und brachte ihn mit einem Blick zum Schweigen. Sie setzte Margit an den Küchentisch, holte Eiswürfel aus dem Tiefkühlfach, drückte sie ihrer Gastgeberin aufs Gesicht, das von Minute zu Minute stärker anschwoll, und löste ein Aspirin auf, als habe sie das schon hundertmal getan. Dann brachte sie Margit zu Bett wie ein kleines Kind und legte sich daneben, was diese ohne Protest akzeptierte. Neben Gyöngyis regelmäßigen Atemzügen schlief sie ein wie ein Kind. Lajos war verschwunden und ließ sich an diesem Abend nicht mehr blicken.

Als Lajos am nächsten Vormittag nach Hause kam, trieb er den Geruch nach Alkohol vor sich her. Wütend riss er die Küchentür auf. Er vermutete Margit in der Küche, doch als er Gyöngyi sah, die sorgfältig Kamillentee kochte, besänftigte sich sein Blick etwas und er verschwand im Gästezimmer. Gyöngyi brachte Margit den Tee ins Schlafzimmer und putzte dann die Küche. Am nächsten Morgen bezog sie das Ehebett neu und stellte frische Blumen aufs Fensterbrett.

Schon nach wenigen Tagen hatte ihr billiges Parfum Lajos' Biergeruch aus dem Schlafzimmer verdrängt. Margit betrachtete die junge Frau, die sie eigentlich hassen sollte, und die jetzt neben ihr schlief, im Schein der Nachttischlampe. Ihre Haut sah sehr weich aus.

Gyöngyi stützte sich auf die Ellbogen und sah sie an. „Es tut mir Leid", sagte sie leise. „Wenn du ein Wort sagst, verschwinde ich für immer."

Margit schwieg. Sie fand es sehr gemütlich, umsorgt zu werden, zum ersten Mal in ihrem Leben, und zu ihrer Verwunderung war der Hass auf die Jüngere nicht viel mehr angeschwollen als ihre Lippe. Sie wollte nicht, dass Gyöngyi jetzt verschwand. Sie hatte zu viele Fragen an sie, die sie interessierten. Gyöngyi sah sie mit dem Ausdruck ehrlicher Verblüffung an. „Frag mich, was du willst", sagte sie. „Aber ich glaube nicht, dass ich etwas davon beantworten kann."

Margit ärgerte sich über ihre erste Frage, die sie nicht unterdrücken konnte.

„Wie viel bezahlt er dir?"

Gyöngyi sah sie mit großen Augen an und deutete zur Decke. „Mit dem Dach", sagte sie.

„Und sonst?" Margit ließ sie nicht aus den Augen. Sie hatte das Quietschen des Sofas noch im Ohr.

Eine leichte Röte überzog Gyöngyis Wangen, doch sie hielt Margits Blick stand. Fast unmerklich schüttelte sie den Kopf.

„Bitte verstehe mich", sagte sie flehentlich. „Ich möchte nur überleben. Der einzige Mann, den ich jemals geliebt habe, ist vor fünf Jahren gestorben." Sie seufzte tief. „Er war sechs Jahre jünger als ich und hat mich auf Händen getragen. Er hieß Erwin. Er arbeitete als Pferdepfleger drüben in Österreich. Illegal, weißt du. Er hatte keine Arbeitsbewilligung. Er wollte mich heiraten, obwohl er wusste, wovon ich lebte, wir wollten nach Österreich gehen und ein Reihenhaus kaufen." Sie hielt kurz inne. „Gyuri hasste ihn. Er wollte ihn umbringen, doch er wusste, wenn er einen Mord begeht, kommt er ins Gefängnis und dann fliegt das ganze Geschäft mit der Bar auf. Daher hat Erwin der Schuss nur gestreift. Im linken Oberschenkel. Es war ein Versehen, hat er immer gesagt. Eine dumme Schießerei im Milieu." Sie wischte sich mit dem Handrücken die Nase ab. „Trotzdem wollte Erwin nicht ins Krankenhaus. Er wollte nicht auffallen, so wie immer. Ich verband die Wunde und bandagierte sie, so wie ich die Pferde bandagiert hatte. Noch in derselben Nacht bekam Erwin hohes Fieber und Schüttelfrost. Gyuri drohte, wenn wir den Arzt riefen, würde er Erwin bei der Grenzpolizei anzeigen. Erwin hatte vor nichts mehr Angst als vor der Polizei. Er schrie, dass er keinen Arzt sehen wolle. Plötzlich fing er an zu phantasieren."

Sie schüttelte eindringlich den Kopf. „Ich war schuld, dass er sterben musste, verstehst du? Weil er sich mit mir eingelassen hatte. Seitdem habe ich jede Nacht Angst, dass Gyuri mich auch umbringt. Verstehst du, ich empfinde nichts für deinen Mann. Er hat mich nur zufällig gerettet."

Margit wunderte sich, wo ihr Hass geblieben war. Sie holte tief Luft.

„Wie bist du zu dieser Beschäftigung gekommen?", fragte sie.

Gyöngyi seufzte. „Ich brauchte das Geld. Ich wollte meine Großmutter nicht sterben lassen. Ich komme aus einer Zirkusfamilie, und der Zirkus ist abgebrannt, mitsamt meiner Familie. Das Einzige, was ich konnte, war mit Pferden umzugehen, also dachte ich, ich könnte es auch mit Männern."

Margit stützte den Kopf auf die Ellbogen. „Lajos glaubt sicher, dass es dir Spaß macht", sagte sie dumpf. „Bring mir das bei."

Gyöngyi sah sie erstaunt an. „Wieso? Du bist doch schon so lange verheiratet ...", fragte sie.

Margit schwieg lange. „Um ehrlich zu sein ... er war immer nur grob", sagte sie dann.

„Immer?" Gyöngyi blickte sie ungläubig an. „Aber du bist doch seit zwanzig Jahren seine Frau."

Margit zuckte die Schultern. „Er war mein erster Mann. Ich habe nie einen anderen erlebt."

Gyöngyi ballte die Fäuste. Sie schien sehr wütend zu sein. „In zwanzig Jahren Ehe hast du nie die Befriedigung erleben dürfen, die für ihn selbstverständlich ist. Oder die er sich in der Bar mit den roten Lichtern holt. Das ist furchtbar", sagte sie.

„Bei euch ist es doch auch so", sagte Margit leise.

„Das ist etwas anderes", sagte Gyöngyi mit fester Stimme. „Bei uns wird für eine Dienstleistung bezahlt, nicht für die Erfüllung unserer Wünsche. Für die Männer, die zu uns kommen, ist das sehr praktisch. Die meisten haben Angst zu versagen, aber bei uns müssen sie nichts leisten. Vielen ist die Kraft der Frauen, wenn sie einmal entfesselt ist, nicht geheuer. Und wovor man Angst hat, das unterdrückt man."

„Wie machst du es, dass du keine Angst hast?", fragte Margit.

Gyöngyi hob das Kinn und in ihrem Kopf erklang leise Zirkusmusik.

„Dir geschieht nichts", sagte sie, „wenn du nicht zeigst, dass du Angst hast."

Ernö hatte seine Tochter auf ein Pferd gesetzt bevor sie laufen konnte, und Gyöngyi erinnerte sich an die gähnende Leere unter ihren Füßen, den schwankenden Mähnenkamm, und an ihre Todesangst, als sich das Tier in Bewegung setzte.

„Sie hat Angst, verdammt", hörte sie ihren Vater fluchen. „Sie wird nie Zirkusreiterin werden."

Zwei Jahre später stürzte ihre Mutter beim Salto vom Pferd und brach sich das Genick. Am nächsten Tag verkündete Gyöngyi, sie wolle Kunstreiterin werden. Sie steckte das einzige Foto, das sie von ihrer Mutter besaß, in einen silbernen Rahmen. Es war ein verblichenes Bild, das ihre Mutter auf dem Schimmel zeigte, als sie beide noch jung waren; sie in einem glitzernden Kostüm und er mit einem leuchtenden Federbusch auf dem Zaumzeug.

Bald konnte Gyöngyi besser reiten als ihre Mutter es jemals gekonnt hatte. Wenn ihr Rücken schmerzte oder sie in der Schule nicht mitkam, weil sie nie länger als ein paar Monate an einem Ort blieben, so entschädigten sie die Abende, wo sie in ihrem Glitzerkostüm im Staub der Arena im Kreis galoppierte, blind und taub für alles außer der Kraft des Pferdes unter ihr.

Gyuri versäumte keine Vorstellung, die er mit dem Bus erreichen konnte. Er stand beim Eingang, die Haare frisch pomadisiert, und betrachtete Gyöngyi sehnsüchtig, bevor ihr Vater mit den zwei Rappen die Arena betrat.

Die beiden schwarzen Pferde glichen einander wie Zwillinge, bis auf einen weißen Fleck auf der Stirn des Hengstes. Er war der ganze Stolz des Zirkus, da Ernö schon seit Jahren rote Zahlen schrieb und er meinte, dass man ihn zur Not an einen Züchter verkaufen könne. Er selbst sei bereits zu alt, um noch eine andere Arbeit anzunehmen, er war im Staub der Manege geboren worden und werde dort auch sterben. Der Hengst war groß und wild und schlug seinen Verschlag in Stücke, wenn er in der Ferne eine Stute roch. Der andere Rappe war ein friedlicher Wallach, der jeden Abend einen rostigen Streitwagen in die Manege zog, in dem eine Ziege saß, die als Kleopatra verkleidet war. Gyöngyi war eingeschärft worden, einen großen Bogen um den Hengst zu machen, den nur ihr Vater bändigen konnte.

Als sie eines Tages in einem Dorf ihre Zelte neu aufbauten, hatte Ernö die Ställe der beiden schwarzen Pferde vertauscht. Gyöngyi betrat den Bretterverschlag in Träumereien versunken, um den Wallach für die Vorstellung fertigzumachen, und merkte nicht, dass sie das falsche Pferd bürstete, seinen Schweif kämmte, seine Hufe säuberte, und seine Mähne geduldig in lauter kleine Zöpfe flocht. Sie war gerade beim letzten Zopf angelangt, als der Rappe seinen Kopf wandte und sie mit interessiertem Ausdruck in den Augen ansah. Als Gyöngyi den hellen Fleck auf seiner Stirn sah, setzte ihr Herz ein paar Takte aus. Beschwörungen murmelnd, schlüpfte sie Schritt für Schritt rückwärts aus der Box. Es gelang ihr gerade noch, die Holztür zu verriegeln, als der Hengst seinen Kopf hochriss und mit einem wütenden Quietschen gegen die Tür donnerte.

„Bei Menschen ist es auch so", sagte Gyöngyi und sah Margit eindringlich in die Augen. „Sie tun dir nichts, wenn sie spüren, dass du keine Angst hast."

„Was ist mit dem Zirkus geschehen?", fragte Margit.

Seit Jahren hatte Großmutter Nana die Artisten in Angst und Schrecken versetzt, wenn sie kochte. Nana litt an einer unaufhaltsamen Linsentrübung, durch die sie alles nur noch wie durch dichten Nebel wahrnahm. Eine Operation war für sie unbezahlbar. Doch sie hätte sich eher die Hand abhacken, als sich das Kochen nehmen zu lassen. Immer ungeschickter hantierte sie mit riesigen Kupferpfannen und zentimeterlangen Streichhölzern hin und her, die sie verwendete, da sie sie leichter halten konnte.

Seitdem ihr Mann gestorben war, trug sie immer einen schwarzen Kittel und ein schwarzes Kopftuch und sah aus wie ein flatternder Rabe, wenn sie zwischen den Petroleumkochern herumsprang und ihre Streichhölzer kurzsichtig daneben warf. „Nana, bitte koch nicht selbst", hatte Gyöngyis Vater sie unzählige Male gebeten.

„Na, na, na, na, na!", rief sie dann in aufsteigendem Crescendo — ein Ausruf, dem sie ihren Spitznamen verdankte. „Sag so etwas nicht zu deiner Mutter! Ich habe schon für dich gekocht, also du noch in den Windeln lagst!"

Und sie nahm Ernös Kopf zwischen ihre faltigen Hände und drückte ihm einen schmatzenden Kuss auf die Stirn. Sie liebte ihren Sohn abgöttisch, vor allem, seitdem ihre Schwiegertochter sich beim Salto vom Pferd das Genick gebrochen hatte.

Irgendwann hatte die Familie es aufgegeben, die Nana vor dem Kochen zu warnen. Sie berief sich auf den Schutz des heiligen „Szentgyörgy", der auf ihrer Kommode im Wohnwagen stand und ungerührt zusah, bis sich nach dem Großbrand nicht einmal ein verkohltes Stück von ihm in den Trümmern fand, was Gyöngyi nur in ihrer Überzeugung bestärkte, dass das ganze heilige Zeug nichts taugte.

Am Tag des Unglücks hatte Ernö seine Tochter losgeschickt, das trockene Brot, das die Dorfbewohner säckeweise für die Zirkuspferde vor die Tür stellten, einzusammeln. Sie sah den schwarzen Rauch schon von ferne. Mit einem Schrei rannte sie los, die bedrohlich leeren Gassen entlang, und erfasste das Ausmaß der Katastrophe erst, als sie das halbe Dorf sah, das hilflos vor dem verkohlten Skelett des Zirkuszeltes stand, das bedrohlich in den Himmel ragte. Die Nana saß auf einem Klappstuhl, hatte ihr Gesicht in den Händen verborgen und wiegte den Kopf unablässig vor und zurück. Sie habe doch nur gefüllte Paprika für ihren Lieblingssohn zubereiten wollen, rief sie mit klagender Stimme, als plötzlich ohne jegliches Zutun von ihr eine gewaltige Stichflamme zum Himmel emporgeschossen sei.

Als Gyöngyi erfuhr, dass ihr Vater mitsamt den drei Pferden in den Flammen umgekommen war, begriff sie, dass sie kein Zuhause mehr hatte.

Am Tag des Begräbnisses fuhr Gyuri mit seinem blankgeputzten Mercedes vor der Dorfkirche vor und lehnte sich an die Mauer.

„Ich habe eine Arbeit für dich", sagte er. Sie sah ihn voller Hoffnung an und er fand das fabelhaft. Er dachte an ihre biegsame Gestalt auf dem galoppierenden Pferd und ihre wippenden Brüste im Glitzerkostüm.

„Ich bin mir sicher, dass du tanzen kannst."

Tanzen, dachte Gyöngyi, könnte sie wohl lernen. Sie wollte die erstbeste Arbeit annehmen, um ihrer Großmutter Geld zu schicken, die seit jenem schrecklichen Tag nur noch still vor sich hin weinte und den Faden jedes Gedankens verlor. Gyuri erzählte, dass er ein Lokal aufbauen wolle, und sie hob ihr letztes Erspartes von der Bank ab und gab es ihm in der ehrlichen Hoffnung, dass es ihre Rettung war.

Als sie merkte, dass er eine Bar mit roten Lichtern gebaut hatte und mehr von ihr verlangte als nur zu tanzen, war es bereits zu spät.

Margit schüttelte ungläubig ihren Kopf.

„Wie hast du nicht sehen können, worauf du dich da eingelassen hast?", fragte sie.

„Aus demselben Grund, weshalb du Lajos geheiratet hast", sagte Gyöngyi seufzend. „Viele Dinge wollen wir nicht sehen, bis es zu spät ist."

Margit nickte grimmig. „Ich kann dir helfen", sagte sie, und wunderte sich, dass sie so etwas ausgerechnet zu der Frau sagte, die sie eigentlich hassen sollte.

„Ich habe einiges an Erspartem auf der Bank. Ich verlange es nicht gleich zurück", sagte sie.

Gyöngyis Augen weiteten sich. Sie fragte, was Margit dafür verlange.

„Nur eines", sagte Margit ernst. „Bring mir bei, was du besser kannst als ich."

Gyöngyi musste lachen, wenn sie an ihr gescheitertes Leben dachte, doch Margit winkte heftig ab. „Du kannst eine Menge, was ich nicht kann. Sag mir was ich tun soll, damit Lajos mich endlich respektiert."

Gyöngyi atmete tief durch.

„Also gut", sagte sie dann. „Das wichtigste ist: Du musst mit den Menschen in der Sprache reden, die sie verstehen."

Seit dem nächtlichen Vorfall hatte Lajos seinen Lebensmittelpunkt leichten Herzens ins Wirtshaus verlegt, da er damit rechnete, dass die beiden Frauen früher oder später wie Kampfhähne aufeinander losgehen würden. Umso verblüffter war er, als er drei Tage später am Morgen zwei fröhlich schwatzende Freundinnen vorfand, die in seinem Bett saßen und sich die Zehennägel lackierten. Fassungslos blickte er von einer zur anderen.

„Verschwindet sofort aus diesem Zimmer!", schrie er und schwankte auf das Bett zu. Während Gyöngyi sich die Bettdecke schützend bis zur Brust hochzog, blieb Margit wo sie war und lächelte ihn herausfordernd an.

„Wir haben uns nur einen schönen Abend gemacht", sagte sie. „Wir hatten viel zu besprechen."

Die dunkelblaue Ader an seiner Stirn drohte zu zerspringen und er hob die Hand. „Wie redest du mit mir?", schrie er.

„So, wie du immer mit mir geredet hast", entgegnete sie ungerührt.

„Verdammt noch mal!" Fassungslos blickte er von seiner Frau zu Gyöngyi und zurück. „Ich habe sie nicht als deine Spielgefährtin ins Haus geholt!"

„Sondern?" Margit straffte ihr Rückgrat. „Etwa als deine?"

Er starrte sie sekundenlang an.

Ein erster Schlag wischte die Nagellackfläschchen vom Nachttisch. Der zweite sollte Margit gelten, da er nicht damit rechnete, dass sie sich wehren würde. Doch sie war flugs aus ihrem Bett geglitten und packte ihre neue Mitbewohnerin, die immer noch die Bettdecke umklammert hielt, bei der Hand.

„Komm, Gyöngyi", sagte sie entschlossen.

Sie schob ihre verblüffte Mitbewohnerin zur Tür hinaus, ergriff im Vorbeigehen zwei Mäntel aus der Garderobe, schlüpfte in ihre Stiefel, warf ein zweites Paar ihrer neuen Freundin zu und dann flog die

Haustür hinter ihnen ins Schloss, während Lajos aus seiner Erstarrung erwachte und die Fäuste rang.

Wochenlang stapelten sich Lajos' Bierdosen am Küchentisch. Margit war nicht zurückgekehrt und die Wohnung strotzte vor Schmutz, klebrige Töpfe türmten sich in der Küche, von Fliegen umschwirrt. Als er eines Tages am Küchentisch saß und sich bemühte, einen klaren Gedanken zu fassen, fiel plötzlich ein rechteckiger Umschlag durch den Briefschlitz. Lajos stand mühevoll auf und schlurfte ins Vorzimmer.

Ungeduldig riss er den Umschlag auf und überflog die sorgfältig geschriebenen Zeilen seiner Frau.

Er musste mehrmals lesen, bis er verstand, was sie geschrieben hatte. Auf dem Papier stand, dass sie jetzt mit einer Freundin zusammenwohne – er verzog das Gesicht, als habe er Zahnschmerzen – und dass sie sich einen Anwalt nehmen und sich von ihm scheiden lassen werde, wegen – er lachte höhnisch auf – „Nichterfüllung ehelicher Pflichten".

„Die Frau ist verrückt geworden", murmelte er. „Genau wie ihre Mutter."

Er ließ sich auf einen Küchenstuhl fallen und dachte daran, wie schön alles angefangen habe, mit dem Csárdás und dem Liebesbrief mit dem roten Herzen. Nun hatte er nicht einmal mehr jemanden, der ihm die Wohnung sauber hielt.

Er packte den Brief, riss ihn in lauter kleine Fetzchen und Minuten später saß er am Küchentisch, wiegte den Kopf in seinen Händen und fand sich in seiner Überzeugung bestätigt, dass die Frauen einen nichts als ruinieren.

Pacha Mamas Rache

Als Jochen fünf Jahre alt war, nahm ihm sein Vater den Teddybären aus dem Arm, drückte ihm ein Gewehr in die Hand und sagte, wenn er ein Mann sein wolle, müsse er schießen können. Mit sieben erlegte Jochen seinen ersten Fasan auf einem herbstlichen Stoppelfeld und sah fasziniert zu, wie die Schrotkugeln das Tier im Flug zerfetzten.

In dem kleinen Dorf, in dem Jochen aufgewachsen war, war die Jagd das zweitwichtigste Ereignis nach dem sonntäglichen Kirchgang. Sein Vater war beinahe so angesehen wie der Bürgermeister, geordnet nach der Anzahl und Größe der Hirschgeweihe im Wohnzimmer. Er fühlte sich verantwortlich, den Wildbestand im Wald zu regulieren; die Lust am warmen Blut, die er empfand, wenn er einen Rehbock ausweidete, erwähnte er nie.

„Die Natur ist Eigentum des Menschen", sagte er zu seinem Sohn. „Wir haben die Aufgabe, sie nach unseren Vorstellungen zu gestalten. Schließlich steht schon in der Bibel, der Mensch mache sich die Erde untertan."

Jochen wollte, dass sein Vater stolz auf ihn war. Nachdem er seinen Ekel überwunden hatte, fand er Gefallen am Ausweiden, freute sich über seinen Mut, wiegte ein triefendes Herz in seiner Hand, fragte, ob sein Herz auch so aussehe, und warf die Gedärme gewissenhaft in die entsprechenden Plastikeimer im Hof.

Er werde einmal ein hervorragender Arzt werden, sagte sein Vater, schließlich habe er schon mehr Herzen in der Hand gehabt als die Weißkittel im Fernsehen. Mit Jochens Sprung über den väterlichen Schatten traf auch diese Prophezeiung ein, und Jochen wurde tatsächlich ein angesehener Arzt. Parallel zu seiner glänzenden Karriere wuchsen die Fälle akuten Unwohlseins bei den attraktiven Damen in seiner Umgebung und bald war er in seinem Dorf der begehrteste Junggeselle.

Es dauerte nicht lange, bis er Célines Herz gewonnen hatte, eines blassen und ätherischen Geschöpfs, dessen Herz ihn nicht viel Blut kostete.

Jochen liebte seinen Beruf, und am meisten die Macht, die die Patienten vertrauensvoll in seine Hände legten. Es war die Macht des Gebens und Nehmens im Spiel des Lebens, dessen Spielmeister er war. Bei seiner Arbeit schenkte er großzügig, was er bei der Jagd auslöschte.

Er mochte das Krankenhaus, dessen strenge Hierarchie ihm zusagte. Es war ein sehr altes Krankenhaus mit direktem Verbindungsgang zum benachbarten Kloster, eine direkte Verbindung in den Himmel für die armen Seelen. Die Trennung zwischen Kloster und Krankenhaus markierte die Statue der heiligen Barbara mit erhobenem Schwert. Dieses war fixiert worden, nachdem ein verwirrter Patient es nach der Narkose aus der Holzscheide gezogen und damit den Primar bedroht hatte. Die Statue blieb, solchermaßen unschädlich gemacht, an ihrem Platz, da es die Nonnen so wollten; sie hatten in diesem Haus mehr zu sagen als der Primar. Wenn Jochen ihnen im Gang begegnete, schlugen sie keusch die Augen nieder, doch hinter seinem Rücken drehten sie sich um und warfen ihm bewundernde Blicke zu.

Am stolzesten war Jochen, als ein Bild von ihm in der Krankenhauszeitung erschien. Es zeigte ihn als liebevollen Vater, links von ihm seine fünfjährige Tochter, rechts der abgetrennte Kopf eines Rehs, das er soeben erlegt hatte und das nun aus leblosen Augen in die ewigen Jagdgründe starrte. In einem ausführlichen Interview erklärte er, wie sehr er die Natur und seine Familie liebe und dass es sein größter Wunsch sei, einmal zu einer Jagdsafari nach Südamerika zu fahren.

Die Nonnen lasen die Zeitung verstohlen neben ihrem Morgenkaffee und freuten sich.

Jochens Sehnsucht nährte sich aus den Erlebnissen seiner ersten
Jagdsafari, die ihm sein Vater zum Studienabschluss geschenkt hatte.
Sie waren damals gemeinsam nach Kenia gefahren. Weder hatte
Jochen die prachtvollen Sonnenaufgänge über der Savanne vergessen,
noch den Moment, in dem er zum ersten Mal einem Elefanten gegen-
übergestanden war. Er blickte in die aufgerissenen Augen des Tieres,
das ihn in dem umzäunten Gehege erschöpft fixierte, als wolle es ihn
fragen, warum sein Lebenslicht so sinnlos ausgelöscht werde.

Jochen legte sein Gewehr an.

„Weil ich für dieses Vergnügen bezahlt habe."

Er drückte ab und traf das Tier mit einem glatten Schuss mitten ins
Herz, bevor seine Vorderbeine einknickten und der dreißigjährige
Elefant besiegt zusammenbrach.

Jochen und Bruce lernten einander bei einem internationalen Kon-
gress kennen. Sie fanden sich auf Anhieb sympathisch. Bruce war ein
Kollege aus Amerika, weltmännisch, souverän, ein hervorragender
Arzt und ebenfalls ein begeisterter Jäger. Er pflegte seinen Jagdaus-
weis im Portemonnaie bei sich zu tragen wie Jochen seinen Führerschein. Bruce erzählte Jochen, dass er diesen Sommer eine Jagdsafari
in Mexikos Hinterland plane. Er kenne sich in Texas gut aus, es sei
nur ein Katzensprung über die Grenze. Jochen hörte mit glänzenden
Augen zu. Sehnsuchtsvoll erzählte er Bruce, dass es sein größter
Traum gewesen sei, ein Krokodil zu erlegen, seitdem er ein kleiner
Junge war. Bruce konnte das gut verstehen. Da er sehr großzügig
war, lud er seinen Kollegen kurzerhand ein, ihn nach Mexiko zu
begleiten. Jochen solle sich keine Sorgen machen, Bruce selbst würde
ihn als persönlicher Guide durch die Gegend führen, und währenddessen stünde seiner Familie ein Fünfsternehotel mit Swimmingpool zur
Verfügung. Das Beste, sagte er, sei, dass es dort keine lästigen Einheimischen gäbe, die würden nur stören mit ihren vielen Kindern und

der lauten Musik, und würden sowieso lieber an den Strand fahren als in die schönen Hotels. „Es sind primitive Menschen. Sie wissen schon, die fremden Kulturen", fügte er hinzu. „Es gibt dort tatsächlich Leute, die noch an Pacha Mama glauben, an die Erdgöttin, die uns beschützt, und solche Sachen", sagte er kopfschüttelnd und zwinkerte seinem Kollegen belustigt zu.

Jochens Kollegen feierten seinen Abschied mit einer kleinen Sektparty. Einen Tag später saß er im Flugzeug und lächelte zufrieden. Jeder Kilometer, der ihn über den Ozean führte, brachte ihn seinem Lebenstraum näher. In einem Anflug von plötzlicher Rührung streichelte er die Hand seiner Frau Céline. Als sie in Mexiko landeten, brach der nächste Morgen bereits an. Bruce kümmerte sich um das Mietauto, Jochens Tochter jammerte, sie habe Durst, sie müsse auf die Toilette, sie sei müde. Fünf Stunden lang rumpelte der Jeep über immer schlechter werdende Straßen, bis das Hotel in einer flirrenden Sandwüste vor ihnen auftauchte wie eine Fata Morgana. Von hier aus konnte man das Meer sehen wie einen türkisgrünen Spiegel, aber Céline gefiel der Pool besser, sie hasste es, wenn beim Baden im Meer etwas Lebendes ihre Beine streifte.

Am Morgen der Jagdsafari stand Jochen bereits in der Dämmerung auf. Bruce sollte ihn mit seinem Jeep vor dem Hotel abholen. Leise, um Céline nicht zu wecken, stapfte Jochen aus dem Hotel, um auf seinen Freund zu warten. Draußen begannen die Vögel mit ihrem morgendlichen Konzert. Das erste, was ihnen in Mexiko aufgefallen war, waren die Stimmen der Vögel, die die Luft erfüllten und sie aus dem Schlaf rissen wie tropische Papageien, doch als sie den Himmel nach ihnen absuchten, sahen sie nur eine zerzauste Amsel.

Jochen war gut ausgerüstet. Er trug sein Gewehr über der Schulter, ein Buschmesser im Gürtel und feste Gummistiefel. Er überlegte, wie er seine neue Mini-Nikon transportieren sollte, mit der er sein Abenteuer für die Nachwelt festhalten wollte. Vorsichtig legte er den Plastiksack mit seinen Sachen auf den holzgeschnitzten Tisch der Terrasse. Er hatte vieles beachtet, das Klima, die Luftfeuchtigkeit, nur nicht, dass ihn jemand beobachten würde.

Wie eine lautlose Eingreiftruppe hangelte sich eine Reihe Totenkopfäffchen vom benachbarten Urwald über das Dach hinüber zur Terrasse. Auch sie waren früh aufgestanden und der verlockend glänzende Plastiksack mit Jochens Kamera darin war ihren scharfen Augen nicht entgangen. Der erste Affe griff danach. Mühelos hob er den Sack mit seinen Pfoten auf und hielt ihn mit den Zähnen fest, bevor er mit der Beute davonhüpfte. Jochen sah gerade noch den schimmernden Plastiksack mit seiner kostbaren Kamera zwischen den Zweigen verschwinden und die geringelten Schwänze, deren Tanz ihn auszulachen schien. Sprachlos starrte er den Affen hinterher. Sein erster Gedanke war, hinterherzuschießen, doch die Tiere bewegten sich so schnell, dass nicht einmal er sie treffen würde, und zweifellos würden sie in alle Windrichtungen zerstieben, wenn es knallte.

Fluchend warf er einen Blick auf seine Uhr. Bruce war sicher schon unterwegs, um ihn abzuholen. Verärgert suchte er die Tarnung des Blätterdachs nach den Dieben ab. Tatsächlich erkannte er sie hoch oben in den Baumkronen. Der Affe, der seinen Plastiksack gestohlen hatte, saß auf einem dicken Zweig und begutachtete sorgfältig seinen Inhalt. Der Reihe nach zog das Tier einen Gegenstand nach dem anderen heraus, zuerst Jochens Sonnenbrille, seine Kreditkarten, seinen Reisepass, biss probeweise hinein, und warf sie dann missbilligend hinunter. Jochen brach der Schweiß aus, wenn er sich vorstellte, dass der Affe seine Kamera zerbeißen würde.

„Meine Nikon!", jammerte er. „Bitte, Affe, gib mir meine Nikon-Kamera zurück!" – doch der Affe warf stattdessen seinen Hotelschlüssel hinunter und traf Jochen auf der Stirn.

„Verdammtes Biest!", schrie er unterdrückt, bevor er auch schon im Geldregen stand wie das Sterntalermädchen, denn der Affe hatte seine Geldbörse geöffnet und schüttelte die Münzen einzeln heraus. Als nächstes flog sein Pass hinunter und traf ihn an der Schulter. Jochen rang vor Zorn die Fäuste gegen den Himmel. Da ertönte das Tuckern des Jeeps im Hintergrund. Offenbar kam Bruce, um ihn abzuholen. Jochen drehte sich hektisch um, deutete ihm, nicht näher zu kommen, ließ den Affen dabei einen Moment lang aus den Augen, und als ihn etwas Hartes an der Schläfe traf, sprang er erschrocken zur Seite und spürte ein unheilvolles Knirschen unter seiner Fußsohle. Während der geringelte Affenschwanz im Blätterdach verschwand, registrierte er fluchend, dass er soeben seine kostbare Nikon-Kamera zertreten hatte.

Sie fuhren mit dem Jeep durch Palmölplantagen, schweigend, da sich Jochen immer noch über den Verlust seiner Kamera ärgerte. Schließlich erreichten sie die Wildnis, wo die Straße in eine staubige Schotterpiste überging, und irgendwo blieb Bruce stehen und stellte das Auto ab. An einer undefinierbaren Stelle zog er die Pflanzen auseinander und sie betraten einen Pfad, der mitten in den Dschungel führte. Das undurchdringliche Grün schluckte jedes ihrer Geräusche. Irgendwo war das Quietschen eines Vogels zu hören, das wie eine rostige Tür klang, und wie ein fernes Donnergrollen röhrte ein Brüllaffe, der seine Herde verloren hatte. Immer wieder peitschten Jochen Halme ins Gesicht, obwohl Bruce, der voranging, sie sorgsam zur Seite bog.

Sie waren kaum zwanzig Minuten gegangen, als Jochens Hemd bereits schweißnass an seinem Körper klebte. „Hast du genug getrunken?", fragte Bruce besorgt. Jochen bejahte zögernd und gab zu, dass ihm schwindlig war. „Hier im Urwald braucht man dreimal so viel", sagte Bruce und zog seine Feldflasche hervor. Jochen trank sie bis auf den letzten Tropfen aus, bevor Bruce sie ihm noch entreißen konnte. „Jetzt haben wir kein Wasser mehr“, sagte sein Freund bekümmert.

Schließlich wurde der Untergrund brüchig, Hügel und Gräben türmten sich auf, von lockerem Laub bedeckt. „Hier gibt es alte Ruinen“, sagte Bruce. „Von den Inkas, Mayas, was weiß ich, solch altes Zeug.“ Sie seien von den Archäologen noch nicht entdeckt, daher auch nicht gesichert worden, und seien sehr lästig auf seinen Jagdausflügen. Jochen nickte schweigend, da er immer noch den Verlust seiner Kamera bedauerte. Bruce reichte ihm seine. Nachdem sie einen kleinen Hügel überquert hatten, bog er ein paar Zweige zur Seite. Vor ihnen lag ein Steinhaufen, von losem Laub spärlich bedeckt. „Das ist eine Ruine“, sagte Bruce und deutete auf einen steinernen Torbogen, der unter dem dichten Laub kaum zu erkennen war. „Wir müssen hier durchkriechen, um zum Krokodilfluss zu gelangen. Seitdem hier alles zum Naturschutzgebiet erklärt worden ist, gibt es keinen anderen Weg mehr.“ Er sah seinen Freund eindringlich an. „Ich gehe voraus“, sagte er. „Folge mir vorsichtig, aber möglichst gebückt und ohne auch nur einen Stein zu berühren, sonst stürzt das ganze Zeug in sich zusammen.“

Er verschwand im niedrigen Torbogen und Jochen bemühte sich, es ihm nachzumachen, was aufgrund der sperrigen Waffe und des großen Rucksacks ziemlich schwierig war.

Im Inneren der Ruine war es schattig und kühl. Auf der anderen Seite war das gleißende Licht des Ausgangs zu sehen. Bruce ging zielstrebig darauf zu, doch Jochen blieb in der Mitte des Raumes stehen, fasziniert von der mysteriösen Atmosphäre im Inneren des jahrtausendealten Gebäudes. Was das Dunkle sei, das von der Decke hänge, fragte er.

„Das sind Fledermäuse“, brummte Bruce. „Komm, Kumpel, ich bin nicht gerne hier drinnen.“

Jochen zückte Bruces Kamera und versuchte verstohlen, die Fledermäuse heranzuzoomen. Er fand den richtigen Knopf. Sekundenbruchteile später leuchtete das Halbdunkel der Ruine taghell auf.

Den Bienen genügte dieser kurze Moment, um die Eindringlinge anzugreifen. In wütenden Schwadronen strömten sie aus ihrem Bienenstock, bereit, ihn vor allen Feinden zu verteidigen, blindwütig in die Richtung, aus der der bedrohliche Blitz gekommen war. Jochen stand wie angewurzelt, brauchte Sekunden, um zu begreifen, welch gefährlicher Irrtum ihm unterlaufen war, dann spürte er auch schon die Stiche am Hals und an der Wange, noch bevor er das Summen hörte, und schrie auf und schlug wie wild um sich. Bruce war umgekehrt, hatte einen Zipfel von Jochens Hemd erwischt und zog ihn in Richtung Ausgang.

„Schscht! Leise!", zischte er, während Jochen in Panik um sich schlug. „Schnell, wir müssen hier raus! Das ist das Territorium der Riesenbienen, gegen die kommen wir nicht an!"

Er kroch auf den Knien durch den Ausgang zurück. Jochen folgte ihm, das schwere Gewehr versperrte ihm den Weg, und im letzten Augenblick schlug er sich schmerzhaft den Kopf im Torbogen an, während die Steine krachend in sich zusammenfielen und die Bienen mitsamt ihren Stöcken unter sich begruben. Im Geiste verfluchte Jochen den Dschungel und den gesamten Ausflug.

„Wieso hast du geblitzt?", fragte Bruce atemlos, nachdem sie sich in Sicherheit gebracht hatten. „Das darfst du nicht. Die Wildtiere fühlen sich angegriffen."

„Ich fühle mich auch angegriffen", brummte Jochen und wischte sich das Blut von der Unterlippe. Er wollte sich ein wenig das Gesicht waschen, da fiel ihm ein, dass sie kein Wasser mehr hatten.

Als sie eine kleine Waldlichtung erreichten, floss ihnen der Schweiß bereits in Strömen über den Rücken. „Hier ist der Fluss nicht mehr weit", sagte Bruce.

„Wo sind denn nun die verdammten Krokodile?", keuchte Jochen. Die Bienenstiche schmerzten immer noch.

Bruce deutete ihm zu warten; er würde vorgehen bis zu der Stelle am Fluss, wo das Boot ankere. Von dort aus würden sie die seichten Gewässer zwischen den Mangrovenwäldern nach den Krokodilen absuchen. Es sei schwierig sie zu finden, sie seien gut getarnt, doch nach so viel Pech hätten sie nun wirklich etwas Glück verdient.

Jochen war einverstanden. Wenn er sich schon bis hierher vorgewagt hatte, wollte er wenigstens nicht unverrichteter Dinge heimkehren. Er hockte sich ins Unterholz, um sich ein wenig auszuruhen und innerhalb von Sekunden wurde sein Kollege von Baumstämmen und Schlingpflanzen verschluckt.

Jochen spürte, wie die Wunde an seiner Lippe anschwoll. Vielleicht hatte er eine Allergie gegen Bienen. Er ärgerte sich, dass er kein Antibiotikum dabeihatte, oder zumindest eine antibiotische Salbe, auch wenn die nicht viel nützte. Irgendwann hatte er einmal gelernt, dass die Einheimischen die besten Gegenmittel hatten, doch wo sollte er hier einen Einheimischen herbekommen? Bestimmt verwendeten sie nur Pflanzen, das konnte er auch. Ihm fiel ein, dass seine Frau immer Aloe-Vera-Gel auftrug bei Sonnenbrand, das wuchs hier doch in rauen Mengen. Man müsste nur ein Blatt abschneiden und das kühlende Fruchtfleisch herausdrücken. Jochen sah sich um; auf einem Baum gegenüber wuchs tatsächlich eine Pflanze die genauso aussah wie Aloe Vera. Er stapfte zu dem Baum, trampelte sich einen kleinen Platz mit seinen Gummistiefeln frei, dann zog er sein Buschmesser aus der Tasche und streckte sich zur Pflanze empor. Doch sie saß fest, krallte sich an den Baumstamm, der sie ernährte, und Jochen biss die Zähne zusammen, säbelte und schnitzte, und auf einmal fiel die ganze Pflanze vor seine Füße hinunter und aus dem engen Loch in der Mitte huschte ein verstörter Skorpion.

Jochen unterdrückte einen Schrei. Der Skorpion schoss pfeilschnell auf ihn zu, und er hob seinen Fuß und trat auf ihn, doch hier in Ufernähe war die Erde so weich dass sie nachgab, und der Skorpion kroch unverletzt wieder unter seinem Stiefel hervor und setzte erneut zum Angriff an. Starr vor Schreck bemerkte Jochen, dass das Tier den glatten Schaft seiner Gummistiefel hochzuklettern begann, starrte auf seine nackten Beine, die darin steckten, und von Todesangst erfüllt hob er sein Buschmesser, hieb auf den Skorpion ein und teilte ihn mit einem gezielten Schnitt in zwei zappelnde Teile, bevor das Messer den Schaft seines Stiefels durchschnitt und in seinen eigenen Fuß eindrang. Mit aufgerissenen Augen starrte er auf das dunkelblaue Gummi, aus dem das Blut hervorquoll. Noch bevor der Schmerz sein Bewusstsein erreichte, zog sich sein Magen vor Ekel zusammen.

„Bruce! Verdammt, Bruce, wo bist du! Ich habe meinen Fuß zerschnitten!", schrie er und krümmte sich vor Schmerzen. Doch der Urwald antwortete in seiner eigenen Sprache und der Lärm störte eine gelbe Schlange auf, die im Unterholz geruht hatte und sich nun zischend hervorschlängelte wie eine wütende Hausmeisterin, die bei ihrem Mittagsschlaf gestört worden war.

Schützend hob Jochen sein Gewehr, richtete es auf die Schlange und drückte ab, doch sie wich geschmeidig aus und der Schuss ging ins Leere. Stattdessen hatte er die Leguane aufgescheucht, die nun zu Dutzenden aus dem Unterholz hervorgekrochen kamen wie eine geheime Armee, den Kopf in wilden Drohgebärden auf- und abschwenkend. Binnen Sekunden war Jochen von zwei Dutzend leuchtenden Augenpaaren umgeben, allen voran die gelbe Schlange, die sich mit angriffslustigem Zischen näherte. Es war, als würde sich der Urwald für seine Absichten rächen, als hätte Pacha Mama endgültig die Geduld verloren mit diesem Menschenkind, das den Frieden des Waldes störte. Entsetzt warf sich Jochen ins Gestrüpp, in die Richtung, in der Bruce verschwunden war. Er spürte keine Schmerzen mehr, stolperte, griff mit den Fingern in die Erde, Spinnen tauchten daraus hervor und liefen seine nackten Arme hoch, Zweige schlugen ihm ins Gesicht, kreischende Vögel flatterten daraus hervor, bei einem Blick zurück sah er, dass das Heer der Leguane ihm immer noch folgte, über ihnen der gelbe Schlangenkopf, und er lief und stolperte und kroch weiter, von blinder Verzweiflung getrieben, diesen grünen Alptraum loszuwerden.

Da sah er plötzlich Wasser durch die Zweige schimmern. Er wusste nicht, ob Schlangen schwimmen können, nur, dass er ins rettende Wasser musste, um das grausige Getier abzuschütteln. Ohne nachzudenken setzte er einen Schritt in den trüben Schlamm. Das Wasser war überraschend warm, mischte sich mit dem frischen Blut, das immer noch aus seinem Gummistiefel quoll.

Bruce sah vom Boot aus, wie sein Freund ins Wasser lief.

„Hey! Doktor!", schrie er. „Sind Sie wahnsinnig geworden?" Und er wedelte mit den Armen, um Jochen zu warnen.

Doch es war bereits zu spät. Das Krokodil, das große, prachtvolle Krokodil, das Bruce extra angelockt hatte um seinem Freund die langersehnte Trophäe seines Lebens zu bieten, das aus purer Lust am Leben getötet werden sollte, dieses prächtige Krokodil drehte langsam seinen Kopf in Jochens Richtung. Der Geruch des frischen Blutes war unverkennbar, und das Tier verspürte Hunger. Mit ein paar langsamen Stößen schwamm der grüne Jäger zu diesem hilflosen Menschenwesen, das sich aus Gott weiß welchen Gründen in sein Jagdrevier verirrt hatte.

Kürbiszeit

Es war Eugens Schuld gewesen, dass Professor Capillari den Rattenkäfig fallen ließ, und diese Schuld sollte ihn sein ganzes Leben lang nicht mehr loslassen.

Er hatte sein Dreirad in der Mitte des Labors abgestellt, wo sein Onkel aufgeregt mit verschiedenen Eprouvetten und dem großen Rattenkäfig in der Hand hin- und herlief. Als er einen dumpfen Knall hörte, blickte Eugen erschrocken hinter dem Brutschrank hervor, wo er sich versteckt hatte.

Sein Onkel kniete auf allen Vieren vor dem Dreirad, über das er gestolpert war, und neben ihm lag der Käfig, dessen Tür weit offen stand. Die Ratten hatten die Gelegenheit genützt und waren aus ihrem Gefängnis entwischt.

„Verdammter Bengel!", schrie Professor Capillari. „Was soll ich denn jetzt machen?" Er raufte sich die Haare. „Meine kostbaren haarlosen Ratten! Schnell! Wir müssen sie wieder einfangen!"

Doch es war zu spät. In Windeseile entflohen die Tiere durch die Ritzen in der Wand des Kellerlabors und verstreuten sich in alle Himmelsrichtungen. Professor Capillari schwante Böses. Er zog seinen Neffen am Kragen aus seinem Schlupfloch hervor und gab ihm eine Ohrfeige.

Zunächst hatte der Vorfall keine weiteren Folgen. Eugen wuchs heran mit dem Wunsch, Forscher zu werden wie sein Onkel, doch diesen Traum gab er bald auf, da seine Lehrer meinten, er sei viel zu tollpatschig dafür und solle lieber Bäcker werden, da könne er nicht so viel anstellen.

So wurde Eugen Bäcker, heiratete sein Lehrmädchen, bekam einen Sohn, der ihm aufs Haar glich und den er David nannte, und er hätte nie wieder an seine Kinderzeit zurückgedacht, hätten Ratten nicht die Eigenschaft gehabt, sich sehr schnell zu vermehren.

Professor Capillari war bereits Krebsforscher gewesen, als man dieses Wort noch gar nicht kannte, und sein Ansatz war so banal wie innovativ: Sobald eines seiner Versuchstiere eine undefinierbare Veränderung an seinem Körper entwickelte, stellte er sich in sein Labor, sperrte die Tür zu, mischte nächtelang Pasten und Tinkturen aus allen möglichen Zutaten wie Teer, Blut und Schweinefett zusammen, schmierte dann die Ratte von Kopf bis Fuß damit ein und band ein paar Leinenflecken um ihren Körper, um die Tinktur möglichst gut einwirken zu lassen.

Irgendwann war ihm ein Tier mit auffallend schütterem Fell untergekommen, das er besonders gut behandeln konnte, und das hatte ihn auf die Idee gebracht, Ratten ohne Fell zu züchten, da diese ideale Versuchstiere waren. Schon nach wenigen Generationen bevölkerten rosig nackte Tiere seinen Käfig, und er hütete sie wie einen Schatz. Professor Capillari wusste nicht, dass ein Virus schuld war am Verlust des Felles, ein Virus, das mitgezüchtet und damit immer mächtiger wurde.

Als die Ratten an jenem denkwürdigen Tag vor vielen Jahren – Eugen sei Dank – die Freiheit erlangten, eröffneten sich für die Viren ungeahnte Möglichkeiten. Hatten sie zunächst nur die Zellen der Ratten zur Verfügung gehabt, konnten sie jetzt die der Hunde befallen, die die Ratten fraßen; und als die Hunde mit zunehmender Zivilisation in den Betten, Sofas und Badewannen der Menschen Einzug hielten, fanden sie schließlich ein wahres Paradies an Möglichkeiten vor und begannen munter, die Zellen der Menschen zu bevölkern.

Die Krankheit begann in kleinen, gut abgegrenzten Gruppen. Immer mehr Menschen bemerkten einen stetigen, unaufhaltsamen Haarausfall. Die Haare hingen morgens im Kamm, zwirbelten sich in den Handtüchern zusammen, klebten zwischen den Gesäßbacken beim Duschen und hafteten besonders gut an dunkler Kleidung. Jedem war es peinlich, darüber zu sprechen. Manche Männer behalfen sich, indem sie die übriggebliebenen Haare über den Scheitel auf die andere Seite kämmten, viele Frauen schnitten sie ganz kurz und betonten, dies sei die neueste Mode.

Niemand fragte den anderen, warum er das machte, da er selbst nicht gefragt werden wollte, und weil niemand darüber sprach, konnte sich das Virus so schnell verbreiten.

Jedem war es peinlich, seine ausgefallenen Haare zu zählen. Es häuften sich Beschwerden über verstopfte Abflussrohre, die Putzfrauen plagten sich, all die Haare aus den Schwimmbädern zu entfernen, und die Friseure kamen mit dem Putzen des Fußbodens nicht mehr nach. Die Reinigungsfirmen rieben sich die Hände über den unerwarteten Profit. Jeder versuchte, sein Leiden zu verbergen, besonders die jungen Mädchen, die Berge von Haaren auf den Kopfpolstern ihrer Geliebten hinterließen.

Das Virus war heimtückisch. Die Haare wuchsen leider nicht mehr nach. Dafür begann das Geschäft der Perückenmacher zu blühen. Tonnenweise importierten sie glattes, krauses, blondes, schwarzes Haar aus allen Erdteilen und in kürzester Zeit sprossen Perückengeschäfte aus dem Boden wie Pilze im Sommerregen. Jeder kaufte sich heimlich ein Toupet, doch niemand hätte es zugegeben. Jeder schämte sich vor seinen Nachbarn, selbst zu den Haarlosen zu gehören, und wenn sich jemand noch mit einer künstlichen Löwenmähne auf die Straße traute, spürte er das Tuscheln hinter seinem Rücken und misstrauische Blicke begannen zu wuchern wie Unkraut.

Zu dieser Zeit war Eugens Sohn ungefähr zwölf Jahre alt. Er war in der behüteten Umgebung der Backstube aufgewachsen, in der es immer ein wenig nach Zimtschnecken roch, doch seine haselnussbraunen Augen blickten fragend in die Welt, und als ihm die ersten Haare ausfielen, starrte er das Büschel in seiner Hand anklagend an.

„Mama!", schrie David. „Mir fallen die Haare aus!"

„Das macht nichts", sagte die Bäckermeisterin und kehrte sie wortlos zusammen. „Du darfst nur mit niemandem darüber sprechen, hörst du, mit niemandem."

Das war schwierig, denn bald hatte David überhaupt keine Haare mehr. Seine Eltern kauften ihm eine Perücke, die er zuerst widerwillig trug, dann mit dem trotzigen Stolz des Außenseiters. Seine Eltern munkelten hinter vorgehaltener Hand etwas von einem Virus und einem alten Professor aus seiner Verwandtschaft, doch in seiner Umgebung schien außer ihm niemand betroffen zu sein. Jeder achtete sorgfältig auf seine Frisur. Nur manchmal, wenn seine Eltern bei Sturm in Panik ihren Hut festhielten, fragte sich David, ob die Erwachsenen ihm irgendetwas verschwiegen.

David gefiel sich gar nicht mit Glatze. Sie bildete einen seltsamen Kontrast zu seinem knochigen Jungenkörper, wenn er sich traurig im Badezimmerspiegel betrachtete.

Er fragte sich, ob seine Klassenkameraden von seiner Perücke wussten. Es war ihm nicht egal, vor allem wegen Kassandra, dem hübschesten Mädchen der Klasse. Sie saß in der Bank vor ihm und hatte hüftlange tizianrote Locken. David fragte sich manchmal, wie sich ihre Haare wohl anfühlen mochten. Einmal hatte sie sich umgedreht und ihn mit einem spöttischen Blick um einen Bleistift gebeten, doch zu seinem Ärger hatte er kein Wort herausgebracht, geschweige denn den Bleistift. Inzwischen war er sich sicher, dass sie glaubte, er würde sie nicht mögen.

Ganz sicher war er sich nach dem Schulausflug.

Sie standen in einer Zweierreihe am Gang, während der Lehrer die Kinder durchzählte. Die Luft war erfüllt vom Geruch nach Pausenbroten und der verlockenden Möglichkeit, für ein paar Stunden vom lästigen Stillsitzen befreit zu sein. Kassandra stand direkt vor David und er konnte den Blick nicht von ihren Haaren wenden. Es waren nur rund zwanzig Zentimeter zwischen seiner Hand und ihren Haaren, und wie ferngesteuert bewegten sich seine Finger immer näher zum roten Haarmeer hin. Auf einmal bekam er eine Strähne zu fassen und ohne sich dessen richtig bewusst zu sein, zupfte er leicht daran.

Kassandra wirbelte herum und er sah den blanken Zorn in ihren Augen blitzen.

„He, lass das, du Idiot!", schrie sie und stürzte sich auf ihn. Bevor David noch irgendetwas sagen konnte, war sie auch schon mit der Hand in seine Haare gefahren. Sie riss an ihnen, so fest, dass sich seine Perücke löste, und während er vergeblich versuchte, sie mit beiden Händen festzuhalten, zog sie sie ihm auch schon im Zeitlupentempo vom Kopf. Das Lachen und Reden der anderen Kinder war augenblicklich verstummt. Es war mucksmäuschenstill und jeder blickte auf David und Kassandra, die ungläubig auf die Trophäe starrte, die in ihrer Hand hing wie das Fell einer toten Katze.

David fühlte sich, als hätte man ihm die Haut abgezogen. Er glaubte, unter den Blicken der anderen Kinder zu schmelzen und konnte sich nicht mehr bewegen.

Innerhalb von Sekunden brach das Lachen los. Wie eine Meute von Raubtieren stürzten sich alle auf ihn, seine Perücke wurde von Hand zu Hand gereicht, während ihm die Tränen in die Augen sprangen. Irgendwann gelang es dem Lehrer, den johlenden Kindern das Beweisstück aus der Hand zu reißen und es David zurückzugeben. Er riss seine Perücke an sich, rannte auf die Toilette, sperrte sich ein und wäre nicht wieder herausgekommen, wenn nicht der Schulwart die Türe aufgebrochen hätte, was weitere Strafen nach sich zog.

Die Nachricht von Davids Glatze verbreitete sich wie ein Lauffeuer.

Mit der den Kindern eigenen Grausamkeit erzählte Kassandra kichernd all ihren Freundinnen, David sei kahl wie ein Kürbis, und der Spitzname prägte sich ihm unauslöschlich ein. Seine Schulkameraden tuschelten hinter seinem Rücken und lachten, er hörte sie ständig etwas von Kürbissen raunen, und wann immer die Rede von einem echten Kürbis war, war in der Klasse die Hölle los.

Arthur, der hinter ihm saß, war am schlimmsten. Er war groß und hatte einen blonden Lockenkopf, den er sich mit gespielter Lässigkeit zauste, wann immer ihn ein Mädchen anlächelte, da er sich sicher war, dass alle heimlich in ihn verliebt waren. Kaum hatte Arthur von Davids vermeintlichem Makel gehört, machte er sich einen Spaß daraus, mit seinem Lineal nach Davids Perücke zu fischen, und je mehr David zur Seite rückte, desto unbarmherziger verfolgte ihn Arthur.

David war immer ein guter Schüler gewesen, doch jetzt wurde er immer stiller. Er traute sich nicht mehr, aufzuzeigen und irgendetwas zu sagen, um nicht noch mehr Aufmerksamkeit zu erregen. Die Lehrer begannen, sich Sorgen zu machen. Nur der Lehrer, der damals beim Schulausflug dabei gewesen war, konnte den Jungen verstehen. Doch er hatte seine eigenen Gründe, nicht über Perücken zu sprechen.

In David begann der Zorn zu schwären. Er hatte sich damit abgefunden, dass die anderen Kinder hinter seinem Rücken lachten und er beim Sport immer als letzter gewählt wurde, weil er sich vor fliegenden Bällen duckte, da immer die Gefahr bestand, dass ihm jemand die Perücke vom Kopf schoss. Womit er sich jedoch nicht abfinden konnte, war, dass die Lehrer ihn zunehmend für dumm hielten. Er

hatte es sich in den Kopf gesetzt, Forscher zu werden wie sein Großonkel und das erste, was er erforschen wollte, war ein Mittel gegen
Haarausfall.

„Nun, es ist an der Zeit zu überlegen, was ihr später einmal werden
wollt", sagte der Lehrer, klappte seine Mappe zu und sah erwartungsvoll in die Runde.

„Friseurin", sagte Samantha.

„Haarstylistin", piepste ihre Nachbarin.

„Sehr gut", sagte der Lehrer zufrieden. „Das sind Berufe mit Zukunft. Und du, David?"

„Forscher", sagte David ernst. „Haarforscher."

Arthur hinter ihm begann zu lachen. „Wie wäre es mit Kürbisfor-
scher?", rief er. Sofort begannen alle Kinder durcheinander zu schrei-
en.

„Ja, genau! David wird Kürbisexperte!", riefen sie.

David spürte, wie in seinem Kopf ein Vorhang herunter sauste.
Ohne nachzudenken, sprang er auf, stürzte sich quer über die Schul-
bank auf Arthur und packte ihn bei den Schultern. Im nächsten Moment spürte er einen Schlag auf die Nase und schmeckte warmes Blut
in seinem Mund. Blind vor Wut schlug er zurück und bekam Arthurs
Haare zu fassen. Zuerst bemerkte er gar nicht, dass etwas in seiner
Hand nachgab. Ein heftiger Schlag in die Magengrube ließ ihn zurück-
taumeln – Arthurs blonden Lockenkopf in der Hand.

Der Lärm im Klassenzimmer verstummte schlagartig. Wie zwei
wütende Stiere standen die beiden Jungen einander gegenüber, nur
durch das schmale Klassenpult getrennt. Aus Davids Nase tropfte
Blut, doch er bemerkte es nicht einmal, denn er starrte auf Arthurs
Perücke in seiner Hand und dann auf Arthur, der mit beiden Händen
seine Glatze zu bedecken versuchte. Die Klasse hielt den Atem an. Da

176

stürzte sich Anton, Arthurs bester Freund, auf David. Wieder packte David zu und diesmal hielt er Antons Toupet in der Hand.

Die Mädchen begannen, durcheinander zu schreien. Sie alle wollten Arthurs Perücke, stürzten sich auf die Jungen, und schon rollte ein Knäuel von Kindern über den Fußboden, haltlos ineinander verkeilt.

„Aufhören!", rief der Lehrer und warf sich dazwischen. Doch er hatte die Meute unterschätzt. In dem Tohuwabohu griff plötzlich eine Faust nach dem Lehrer – und zog auch ihm mit einem Überraschungsschrei die Haare vom Kopf.

Panikartig flüchtete Kassandra ins Lehrerzimmer und kam mit der Direktorin im Schlepptau zurück. Vergeblich versuchte sie, den Haufen raufender Kinder zu trennen, zwischen denen der Lehrer gefangen war. Dabei verrutschte auch ihr Haarteil und unter hilflosen Verwünschungen fügte sie sich in die Menge der kahlen Kürbisse ein, die sich auf dem Boden des Klassenzimmers prügelten.

David war längst nicht mehr dabei. Er stand etwas abseits, hielt sich ein Taschentuch unter die Nase und eine ungläubige Freude füllte seine Magengrube. Plötzlich stand Kassandra neben ihm.

„Möchtest du noch ein Taschentuch?", fragte sie leise.

Er nickte.

Sie stieß ihn grinsend in die Seite.

„Jetzt weißt du, weshalb ich damals so wütend gewesen bin, als du mich an den Haaren gezogen hast", sagte sie mit einem schiefen Lächeln, deutete auf die kahle Direktorin und dann auf ihren eigenen Kopf. „Ich habe auch nicht mehr viele ... eigene ..."

David starrte sie fassungslos an.

„Aber ... dann sind wir ja alle kahl?!", rief er, und die plötzliche Erkenntnis schien das ganze Klassenzimmer zu erleuchten. „Dann haben wir alle dasselbe Problem!"

Kassandra nickte kleinlaut.

Mit einem ungläubigen Schnauben schüttelte David den Kopf, packte seine Schultasche und machte sich aus dem Staub.

Der Schulwart stand breitbeinig vor dem Schultor.

„Halt!", rief er. „Wo willst du hin? Wir haben Unterricht!"

Kerzengerade stellte sich David vor ihn hin. „Haben Sie auch ein Toupet?", fragte er ruhig.

„Ich?", rief der Schulwart und lief rot an. „Wie kannst du es wagen, du ungezogener Bengel …" – doch eine Armeslänge reichte David aus um ihm ins Haar zu fassen und plötzlich saß es schief. Der Schulwart erstarrte vor Verblüffung, und David lief an ihm vorbei, aus dem Schultor hinaus.

Unterwegs machte er Halt bei seinen Eltern, der Friseurin, der Perückenverkäuferin. Überall wiederholte sich das gleiche Spiel, alle waren kahl, und alle waren leicht zu enttarnen aus der Verblüffung heraus, dass jemand es sich traute; und es stellte sich heraus, dass die Perückenverkäuferin, die ihn als Kind so mitleidig belächelt hatte, selber am kahlsten war.

David lief und lief, aus der Stadt hinaus, während die Erwachsenen bereits nach ihm suchten, und im Wald ließ er sich mit klopfendem Herzen auf die Erde fallen.

‚Sie haben alle eins!', hämmerte in seinem Kopf. ‚Arthur, Kassandra, der Lehrer, die Direktorin, die Eltern … und ich dachte immer, ich sei der einzige!'

Und während am Abendhimmel langsam der Mond heraufzog, dachte David über die Folgen seiner Erkenntnis nach.

Zu seiner Überraschung flog er nicht von der Schule.

Am nächsten Tag fand er ein Blatt Papier auf seinem Platz. Es zeigte Kassandras ungelenke Handschrift.

„Ich glaube, du wirst ein guter Forscher", schrieb sie.

Der Held

Unter seinen Freunden war Kevin Clementino als Experte für Filme berühmt, und für ihn gab es nur ein Kriterium für einen guten Film: Er musste möglichst grausam sein. Je mehr Blut floss, desto besser unterhielt sich Kevin dabei. Unter seinen Freunden hatte er Ruhm dadurch erlangt, dass er auch die schlimmsten Szenen mit einer Wurstsemmel in der Hand ungerührt verfolgen konnte.

Kevin liebte grausame Filme, denn dort erkannte er Gefühle wieder, die er nicht benennen konnte, vor allem Angst. Kevin war nicht gut darin, Gefühle zu spüren oder gar zu benennen. Das war ein guter Schutz, wenn er gekränkt wurde, aber schlecht, wenn er verliebt war. Er hatte keine Ahnung, wie er einem Mädchen zeigen konnte, dass es ihm gefiel, außer, einen etwaigen Rivalen in einer Ecke des Schulhofs ordentlich zu verprügeln. Dummerweise führte das nie zu Sympathie bei den betreffenden Mädchen, so dass er es irgendwann aufgegeben hatte, die Reaktionen der anderen zu verstehen.

Kevin war als Kind oft alleine gewesen, da seine Eltern, zwei vielbeschäftigte Architekten, nur wenig Zeit für ihn hatten. Noch vor seiner Geburt hatte seine Mutter in der ständigen Angst, ihr Mann könne sie für eine hübsche Praktikantin verlassen, beschlossen, ihren Sohn unabdingbar auf ihre Seite zu ziehen. So wuchs Kevin in der uneingeschränkten Bewunderung seiner Mutter auf, deren Kehrseite bedingungslose Abhängigkeit war.

Er sehnte sich oft nach seinem Vater. In der prägnantesten Erinnerung an ihn sah er sich selbst im Flur stehen, ein selbstgebasteltes Raumschiff in der Hand, das er stolz in die Höhe hielt, bevor der Vater, schon halb aus der Tür draußen, nach einem gequälten Blick mitsamt seinem braunen Aktenkoffer im Türrahmen verschwand. Seine Mutter war gereizt, wenn sie nach der Arbeit nach Hause kam; als Erstes ließ sie sich auf den Küchenstuhl fallen und löste sich eine

Kopfschmerztablette auf. Sie sah es am liebsten, wenn ihr Sohn still vor dem Fernseher saß und sie ihre Ruhe hatte. Kevin wollte die Enttäuschungen ihres Lebens wiedergutmachen und ein Held werden wie die auf dem Bildschirm. Später wurde er in eine Schule eingeschrieben, in der er sich seine Fächer selbst aussuchen konnte, und seine Eltern vertrauten darauf, dass er sich auch das richtige Fernsehprogramm aussuchte.

Da die Helden im Fernsehen niemals weinen, weinte auch Kevin nicht, als er zum ersten Mal in einem Film sah, wie jemandem ein Finger abgehackt wurde. Trotz des Ekels konnte er seinen Blick nicht abwenden und merkte, dass dies eine Fähigkeit war, die er trainieren konnte. Er suchte sich immer mehr Filme aus, in denen Menschen langsam zu Tode gequält wurden und merkte nicht, dass die Bilder unauslöschliche Spuren in seine Vorstellungswelt prägten. Er merkte nur, dass er beim Zusehen immer weniger Angst empfand und dies gefiel ihm.

Als er die Computerspiele entdeckte, konnte er diese Fähigkeit perfektionieren. In der virtuellen Welt hatte er selbst die Möglichkeit, Rivalen zu erschießen, Gliedmaßen abzuhacken und Bäuche aufzuschlitzen, und als er sechzehn war, hatte er noch nie ein Mädchen geküsst, aber Heerscharen von verstümmelten Leichen gesehen, denn dafür gibt es nicht so strenge Altersbeschränkungen wie für die Liebe. Er war ein Held, der niemals versagte.

Kevin wusste, dass einige solcher Computerspiele illegal waren. Dennoch hätte er nie gedacht, dass ihm die Polizei auf der Spur war. Als eines Abends fünf Polizisten das verrauchte Lokal betraten, in dem ein Freund von ihm Geburtstag feierte, und nach seinem Namen fragten, ahnte er sofort den Grund. Er dachte an seine Mutter, und wie sie der Schlag treffen würde, wenn sie erfuhr, dass ihr Sohn die Polizei auf den Fersen hatte. Da wusste er, dass er möglichst schnell von hier verschwinden musste.

Blindlings boxte er sich durch die wogende Menge. Bei einem hastigen Blick über die Schulter merkte er, dass die Polizisten ihm folgten. Mit langen Schritten lief Kevin die nächtliche Straße entlang.

‚Ich muss mich irgendwo verstecken‘, hämmerte es in seinem Kopf. Wie ein Hase auf der Flucht blickte er sich um, doch die Lokale des Universitätsviertels hatten bereits geschlossen; nirgends war eine größere Menschenmenge zu sehen, in der er unauffällig hätte verschwinden können.

Da fiel ihm ein, dass die Institute der medizinischen Universität bis spätabends geöffnet waren, weil sich niemand die Mühe machte, sie zuzusperren. Kevin wusste das von einem Freund seiner Eltern, der eine wichtige Forschungsstelle im Histologischen Institut bekleidete.

Zum Glück war er nur noch eine Gasse von der Universität entfernt. Noch bevor die Polizisten um die Ecke gebogen waren, glitt er lautlos wie ein Schatten in den Torbogen des medizinischen Institutes und verschwand darin. Schnaufend gönnte er sich einen Moment lang Pause, um nach Luft zu schnappen. Er sah, dass er sich in einem dunklen Innenhof befand, um den herum verschiedene Gebäude gruppiert waren. Hinter manchen Fenstern brannte noch Licht.

Hektisch blickte Kevin um sich. Weit und breit war niemand zu sehen. Er probierte, eine Tür zu öffnen, die ins Gebäude führte, doch sie war versperrt.

‚Verdammt‘, dachte er. ‚Es muss doch irgendeinen Hintereingang geben, der noch offen ist.‘

Da sah er die kleine Tür des Gebäudes nebenan. Sie war niedriger als die anderen Eingänge, und ein paar Stufen führten hinunter.

Kevin riss sie auf und blickte vorsichtig hinein. Ein stechender Geruch, den er nicht kannte, schlug ihm entgegen und ließ ihn schaudern, doch angesichts der Polizei im Nacken entschied er, ihn zu ignorieren. ‚Wenn jemand kommt, werde ich fragen, ob Herr Müller da ist', beschloss er. ‚Ich werde sagen, dass ich ein Medizinstudent bin, der neu ist und sich verirrt hat.'

Langsam tastete er sich einen langen, gekachelten Gang entlang. Im Inneren des Gebäudes war es dunkel und er erkannte undeutlich ein paar Truhen, die an der Wand standen. Vorsichtig stieß er die erste Türe rechts auf und erblickte zu seinem großen Erstaunen eine kleine Kapelle. Sie war winzig und bestand nur aus einem Altar mit einem ewigen Licht, das beunruhigend flackerte, und ein paar Reihen zusammengewürfelter Sessel.

‚Seltsam', dachte er. ‚Wozu brauchen die hier an der Uni eine Kapelle?' Plötzlich hörte Kevin Schritte am Gang. Er zuckte zusammen und kroch unter einen Sessel, wobei er sich schmerzhaft den Kopf anstieß.

„So, meine Herren", hörte er eine tiefe Stimme. „Ich glaube, Sie können für heute Abend Schluss machen. Ich sperre jetzt ab."

Die Tür flog auf und ein Mann im blauen Arbeitsmantel blickte zwischen den Sesseln umher. Kevin duckte sich wie ein Kaninchen im Versteck und wagte nicht zu atmen. Doch der Mann schien ihn nicht zu bemerken. „Gute Nacht!", rief er. „Ich gehe dann! Ihr wisst ja — der Ersatzschlüssel ist bei der Truhe — wie immer!"

Kevin wartete, bis sich seine Schritte entfernt hatten, und noch ein bisschen länger, und als er realisiert hatte, dass er die Nacht hier verbringen würde, stand er auf, reckte seine schmerzenden Glieder und beschloss, sich hier ein wenig umzusehen.

Vorsichtig trat er wieder auf den Gang hinaus und drückte die Klinke der nächsten Tür hinunter. Als sie mit einem leisen Quietschen aufschwang, umfing ihn eisige Kälte. Kevin sah eine Wand mit metallenen Schließfächern, die aussahen wie die im Schwimmbad. Einer seltsamen Anziehungskraft folgend, ging er zu einem der Fächer und rüttelte am Verschluss, bis er nachgab und sich die Metalltür quietschend öffnete.

Zuerst sah Kevin nur ein beiges Tuch. Der seltsame Geruch stach ihm stärker ins Gesicht. Dann erkannte er, dass das Tuch um eine menschliche Gestalt gewickelt war, die zu groß war um vollständig bedeckt zu sein. Direkt vor sich erkannte er ein Stück grauer Haut mit buschigen Augenbrauen. Mit klopfendem Herzen taumelte er zurück. Bis jetzt hatte er sich keine Gedanken darüber gemacht, wo er sich befand. Er hatte damit gerechnet, ein paar verstaubte Mikroskope und in Spiritus eingelegte Herzen vorzufinden. Doch dann wurde ihm klar, wo er gelandet war. Kevin brach der Schweiß aus. Er hatte den Tod bis jetzt nur als Außenstehender erlebt, ohne ihn zu spüren, zu riechen oder zu hören. Ihm mit all seinen Sinnen ausgesetzt zu sein, war eine neue Erfahrung für ihn. Mit kaltem Entsetzen schlich er zurück auf den Flur und sein Blick fiel auf die Truhen. Die Stimme des Arbeiters im blauen Mantel hallte in seinen Ohren: „Ihr wisst ja — der Schlüssel ist bei der Truhe."

Ohne zu wissen, welche Truhe gemeint war, stemmte sich Kevin gegen den Deckel. Er war schwer, und Kevin musste sich mit seinem gesamten Gewicht dagegen lehnen, um ihn zu öffnen. Als er einen Spaltbreit offenstand, merkte er wie seine Augen zu brennen begannen. Der stechende Geruch schlug ihm in konzentrierter Schärfe entgegen. Gleichzeitig erkannte er im Inneren der Truhe die Umrisse von alten Tongefäßen. Die Neugier war stärker als die Angst.

‚Was ist das nur für ein Zeug da drinnen?' Er beugte sich über die Truhe, um besser sehen zu können.

Im nächsten Augenblick entfuhr ihm ein erstickter Schrei.

Drinnen lagen, auf nasse Tücher gebettet, keine Tongefäße, sondern menschliche Köpfe, sauber am Halsansatz abgetrennt, mit geschlossenen Augen und zweifellos echt.

Kevin sprang zurück und der Deckel schloss sich mit einem schmatzenden Geräusch. Starr vor Schreck lehnte er sich an die Wand und versuchte, einen klaren Gedanken zu fassen. Es gelang ihm nicht;

er wusste nur, dass er hier raus wollte, egal wie, selbst wenn er den Polizisten direkt in die Hände lief. Alles war weniger schlimm, als hier drinnen zu sein.

Auf der Suche nach einem Ausgang hastete er in die andere Richtung, sah die Plastikschürzen an der Wand hängen, die ihn an die Markthalle erinnerten, wohin er früher immer seine Mutter begleitet hatte. Sie war stolz darauf gewesen war, wie wenig Furcht der Kleine vor den riesigen Schweine- und Rinderhälften zeigte, die von der Decke hingen. Die plötzliche Erinnerung verblüffte Kevin, und er fand einen Lichtschalter, der den Gang in ein schummriges Licht tauchte. Eine einzelne Glühbirne baumelte tröstlich von der Decke herab und forderte ihn auf weiterzugehen, egal, ob jemand von draußen das Licht sah und sich fragte, was jemand mitten in der Nacht im Keller des Anatomischen Institutes zu suchen hatte.

Wie ferngesteuert bewegte er sich auf den letzten Raum zu. An der Schwelle zögerte er kurz, doch die Tür gegenüber sah wie ein Ausgang aus, deshalb trat er ein.

Kevin merkte, wie ihm schwindlig wurde und sich alles um ihn herum zu drehen begann. Dann gaben seine Knie nach.

Im grellen Schein der Neonröhre lagen vier leblose Körper auf ovalen Metalltischen. Ihr Alter war schwer zu erraten, da sämtliche Teile ihres Körpers aufgedunsen waren durch eine Kanüle in ihrem Oberschenkel, die die farblose Konservierungsflüssigkeit in sie hineinpumpte. In ihrer nackten Rosigkeit wirkten sie auf Kevin bedrohlicher als alle hunderttausend Feinde, die er virtuell getötet, als jeder der tausenden Toten, die er auf dem Bildschirm gesehen hatte.

Als die Polizei eintrat, lag noch ein fünfter Körper im Raum.

Es war Kevin, der in seiner Ecke regungslos in sich zusammengesunken war.

Stephánie Hegedüs wurde in einer Vollmondnacht geboren und ihre Eltern erkannten zu spät, dass es ein Fehler gewesen war, bei ihrer Geburt das Fenster zu öffnen.

„Ich brauche frische Luft!", stöhnte Anna Hegedüs zwischen den letzten beiden Presswehen, und sogleich riss die Hebamme das Schlafzimmerfenster sperrangelweit auf; genau in jenem Moment, da sich Stephánies Kopf den Weg in das Licht der Welt bahnte. So war das Licht der Welt für sie das Licht des Mondes; und das Allererste, was das Mädchen aus verklebten Augen sah, war das riesige, gelbe Gesicht, dessen Schein den Raum in einen fahlen Schimmer tauchte.

Manche Freundschaften werden in einer Sekunde geschlossen und halten ein Leben lang.

Anfangs beschränkte sich Stephánies Begeisterung für den friedlichen Erdtrabanten, der Nacht für Nacht in ihr Bettchen schien, auf ein fröhliches Krähen, das der ganzen Familie den Schlaf raubte. Die ungarische Hebamme, deren Autorität niemand in Frage zu stellen wagte, befahl, das Kind in das entlegenste Zimmer zu sperren und so lange schreien zu lassen, bis ihm von selbst die Puste ausging. Für ihre Eltern war dies eine bequeme Lösung, die zur Gewohnheit wurde; allerdings nur bis zu Stephánies zweitem Geburtstag. Am Morgen danach ging ihre Mutter nachsehen, warum es in der Nacht so verdächtig still gewesen war, und fand das Bett leer und die Balkontür weit offen. Die Kleine hing mit all ihren Haarschleifen und Rüschen wie ein exotischer Schmetterling kopfüber im Hibiskusstrauch und schlummerte selig, während am grauen Himmel gerade der Vollmond verblasste.

„Mamika, was passiert eigentlich mit mir, wenn ich ‚schlafwandeln‘ gehe?", fragte Stephánie ein paar Jahre später ihr Kindermädchen, das sie mit einer Mischung aus Abscheu und Respekt ansah.

„In solchen Nächten geht deine Seele auf Reisen", sagte sie. „Das ist gefährlich. Die Seele darf den Körper nur zum Sterben verlassen, nicht einfach so zum Spazierengehen."

Sie empfahl Stephánies Eltern, in Vollmondnächten die Türen zu verriegeln und die Fenster zu schließen; sie stellten rund um das Haus Eimer mit kaltem Wasser auf und banden ihre Tochter sogar eine Zeitlang mit einer langen Schnur am Bettpfosten fest. Doch ihr Freund war stärker als die beeinflussbaren Menschen, die er belächelte, und seine Anziehungskraft, die seit Beginn der Zeiten die Ozeane bewegte, machte vor lächerlichen Barrikaden nicht Halt.

Wenn Stephánie heute an ihre Kindheit in Zsolna dachte, war diese nur einen Wimpernschlag entfernt.

Sie sah sich barfuß im hohen Gras stehen, das ihr zuerst bis zu den Schultern und später bis zu den Hüften reichte; ein kleines, behütetes Mädchen mit Blumen im Haar.

Sie lief mit ihren Cousins im Abendsonnenschein über die Wiesen, dann warfen sie sich auf den Boden und rollten wie junge Hunde den Hang hinunter, wo sie benommen liegenblieben. Sie hörte den Lärm der Zikaden und roch den sinnlichen Duft des frischgemähten Grases. All diese Erinnerungen waren in goldenes Licht getaucht, das später nie mehr wiederkehrte; es war das Licht der unendlichen Sommer der Kindheit, in denen die Zeit stehenbleibt.

Dagegen schienen die jüngsten Ereignisse immer mehr in die Ferne zu rücken. Ein breiiger Sumpf der Unwichtigkeit verschluckte Geschehnisse der vergangenen Woche ebenso wie einen gestrigen Besuch oder das aktuelle Datum. Gestalten und Gesichter verschwammen wie Wasserfarben auf nassem Papier.

In den wenigen Momenten, in denen ein klarer Gedanke die Nebel ihrer Verwirrung wie ein Lichtstrahl durchdrang, fragte sie sich, was zum Teufel sie hier eigentlich machte. Dann streifte ihr trüber Blick

ihre gichtverkrümmte Hand; in ihrer Vene steckte eine blutverkruste-
te Nadel, die mit Heftpflaster auf ihrer von Altersflecken übersäten
Haut befestigt war. Beim Anblick ihrer Haut beschlich sie jedes Mal
ein beklemmendes Gefühl; als hätte man ohne ihre Zustimmung ihre
rosige Pfirsichhaut gegen zerknittertes Pergament eingetauscht. Sie,
die ihr Leben lang stolz darauf gewesen war, ihre Schönheit ohne eine
einzige Creme bewahrt zu haben, steckte nun in einer runzeligen
Hülle, die über ihren viel zu großen Händen und Füßen schmerzhaft
spannte.

Hätte sie sich in ihrem Spiegelbild noch selbst erkannt, hätte sie
gesehen, dass ihr glattes Gesicht mit den blauen Augen immer mehr
einem Kind ähnelte; so als hätte ihr Körper das Bestreben, am Ende
seiner Tage wieder zu seinem Ursprung zurückzukehren.

Obwohl sie sich mit ihrem Schicksal abgefunden hatte, nie wieder
jung zu werden, fraß dieser Gedanke dennoch in ihrem tiefsten
Inneren wie eine gierige Raupe Löcher in ihr Herz. Dann erwachte sie
mit Tränen in den Augen und verbot sich zu wissen, warum; nur hin
und wieder, wenn sich die Raupe bis zu ihrem Kopf durchgefressen
hatte, seufzte sie, dass sie nichts dagegen hätte, sofort zu sterben,
wenn sie davor doch nur ein einziges Mal wieder jung sein könnte.

In jener milden Augustnacht erwachte sie mit dem Klang ihres Namens im Ohr.

Durch die halbblinden Fensterscheiben fiel weißes Mondlicht auf
ihr Gesicht. Es sah aus wie die Strahlen der Morgensonne, wie sie in
Zsolna durch die Terrassentür gefallen waren.

Mühelos setzte sie sich auf und schwang ihre mageren Beine über
die Bettkante.

Zum Frühstücken hatte sie keine Zeit mehr, denn ihr Liebster wartete auf der anderen Seite des Flusses auf sie, bei der alten Ulme.

Lautlos tappte sie zum Fenster und hielt kurz inne. Die Böschung vor ihrem Haus war sehr steil; als sie noch klein gewesen war, hatten ihre Cousins ihr mittels Räuberleiter beim Klettern geholfen. Doch jetzt stützte sie ihre knochigen Arme auf das Fensterbrett und zog sich mit aller Kraft hoch; dann richtete sie sich im Fensterrahmen auf und blickte in die Tiefe hinunter.

Mit all ihren Sinnen spürte sie den meterhohen Abgrund, der drei Stockwerke tief vor ihr gähnte. Doch statt Angst erfasste sie ein Gefühl unbändiger Freiheit.

Dort unten war der Fluss noch wild und reißend. Ein paar hundert Meter flussabwärts würde er sich in ein friedliches Rinnsal verwandeln, und dort wartete ihr Zoltán auf sie.

Gábor wusste, dass er heute Nacht wieder nicht würde schlafen können.

Seitdem er hier war, versuchte er, den Schlaf mit Gewalt zu erzwingen. Doch ständig drehten sich bunte Bilder wie ein Kaleidoskop in seinem Kopf, und dann warf er sich zwischen den verschwitzten Laken unruhig hin und her. Meistens setzte er sich dann ein wenig im Bett auf, soweit er konnte, und verfluchte die unerträglich schwülen Sommernächte und sein gesamtes armseliges Leben. Der schwere Gipsverband fesselte ihn ans Bett und er fühlte sich hilflos wie ein Käfer, der auf den Rücken gefallen war.

Es war eine himmelsschreiende Ungerechtigkeit, dass sein Unfall ihn nur ins Budapester Krankenhaus und nicht wie erhofft ins Jenseits befördert hatte. Wäre er nämlich dabei draufgegangen, hätte er sich noch unter der Erde am schlechten Gewissen seiner Freundin weiden können.

Sie war an der ganzen Misere schuld.

Er hatte sie beide in flagranti erwischt, Csilla und ihren Liebhaber, und noch dazu war der Kerl dunkler, kräftiger, männlicher als er.

Wie sie da lagen, in trauter Zweisamkeit in dem zerwühlten Bett, war in ihm etwas zerrissen. Am liebsten hätte er ein Messer genommen, es ihm in den Rücken gestoßen und die beiden auf ihrem Liebeslager übereinander aufgespießt wie ein – wie hieß noch mal dieses neue amerikanische Lokal? – Subway-Sandwich. Bei diesem Gedanken verzogen sich seine Mundwinkel zu einem hämischen Grinsen. Doch eigentlich war Gábor ein sanftmütiger Kerl, der keiner Fliege etwas zuleide tun konnte und der imstande war, bittere Tränen des Mitleids zu weinen, wenn er von irgendeinem Mord auch nur in der Zeitung las. Daher hatte er beschlossen, statt seiner Freundin und ihres Geliebten sich selbst umzubringen.

Wie ein tragischer Held in all diesen Fernsehserien wollte er enden – doch beim Gedanken an seine Verbände und an sein demoliertes Motorrad musste er sich eingestehen, dass dieser Plan kräftig danebengegangen war.

Aus diesem Grund hatte Gábor begonnen, die Schmerzmittel, die ihm täglich verabreicht wurden, in einem Jausensäckchen zu sammeln, das er vorsorglich unter seiner Matratze versteckte.

Es war auch sehr leicht, mit treuherzigem Blick von bestimmten Schwestern Schlaftabletten zu erbetteln. Einen guten Kumpel hatte er außerdem überredet, ihm eine Flasche Rotwein mitzubringen, die nun im Nachtkästchen, eingewickelt in seine Schmutzwäsche, ihrer Verwendung harrte.

Gábor hatte nicht vor, noch sehr lange damit zu warten.

Heute Nacht war Vollmond; die perfekte Kulisse, um seinem jungen Leben ein würdiges Ende zu bereiten.

Schritt für Schritt, ohne zu zögern, tastete sich Stephánie am Sims der Hausfassade entlang.

Sie wusste, dass die Böschung hier noch steil war und sie einige Felsen überklettern musste; endlich spürten ihre Füße ein Hindernis.

Sie hatte den Balkon vor dem Zimmer des Oberarztes erreicht. Froh über die Erleichterung stieg sie vom Sims auf den Boden des Balkons und dann aufs Geländer. Über diese schmale Brücke wollte sie auf die andere Seite des Flusses gelangen.

Mit der Sicherheit einer Seiltänzerin setzte sie Fuß vor Fuß, die Arme leicht vom Körper abgespreizt, alle Sinne geschärft. Als sie am Ende des Balkongeländers auf das angrenzende Dach stieg, strauchelte sie kurz, doch dann fanden ihre Füße wieder Halt und die kühle Glätte der Dachziegel schmiegte sich wie glattgeschliffene Flusskiesel an ihre nackten Fußsohlen.

Nun ging es wieder bergab bis sie das flache Dach des angrenzenden Versicherungsgebäudes erreicht hatte. Jetzt war sie endlich bei ihrem Treffpunkt, der großen alten Ulme.

Zoltán war noch nicht hier.

Gábor wurde wach, als ein Windstoß den Vorhang seines Fensters wie ein Segel blähte.

Sein einziges Privileg hier im Spital war, dass sein Bett direkt neben dem Fenster stand; allerdings bot der Ausblick normalerweise nicht viel Abwechslung. Das Spital war ein dunkelroter Backsteinbau, der hufeisenförmig angelegt war. Direkt gegenüber von ihm befanden sich die Fenster der geriatrischen Frauenabteilung. In diesen Fenstern tauchte niemals ein Gesicht auf; dort lagen ausschließlich jene Patientinnen, die – wie ihm die schroffe Krankenschwester erklärt hatte – ohnehin bald „nicht mehr da“ sein würden.

Einmal hatte man seine Liege dort vorbeigeschoben, stehen gelassen und ihn eine halbe Stunde lang vor einem der Krankenzimmer vergessen.

Durch die offen stehende Tür hatte er einen Blick hineinwerfen können, doch er war zurückgeprallt vor dem Hauch des Elends und der Traurigkeit.

Im Bett direkt neben der Tür lag ein uraltes Mütterchen, deren falsch eingelegte Zahnprothese ihr den Anblick eines Vampirs verlieh und deren wasserblaue Augen ins Leere starrten; jedes für sich in eine andere Richtung. Mit dem Blick des Schockierten für das Unwesentliche hatte sich Gábor ihren Namen eingeprägt, der auf einem Stück Pappkarton an ihrem Tropfständer hing und unbeugsam fröhlich klang: Stephánie Hegedüs.

Ohne zu wissen warum, musste er an diesen ausgemergelten Frauenkörper denken, als ein Windstoß den Vorhang bis zur Decke hochwarf und den Blick nach draußen freigab.

Verwirrt stützte er sich auf die Ellbogen. Träumte er, oder stand dort tatsächlich eine dünne Gestalt im weißen Nachthemd auf einem der Fensterbretter der Geriatrie?

Erschöpft warf er sich auf sein Kissen zurück und war erleichtert, dass er träumte, denn dies bedeutete, dass er endlich schlief. Doch dann konnte er nicht widerstehen, wieder durch das Fenster zu blicken, und sah, wie die Gestalt behände in horizontaler Richtung die Hausfassade entlang zu klettern begann.

Gábor saß aufrecht im Bett und starrte wie hypnotisiert auf die Gestalt, die jetzt auf dem Dach des Versicherungsgebäudes stand.

In ihrem flatternden weißen Gewand sah sie aus wie ein Engel, der zufällig vom Himmel gefallen war und ihm mit beiden Armen zuwinkte.

Wie ferngesteuert schwang er die Beine aus dem Bett, war mit einem Schritt beim Fenster und zog sich am Fensterrahmen hoch. Dann zwängte er seinen Körper durch die enge Öffnung und tastete mit den Füßen nach einem Halt.

„Warte!", rief er. „Warte! Ich komme!"

„Zoltán!", lachte sie. „Zoltán, mein Schatz, komm endlich! Ich warte schon so lange!"

„Ich heiße nicht Zoltán!", schrie er zurück und seine Fingerknöchel, die die Regenrinne umklammerten, traten weiß hervor beim verzweifelten Versuch, nicht in den Abgrund hinunterzuschauen, während er Schritt für Schritt der Frau hinterher kletterte. Er wollte ihr zurufen, dass er Gábor hieße, dass es sich offensichtlich um eine Verwechslung handle, doch er hatte fast keine Kraft mehr in seinen Armen. Beim nächsten Wort versagte seine Stimme und aus den Augenwinkeln sah er nur noch das Weiß ihres Nachthemdes wie eine flatternde Fahne. Als er das Dach des Versicherungsgebäudes erreicht hatte, gaben seine Beine unter ihm nach.

Sie streckte ihm ihre Hand entgegen, zog ihn zu sich hoch und lachte übers ganze Gesicht.

Er hatte keine Ahnung, woher er diese Frau kannte. Sie sah so jung aus.

Eine flüchtige Erinnerung streifte ihn wie ein Schatten, um ihm dann wieder aus den Händen zu gleiten. Er wusste nur, dass er sie liebte. Da war nichts Fremdes. Es war einer jener magischen Momente, in denen zwei Menschen die Anziehungskraft spüren, die die Planeten zusammenhält.

Ihre wasserblauen Augen, die ihn unverwandt anblickten, waren ihm so vertraut, dass ihm in diesem Augenblick nichts selbstverständlicher hätte erscheinen können, als sich mit ihr mitten in dieser Sommernacht auf dem Dach eines Budapester Versicherungsgebäudes zu treffen.

Zärtlich nahm er ihren Kopf zwischen seine Hände und sie schmiegte sich vertrauensvoll an ihn. Er spürte die Spitzen ihrer weiblichen Rundungen, die sich ihm durch das dünne Nachthemd entgegenstreckten. Der glänzende Spiegel seiner dunklen Augen warf ihr das Spiegelbild einer glücklichen Frau zurück. Ihre Lippen fanden sich blind; er öffnete sie mit einem warmen Kuss, und sie schloss die

Augen, als sie ihn erwiderte. Ihre Zungen spielten miteinander wie zwei Fische und sie fühlte sich in seinen Armen geborgen wie in einer geschlossenen Blüte unter den dichten, rauschenden Zweigen der Ulme. Sie vergaß die Kühle der Nacht und das leise Murmeln des Flusses im Hintergrund und hatte das Gefühl zu tanzen, zu fliegen, als wären sie und der warme Körper, der sie an sich presste, ein einziges Wesen; ein träger Falter, der sich im lauen Sommerwind hin und her wiegt.

Als er die Augen wieder öffnete, erschrak er.

Es schien, als hätte das Mondlicht ihre Züge weicher gezeichnet, kindlicher; sie sah plötzlich aus, als sei sie nur fünfzehn oder vierzehn Jahre alt.

Verstört wich er zurück. Erst jetzt fiel ihm auf, dass er sie um mehr als zwei Köpfe überragte.

Sie musste vorhin auf Zehenspitzen gestanden sein, vielleicht sogar auf seinen Schuhen.

„Wie … wieso siehst du plötzlich so anders aus?", fragte er und eine dunkle Vorahnung kroch seinen Nacken hinauf.

Sie sah aus wie zwölf.

„Was ist los?", stammelte er. „Was machst du da? Hör auf damit!"

Sie nestelte an ihrer Halskette, öffnete mit einem leisen Klicken den Verschluss und reichte sie ihm. Dann machte sie zwei Schritte zurück.

„Was soll ich damit?", fragte er verwirrt. „Was geht hier vor?"

Sie ging noch einen Schritt zurück. „Du kannst sie behalten", sagte sie. „Ich kann jetzt nichts mehr mitnehmen."

„Wohin denn mitnehmen? Wohin gehst du? Bleib hier! Du kannst doch jetzt nicht einfach fortgehen …"

Sie schüttelte den Kopf. „Ich gehe dorthin zurück, von wo ich gekommen bin", sagte sie.

Ein verzweifeltes Schluchzen brach aus seiner Kehle. Tränen stiegen in seine Augen. Er warf sich nach vorne und umfasste ihre Beine.

„Ich gehe mit dir", rief er. „Du hast ja kein Geld bei dir, gar nichts …"

Sie lächelte verschwommen und es war, als würde sie ihm durchs Haar streichen. „Dort, wo ich hingehe, brauche ich kein Geld. Geld ist nützlich, aber im entscheidenden Moment ist es wertlos. Das Einzige, was für immer seinen Wert behält, ist die Erinnerung an dich in den Herzen anderer Menschen, die dich lieben. Pass auf dein Leben auf. Du bist noch so jung. Du hast nur dieses eine und es ist früher aus, als du jetzt vielleicht denkst …"

Tränenüberströmt blickte er zu ihr auf und sah dunkle Schatten auf ihrer weißen Haut, als würde ihr Skelett durch sie hindurch schimmern. Verzweifelt griff er nach ihr, warf sich wieder auf den Boden, umklammerte ihre Füße und packte mit letzter Kraft nach ihrem Körper, der sich aufzulösen und mit dem Universum zu verschmelzen begann.

„Geh nicht fort!", schluchzte er. „Nimm mich mit!"

Schon waren nur mehr ihre Umrisse erkennbar, gleich einem flüchtigen Aquarell, dann verblassten auch sie und er griff ins Leere.

Mit einer ohnmächtigen Wut brach er zusammen, hob seine Hand, in der er immer noch ihre Kette hielt, holte aus und schleuderte sie mitten in den schwarzen Nachthimmel.

In hohem Bogen flog sie durch die Luft, bevor sie baumelnd, mit einem leisen Klirren, an der Regenrinne des gegenüberliegenden Hauses hängenblieb.

Es war das Klirren des Tabletts, das Gábor weckte.

Die Krankenschwester hatte es energisch auf sein Nachtkästchen geknallt. Er schreckte hoch, sah seine in die Luft gestreckte Hand, mit der er soeben noch die Kette geschleudert hatte und den zweiten

Arm, den er noch nach der Verschwindenden ausstreckte. Sein Herz galoppierte wie eine Büffelherde. Er wusste weder wo er war, noch ob er wachte oder träumte, und beim Anblick der Frauengestalt neben seinem Bett schrak er zusammen wie ein geprügelter Hund.

„Was ist los?", fragte die Schwester besorgt. „Geht es dir gut? Hast du schlecht geschlafen?"

„Ich … ich weiß nicht …" Verstohlen wischte sich Gábor mit seinem Ärmel die Schweißperlen vom Gesicht. Er tastete nach seinem Wasserglas und griff ins Nasse. Seine Wasserflasche war umgefallen; das Wasser hatte sich auf sein Bett und den Boden rundherum ergossen, seine Decke lag zerknüllt daneben.

Die Krankenschwester begann die Scherben einzusammeln. „Ein Alptraum? Oder ein Sommernachtstraum?", fragte sie mit einem spöttischen Blick auf das Durcheinander.

Er ärgerte sich, dass er rot wurde.

„Das ist der Vollmond", sagte sie ernst. „Da schlafen viele Patienten schlecht und …" – sie senkte die Stimme – „… ich habe den Eindruck, dass in Vollmondnächten auch mehr Leute sterben. Als würde der Mond die Seelen zu sich holen …" Energisch wischte sie den Boden auf. „Es passieren immer wieder Dinge, die sich niemand erklären kann. Schon gar nicht die Ärzte. Heute Nacht ist zum Beispiel auf der Geriatrie ein altes Mütterchen gestorben, diese Frau Hegedüs …"

Gábor schluckte.

„… die hatte immer so eine hübsche Kette bei sich. Bis zu ihrem Tod wollte sie die tragen, das war ein Geschenk von einem Jugendfreund, er hatte Zoltán geheißen, das wusste sie noch, obwohl sie ihre eigenen Kinder nicht mehr erkannte. Heute Morgen …" – sie sah Gábor eindringlich an – „… heute morgen hat man diese Kette in der Regenrinne im fünften Stock des Nachbarhauses gefunden. Was sagst du dazu?"

Gábor wurde schwindlig.

Er überlegte, ob er ihr erzählen solle, dass seine Seele heute Nacht auf einem Spaziergang vielleicht der Seele einer Sterbenden begegnet war, doch er dachte, dass sie ihn dann auf die Psychiatrie überweisen würden, und er hatte nicht mehr vor, allzu viel Zeit in diesem Krankenhaus zu verbringen.

„Pass auf dein Leben auf“, hatte Stephánie gesagt. „Du hast nur dieses eine, und es ist früher aus als du jetzt vielleicht denkst …“

Einem plötzlichen Entschluss nach griff er unter seine Matratze, zog das Säckchen mit den gesammelten Tabletten heraus und hielt es der Krankenschwester hin, die ihn mit großen Augen anstarrte.

„Hier, Schwester“, sagte er. „Nehmen Sie das mit und werfen Sie es weg. Ich habe das erst gestern in meinem Bett gefunden und bin noch nicht dazu gekommen. Habe keine Ahnung, wie es hierhergekommen ist. Muss wohl ein Pfleger oder sonst jemand hier versteckt haben. Bei Vollmond passieren eben manchmal Dinge, die sich niemand erklären kann.“

~

*D*ie Ärzte saßen über Perditas Schreibblock gebeugt und unterhielten sich angeregt.

„Sie hat ihr Gedächtnis noch immer nicht wiedererlangt", seufzte Dr. Zuñiga. Sein Kollege Elizondo schüttelte bedauernd den Kopf.

„Nein", sagte er. „Die Polizei hat sich auch noch nicht gemeldet."

Er betrachtete den eng beschriebenen Block Papier, der vor ihm lag. „Dafür schreibt sie erstaunlich fantasievoll", sagte er. „Wie kann es sein, dass sie so viele Ideen im Kopf, aber die Geschehnisse der letzten Tage komplett vergessen hat?"

„Sie sagt, sie habe von früher Kindheit an geschrieben", meinte Zuñiga. „Ein sehr interessanter Fall."

„Sie hatte bestimmt viele Probleme", sagte Elizondo. „Sehen Sie nur, wie detailliert sie über Menschen schreibt, die Probleme haben."

„Wer hat keine Probleme, mit so vielen Gedanken im Kopf?", brummte Zuñiga. „Ich glaube nicht, dass es uns weiterhilft, wenn wir die Geschichten tiefenpsychologisch analysieren. Einiges können wir durchaus dem Reich der Fantasie zuschreiben. Kreative Menschen können sich Anleihe beim Universum nehmen, nicht nur aus frühkindlichen Träumen."

Er schob seinen Sessel zurück und stand auf. „Ich möchte gerne mit ihr reden."

Perdita saß auf dem Stuhl neben ihrem Fenster und hatte wie immer ihren Schreibblock auf den Knien.

„Guten Morgen", sagte Dr. Zuñiga auf Englisch und betrat schwungvoll das Krankenzimmer. „Wir möchten gerne mit Ihnen sprechen. Sind Sie schon zu einem Ergebnis gekommen? Haben Sie inzwischen die leiseste Ahnung, woher Sie kommen und was mit Ihnen passiert ist?"

Perdita schüttelte den Kopf.

„Gibt es einen roten Faden in Ihren Geschichten?", hakte Elizondo
eindringlich nach. „Oder eine Figur, mit der sie sich besonders identifizieren können?"

Perdita schwieg. „Ich bin alle", sagte sie dann ratlos.

„Was soll das heißen?", fragte Elizondo ungeduldig.

Über das Gesicht seiner Patientin huschte ein Lächeln.

„In allen Figuren steckt ein Teil von mir", sagte sie. „Ich kann meine Persönlichkeit nicht auftrennen, so wie man Spektralanteile des
Lichtes nicht trennen kann. Zusammen ergeben sie die Farbe, die man
sieht."

Zuñiga zuckte resignierend die Schultern. „Wenn das so ist, können wir Sie leider noch nicht entlassen."

Die Tür ging auf und Miguel trat ins Zimmer. In seiner Hand hielt
er ein ausgedrucktes Blatt Papier, das er vor Perdita hinlegte.

„Ich habe einen Artikel gefunden", sagte er. „Ist er von Ihnen?"

Perdita blickte auf das Papier. Es war voll abstrakter Krähenfüß-
chen, die sie anfangs nicht zuordnen konnte, bis ihr bewusst wurde,
dass es Zahlen waren. In der Kopfzeile stand der Name einer renom-
mierten Wirtschaftszeitung. Die Zeichen verschwammen vor ihren
Augen.

„Ist es wahr, dass Sie Wirtschaftsjournalistin sind?", fragte Miguel.

In Perditas Kopf begannen sich bunte Bilder wie die Wäsche in einer Waschmaschine zu drehen. Sie hörte die Stimme des Pflegers wie
aus weiter Ferne, dann verebbte die Drehzahl, die Bilder drehten sich
langsamer, ordneten sich, fügten sich zu einzelnen Teilen zusammen,
und dann lag ihr Leben frischgewaschen vor ihr, voller Flecken, die
man nicht hinaus waschen konnte.

„Ich war Wirtschaftsjournalistin", sagte sie leise.

Sie erinnerte sich an einen dunklen Kongresssaal in ihrer kalten
Heimatstadt und an den Mond, den sie vom Flugzeug aus untergehen

sah. Er war untergegangen wie ihre Karriere, die sie an einem Taxistand neben dem Kongresszentrum in den Sand gesetzt hatte.

Die Tagung der Wirtschaftszeitung hatte in einem noblen Messezentrum stattgefunden, voll von weichen Teppichen und klugen Menschen, die in schönen Anzügen steckten. Perdita war in der ersten Reihe des Saales gesessen, mit dem Presseschild um den Hals, und hatte sich bemüht, möglichst intelligent zu blicken, um zu verbergen, dass sie kein einziges Wort der Vortragenden verstand.

„Sie müssen gut mitschreiben", hörte sie die Worte ihrer Chefredakteurin im Ohr. „Wir zählen auf Sie."

Mit einem Blick auf ihr Aufnahmegerät hatte sie festgestellt, dass die Batterien leer waren, doch wenn sie jetzt hinausging, würde sie den ersten Vortrag verpassen. Perdita zwang sich, sich zu konzentrieren, doch der Vortrag war auf Englisch und die Overhead-Folien wechselten in solch rasantem Tempo, dass sie fünf Sätze verpasste, während sie noch den ersten Satz im Geiste aus dem Englischen übersetzt hatte.

Irgendwann legte sie resignierend den Bleistift aus der Hand. Sie fragte sich, was sie hier machte. Schon als Kind hatte sie nichts anderes gewollt, als Geschichten zu schreiben, doch nun saß sie hier und musste Statistiken beurteilen und Zahlen, die sie nicht interessierten, in Worte fassen. Ihr Leben kam ihr vor wie ein Zug, der unerbittlich auf ein Ziel zufuhr, das nicht ihres war, und sie besaß nicht den Mut, abzuspringen.

Perdita blickte auf ihren Schreibblock, der lediglich zwei Wörter enthielt. Sie stellte sich das Gesicht ihrer Chefredakteurin vor, wenn sie mit leeren Händen zurückkommen würde.

„Ich habe es vermasselt", dachte sie. „Ich habe den wichtigsten Artikel ruiniert." Vor Traurigkeit über die verschwendete Zeit liefen ihr Tränen übers Gesicht: Sie war nur froh, dass es niemand merkte, weil es so dunkel war.

„Ich will das alles nicht", dachte Perdita verzweifelt. „Ich will über Menschen schreiben. So, wie ich es immer wollte."

Einem plötzlichen Entschluss nach raffte sie ihre Sachen zusammen, schlich aus dem Saal und stürzte auf die Toilette.

Mit Grauen dachte sie an das anstehende Hummer-Dinner in einem noblen Restaurant. Sie musste dorthin gehen, obwohl sie Meeresfrüchte hasste, um Meinungsbildner zu befragen, obwohl sie zu dem Vortrag nicht die geringste Meinung hatte. Während sie sich in der Toilette einsperrte, überlegte sie fieberhaft, was sie machen könnte. Sie hoffte, die Gruppe der Teilnehmer zu verpassen, die in einem großen Reisebus zum Restaurant gekarrt wurde.

Als Perdita aus dem Waschraum schlich, stand der freundliche Herr mit dem Pappkartonschild noch immer vor dem Vortragssaal. Er strahlte sie an.

„Da sind Sie ja!", sagte er. „Wir haben auf Sie gewartet. Nehmen Sie sich doch ein Taxi zum Restaurant!"

Perdita nickte gehorsam und ging zum Taxistand. Offenbar gab es keinen Ausweg. Ein Taxi hielt mit quietschenden Bremsen vor ihr. Ein freundlicher Inder fragte, wohin sie wolle.

„Bringen Sie mich zum Flughafen", sagte Perdita.

Als sie Stunden später in Zentralamerika aus dem Flugzeug kletterte, stellte Perdita fest, dass ihr Mobiltelefon in Costa Rica nicht funktionierte. Berauscht von ihrer neuen Freiheit warf sie es in den Mülleimer.

Dann fiel ihr ein, dass sie keine Ahnung hatte, wie sie in die Stadt kommen sollte. Sie bereute, dass sie sich nie die Zeit genommen hatte, ordentlich Spanisch zu lernen.

Ein kleines Mädchen entdeckte die Aufschrift ihrer Kongresstasche, die sie noch immer um den Hals trug. Sie spräche dieselbe Sprache, sagte sie aufgeregt, sie habe sie von ihrem Vater gelernt, bevor er sich von ihrer Mutter getrennt habe. Sie zog Perdita an der Hand zu Tania, die mit ihrer Freundin Dora vor dem Flughafen stand und auf ihren Ex-Mann wartete. Tania hatte schon die ganze Zeit überlegt, wie sie der Begegnung mit ihm entkommen konnte. Als sie die bleiche Touristin sah, die zögernd auf die Taxifahrer zeigte und ihre Schultern zuckte, leuchteten Tanias Augen auf.

„Machen Sie sich keine Sorgen", strahlte sie. „Wir nehmen Sie mit in die Stadt. Fahren wir weg von hier!"

Minuten später saß Perdita in einem verbeulten Auto neben zwei fremden Frauen und einem Haufen fröhlicher Kinder und brauste den Lichtern der Hauptstadt entgegen.

Tania und Dora waren begeisterte Gastgeberinnen. Sie wohnten in einer großen Villa und hatten ihre Patchwork-Familien der Einfach-heit halber zusammengelegt. Obwohl sie Perdita gar nicht kannten, nahmen sie sie herzlich auf und erzählten ihr an einem Abend mit Händen und Füßen alle Geschichten über ihr schönes wildes Land und ihre Freude über den unerwarteten Gast.

Am nächsten Tag fuhr Perdita mit dem Bus in Richtung Nebelwald. Die Tasche mit dem Reisepass und allen Papieren ließ sie wohlver-wahrt bei Tania und Dora liegen. Das Letzte, was sie sah, war der Jeep, der ihnen auf der kurvigen Bergstraße entgegenkam.

Miguel blickte abwechselnd auf den sorgfältig strukturierten Artikel aus der Wirtschaftszeitung und den eng beschriebenen Papierstapel seiner Patientin, der langsam ein Buchformat annahm.

Dann betrachtete er sie prüfend.

„War es wirklich der Zeitungsartikel, der dir deine Erinnerungen zurückgab?", fragte er. „Oder wolltest du bloß ein paar Tage hierblei-ben, um in Ruhe schreiben zu können, was du willst?"

Perdita lächelte verstohlen. Miguel konnte man offensichtlich nichts vormachen.

„Ich mag Menschen, die hinter bestehende Fassaden blicken", sagte
sie. „Du brachtest mich auf die Idee, darüber zu schreiben. Plötzlich
kamen die Erinnerungen Stück für Stück wieder zurück. Jede Geschichte brachte mich meinen Gedanken näher und gab mir meine
Sprachen zurück. Als ich das merkte, wollte ich die Zeit nützen, um
in Ruhe zu schreiben – bis man mich sowieso finden würde."

Sie blickte zur Tür, hinter der die Ärzte verschwunden waren.
„Verrätst du es ihnen?" Sie sah ihn treuherzig an.

Miguel zwinkerte ihr zu. „Nicht, solange du weiterschreibst", sagte
er.

„Über den zweiten Blick."

Die Autorin

Bernadette Németh wurde 1979 in Wien geboren und wuchs zweisprachig mit Deutsch und Ungarisch auf. Von Kindheit an schrieb sie Geschichten und Gedichte, nahm an Schreibwettbewerben teil und publizierte einige Kurzgeschichten in Zeitschriften. 2008 erschien ihre erste Kurzgeschichte in einer Anthologie.
Neben dem Medizinstudium arbeitete sie an verschiedenen Plätzen und kam so mit vielen Menschen und Kulturen in Berührung. Ihre Arbeit als Ärztin verschaffte ihr interessante Einblicke in die Bandbreite menschlichen Erlebens, die ihr die Wichtigkeit eines zweiten Blicks hinter oberflächliche Eindrücke bewusst machten.